BIBLIOTHÈQUE

DE LA PLÉIADE

APOLLINAIRE

Œuvres poétiques

PRÉFACE PAR ANDRÉ BILLY
TEXTE ÉTABLI ET ANNOTÉ
PAR MARCEL ADÉMA ET MICHEL DÉCAUDIN

nrf

GALLIMARD

CE VOLUME CONTIENT :

PRÉFACE

Comme s'il était possible qu'une étroite relation de ressemblance n'existât pas entre ce que nous faisons et ce que nous sommes, on entend dire que chez l'écrivain la vie et le caractère de l'homme ne comptent pas, que l'œuvre seule est digne d'intérêt et que, pour bien comprendre celle-ci, la connaissance de son auteur n'est d'aucune importance. S'il en était réellement ainsi, mon devoir aurait été de refuser l'honneur d'écrire la préface des Poésies complètes *d'Apollinaire, le seul titre qui me recommandait pour cette tâche étant de l'avoir approché de près, mais je tiens qu'au contraire la connaissance de l'homme est indispensable à qui veut approfondir la pensée et les intentions du poète, et c'est pourquoi il est bon que ceux qui l'ont connu contribuent par leur témoignage à une restitution fidèle de sa personnalité.*

On peut goûter la poésie d'Apollinaire sans savoir qu'il était le fils d'une Polonaise, qu'il était né à Rome, *qu'il a vécu toute sa vie scolaire au bord de la Méditerranée, qu'il a été en* Rhénanie *le secrétaire d'une comtesse allemande, on peut même ignorer la part prépondérante prise par lui à l'évolution de la peinture et de la poésie modernes. On peut être ému par* Le Voyageur *sans avoir entendu parler de ses vagabondages, et par* La Chanson du Mal Aimé *sans être informé de ce qui nous a été révélé après sa mort de son malheureux amour pour la jeune Anglaise, mais c'est un fait que la curiosité du passé, l'étude de toutes les causes et de toutes les origines sont devenues un besoin, un nouvel attribut de l'esprit humain. La création littéraire était considérée autrefois comme une sorte d'opération magique par la vertu de laquelle une œuvre, produit d'une inspiration toute pure, naissait en quelque sorte* ex nihilo. *Sainte-Beuve a été un des premiers à faire apparaître l'insuffisance, pour ne pas dire l'inanité de cette façon de voir. Il n'est pas jusqu'aux adolescents qui de nos jours n'aient pris l'habitude de lire la poésie dans ses deux dimensions: sa signification immédiate, apparente, et sa signification intime, secrète. La connaissance de la vie d'un Nerval, d'un Baudelaire, d'un* Rim*baud, d'un Verlaine, est maintenant le fait de la plupart de* *leurs lecteurs et l'admiration de ceux-ci n'y perd rien, bien au contraire.*

Les développements pris de nos jours par l'information ont étendu aux auteurs vivants une indiscrétion réservée jusque-là aux écrivains morts. Apollinaire appartient sous ce rapport à une époque de transition. Avant 1914, les enquêtes et les interviews se bornaient au domaine des idées et des opinions, les photographes ne s'en mêlaient pas, les cinéastes non plus, et pour cause. Je ne doute pas que, s'il était encore des nôtres, les interviewers ne réussissent à obtenir d'Apollinaire de précieux renseignements. J'entends l'un d'eux lui dire : « Mais enfin, mon cher maître, êtes-vous, oui ou non, le fils d'un prélat romain ? ». Et je ne suis pas sûr que le cher Guillaume le mettrait à la porte.

Issu d'une famille bourgeoise, Apollinaire n'aurait pas été l'homme, ni par conséquent le poète qu'il a été. Enfant naturel, fils d'une aventurière polonaise, étranger en France, il a été affecté par cette triple anomalie, non seulement dans son caractère et sa conduite, mais dans son art. Le tempérament slave et les avatars de sa mère, la vie nomade qu'elle lui fit mener dès l'enfance, expliquent pour une large part son aventure poétique.

Angelica de Kostrowitzky était de bonne noblesse, et cela aussi est à prendre en considération. Guillaume ne se vantait que très discrètement de son ascendance. S'il parlait assez volontiers de son grand-père maternel, le général (et peut-être croyait-il en effet que Michel Apollinaris Kostrowicki avait été général, alors que, sur son brevet de camariere d'onore di capa é spada *de Sa Sainteté Pie IX, il est qualifié simplement de capitaine russe en retraite), il ne soufflait mot de son père. La version de Marcel Adéma étant tenue pour incontestable, il devait pourtant l'avoir connu puisqu'il était né en 1880 et que Francesco Flugi d'Aspermont s'était séparé cinq ans plus tard seulement d'Angelica ; à cinq ans, on est déjà capable de se faire des souvenirs. Mais la liaison de sa mère et de Francesco n'avait probablement pas été si étroite et si régulière que le petit Guillaume pût voir dans l'ancien capitaine d'état-major de Ferdinand II quelqu'un d'autre qu'un ami de sa mère plus ou moins intermittent. Francesco ne reconnut pas Guillaume. D'après Adéma, il tenait pourtant à Angelica puisque, trompant la confiance des siens et feignant de partir pour l'Amérique, il alla rejoindre à Messine la fatale maîtresse avec laquelle il avait promis à ses frères de rompre. Cette promesse qu'on lui avait arrachée pose d'ailleurs une question : pourquoi n'exigea-t-on pas plutôt de lui qu'il épousât la mère de son fils — ou de ses fils ? La liaison avec une jeune Polonaise d'origine aristocratique, élevée chez les Dames du Sacré-Cœur, était-elle si scandaleuse qu'il fût impossible de la régulariser sans déshonorer la famille ? S'ils ne se marièrent point, c'est sans doute qu'ils n'en avaient pas grande envie, épris tous deux d'indépendance et peut-être effrayés par les violentes oppositions de leurs caractères. L'aventurier et l'aventurière étaient bien faits pour ne pas s'entendre.*

Avec ses deux fils, reconnus par elle, le premier dès 1880, le second en 1888, six ans après sa naissance, Angelica de Kostrowitzky, pour employer l'orthographe qu'avait adoptée Guillaume, s'en vint en 1885 s'installer à Monaco. Adéma suppose que le frère aîné de Francesco, ancien administrateur ecclésiastique de la Principauté, abbé général pour l'Italie de l'ordre bénédictin sous le nom de Dom Romarico, avait gardé à Monaco des relations et y avait facilité l'installation de la Polonaise, mais le casino de Monte-Carlo fut vraisemblablement la raison majeure du choix qu'elle fit de sa nouvelle résidence. Ce même Romarico aurait subvenu à l'entretien des deux enfants qu'il avait empêché son frère de reconnaître. Cela reste aussi énigmatique que la protection dont, au témoignage de certains contemporains, notamment du peintre Douhin, fils d'un officier de la garde du Prince de Monaco, Angelica et ses fils jouissaient de la part de l'évêque de la Principauté, Mgr Theuret, qui était à Rome vers 1880, année de la naissance de Guillaume, et qui, d'après certains, était son père, alors que, d'après d'autres, son père était le curé de Monte-Carlo, prêtre d'origine romaine.

On ignore où Guillaume, ou plutôt Wilhelm pour l'appeler comme l'appela toujours sa mère, apprit à lire et à écrire. Il avait neuf ans quand, après un court voyage à Paris où ils descendirent dans un hôtel proche du palais de l'Elysée, sa mère le mit avec son frère au collège Saint-Charles qu'avait fondé huit ans plus tôt Mgr Theuret. Wilhelm excellait en français et en calcul. En sixième déjà, il projetait d'écrire avec un de ses petits camarades, James Onimus, un roman inspiré de Jules Verne. En 1891, sa première communion provoqua en lui la petite crise mystique par laquelle nous avons tous passé en semblable circonstance. De Saint-Charles de Monaco, il passa au collège Stanislas de Cannes. En 1897, il entra comme rhétoricien au lycée de Nice. Dès lors sa foi l'abandonna. Il avait sur ses condisciples une grande avance dans la connaissance de la poésie moderne. Il avait lu les symbolistes, chose rare chez un lycéen de province en 1897. Il fut dreyfusard et anarchisant et, de concert avec Ange Toussaint Luca, fonda un journal manuscrit, Le Vengeur *ou* Le Transigeant, *où lui et Toussaint Luca signaient* Guillaume Macabre *et* Jehan Loques *des articles politiques, des poèmes, des indiscrétions de théâtre. La rédaction de ce journal, dont le succès était grand au lycée, nuisit probablement à ses études ; ce brillant élève échoua à la première partie du baccalauréat... Que d'obscurités sur toute cette première partie de sa vie !*

A dix-sept ans, il était déjà écrivain, et original, puisque plusieurs nouvelles de L'Hérésiarque *datent d'alors. Il traduisait Boccace, lisait les grands romanciers, se targuait d'idées sociales avancées. Ses vers étaient tantôt réguliers, tantôt libres. Encore deux ans de vie à Monaco dans des conditions matérielles dont on ne sait rien, et avec Jules Weil, jeune juif de Strasbourg, devenu l'amant d'Angelica, sans doute à la suite d'une rencontre au casino ou au* Café de Paris, *celle-ci, flanquée de ses deux grands garçons, quitta la Principauté. Le casino d'Aix-les-Bains et, probablement, celui de Charbonnières la retinrent un temps. Apollinaire disait avoir fait à Lyon d'immenses lectures. Lyon est une ville favorable à cette occupation.*

En avril 1899, tout le monde s'installa dans le quartier de l'Étoile, avenue Mac-Mahon.

Apollinaire n'a jamais fait de confidences sur ses premières expériences amoureuses. A l'entendre, il passait la majeure partie de son temps à bouquiner. Fut-il un amoureux précoce, comme le donnerait à supposer la chaleur du climat où il avait vécu depuis sa naissance ? Le certain est que l'argent n'abondait pas dans ses poches et que sa terrible mère le tenait, comme on dit, serré.

Pendant qu'à Spa elle tentait la chance au baccara et à la boule, Jules Weil et ses deux « neveux », en pension chez Constant, modeste hôtelier de Stavelot, intriguaient la petite ville ardennaise par leur élégance encore monégasque. Sous le prétexte d'un court voyage, Weil, boursier aventureux dont les ressources s'étaient beaucoup amenuisées, prit le large, laissant Wilhelm et Albert à leurs excursions et à leurs études de mœurs et de folklore wallons. Par sa faconde, son érudition, son exotisme, Wilhelm se faisait valoir dans des réunions littéraires et théâtrales. Une jeune Stavelotaine, Maria Dubois, ne fut pas insensible à ses œillades. Le climat et les paysages des Ardennes, la sévérité triste des Fagnes, le révélèrent à lui-même incliné à la mélancolie. Qui sait s'il ne s'avisa pas alors pour la première fois de ce que sa condition avait d'anormal, entre une mère coléreuse et un « oncle » intermittent ? Le fait est que le climat de l'Ardenne l'imprégna de son esprit et que, désormais, il fut autre. Au méridional un peu hâbleur et porté à voir toutes choses en bleu, l'adolescent nostalgique et dépaysé fit contrepoids.

A l'aube du 5 octobre 1899, par un temps très froid, Wilhelm et son frère quittèrent, sur un ordre de leur mère, l'hôtel Constant, à la cloche de bois, et, munis d'un mince viatique, gagnèrent à pied par la montagne la gare de Roanne-Coo *pour y prendre le train de Paris. A la distance de plus d'un demi-siècle, l'équipée paraît plaisante ; elle l'était moins pour les deux jeunes gens. Le pauvre Wilhelm y dut ressentir cruellement ce qui le mettait à part et l'écartait de la vie régulière.*

A Paris, son premier soin fut d'aller se faire inscrire à la Préfecture de Police comme employé de commerce. Son adresse était rue de Constantinople, dans un hôtel où sa mère s'était installée dès septembre. La carrière d'employé n'avait rien qui pût tenter sa fantaisie et son immense curiosité intellectuelle ; il fallait vivre. A ce moment, une commission rogatoire arriva de Verviers : l'hôtelier de Stavelot avait porté plainte. Wilhelm et sa mère reconnurent les faits. Mme de Kostrowitzky les mit sur le compte d'embarras d'argent passagers et promit de régler sa dette dans le plus bref délai, ce qu'elle fit. Le tribunal de Verviers rendit un non-lieu.

Réduit à faire des bandes dans une officine de publicité dont une petite annonce lui avait fourni l'adresse, Wilhelm touchait le fond du désespoir quand la rencontre d'un avocat véreux connu à Monaco, Esnard, lui ouvrit des perspectives moins sombres. D'un roman-feuilleton commandé par Le Matin *et qu'Esnard ne parvenait pas à terminer, Apollinaire prit la suite et il en résulta* Que faire? *où la part du poète, athéisme, magie, personnages extravagants, est assez reconnaissable. Non payé de son travail par Esnard, Wilhelm se vengea sur la jeune maîtresse du peu délicat feuilletoniste. Ses premières armes ?*

Courageusement, il apprit la sténographie à l'Union des Sténographes *et y obtint un diplôme, mais non une situation. Une annonce le mit en rapport avec un remisier du nom de Mauser et une maison de contrepartie intitulée la* Bourse parisienne *à laquelle il avait à transmettre les ordres donnés à*

Mauser par ses clients. En même temps il nouait ses premières relations littéraires. A la bibliothèque Mazarine il avait fait la connaissance de Léon Cahun qui le présenta à Marcel Schwob, à Maxime Formont, à Saint-Georges de Bouhélier, chef de la jeune école naturiste. Un oncle de son voisin de bureau, Nicosia, M. Lagoanère, dirigeait les Bouffes-Parisiens. *De son aventure de Stavelot, il tira un acte,* A la cloche de bois, *dont le manuscrit n'a pas été retrouvé.*

Il s'était lié dans une brasserie du quartier Saint-Lazare avec Ferdinand Molina da Silva, dont le père était professeur de maintien à l'école de Saint-Cyr et dirigeait rue Washington un cours de danse. Wilhelm éblouissait la famille par son érudition pittoresque. Une des filles, Linda, jolie brune, fit sur lui une forte impression. Ce premier grand amour ne fut pas heureux. Les autres le furent-ils davantage ? Linda n'éprouvait pour le « pauvre Kostro » qu'une bonne amitié et elle le plaignait, le sachant douloureux et fier. Entre-temps, il avait rédigé une préface pour un traité du père Molina, La Grâce et le Maintien français.

La mère de Nicosia, qui professait le piano et avait pris Wilhelm en sympathie, avait pour élève une grande fillette, Gabrielle de Milhau, dont la mère, née Elinor Holterhöff, originaire de Cologne, possédait des propriétés en Rhénanie et un hôtel particulier rue Chalgrin. La comtesse de Milhau, qui avait engagé une gouvernante anglaise pour sa fille, lui cherchait un précepteur français. Mme Nicosia lui recommanda le jeune poète. Il fut convenu que pour cent francs par mois, il donnerait tous les matins des leçons à Gabrielle. Des répétitions à des potaches, la campagne électorale de Francisque Michaux, fils de l'inventeur de la pédale, la commande d'un livre obscène, Mirely ou le petit trou pas cher, *le mirent un peu à l'aise. Sur ces entrefaites, la comtesse de Milhau, qui avait acheté une auto, lui proposa de l'emmener en Rhénanie. Il accepta : il avait des vues sur la gouvernante anglaise, Annie Playden.*

Avec l'autorisation de sa mère (il lui manquait encore quatre jours pour être majeur), il monta le 22 août 1901 dans l'auto de la comtesse à destination de Cologne. A Honnef, les Milhau-Holterhöff avaient une grande villa et à Bennerscheid, à trente kilomètres au nord, un affreux petit castel, Neu-Glück, *d'un gothique d'opérette, où l'on avait prodigué les emblèmes héraldiques et les symboles moyenâgeux. Je l'ai visité ; son délabrement, conséquence de la guerre, serre le cœur. Entre Honnef et* Neu-Glück, *Wilhelm partageait son temps, faisant, dans toute la région rhénane, des promenades dont on retrouve trace dans* L'Hérésiarque *et* Le Poète assassiné. *Rien ne lui était indifférent, il s'intéressait à tout, tirait parti de tout pour le plaisir de vivre et d'écrire. Il n'a jamais changé à cet égard. Or, cet appétit de l'esprit n'excluait pas de sa part une certaine anxiété du cœur qu'il dissimulait d'ailleurs soigneusement à ses amis. Il y avait chez lui un besoin de charmer pour conquérir que la moindre résistance exaspérait et acculait aux maladresses. Il s'était mis en tête de séduire Annie Playden et de la faire consentir à ce qui n'eût sans doute été qu'un caprice si elle ne s'était pas refusée à lui. La blonde puritaine prit peur devant ce Slave déchaîné que doublait un Latin jaloux. La promesse d'un mariage ne réussit pas plus que les menaces à la convaincre d'un bonheur possible avec ce garçon venu de si loin, dont la séduction elle-même, la tournure d'esprit poétique et paradoxale la mettaient en garde. L'obstination de la jeune fille finit par avoir raison de l'acharnement de l'amoureux. Au bout d'un an de préceptorat, il quitta la Rhénanie. Il avait visité la Prusse, la Saxe, la Bavière, la Forêt-Noire, la Bohême, l'Autriche. Il avait écrit des contes que publia la* Revue blanche, *des poèmes qui composèrent les* Rhénanes, *des articles sur l'Allemagne qui parurent dans* Tabarin *et dans* La Grande France. *Sa personnalité littéraire aurait déjà été complète et bien armée si l'esthéticien n'avait pas dû attendre pour se révéler la rencontre de Derain, de Vlaminck et de Picasso.*

Sa mère, toujours courte d'argent, et son frère Albert habitaient maintenant 23, rue de Naples. Ils lui firent place à côté d'eux et bientôt il entra comme employé dans une banque de la Chaussée-d'Antin. Une passade où il eut pour partenaire une voisine peu farouche ne lui causa aucun plaisir d'amour-propre ; la donzelle lui en préférait manifestement un autre.

En novembre 1903, une occasion s'offre à lui de faire sans bourse délier le voyage de Londres : un Albanais qu'il ne connaît que par lettres et qui dirige là-bas une revue, Albania, *l'y invite. Il part, bien décidé à revoir Annie dont l'amour n'a cessé de le tenailler. Il se présente chez les Playden que sa visite n'enchante pas et obtient de la jeune fille de l'accompagner dans de longues promenades à travers la capitale. Il espère bien obtenir cette fois son consentement. Il est amèrement déçu, mais non découragé tout à fait, car l'année suivante il fera un second voyage à Londres.* La Chanson du Mal Aimé *date du premier :*

Adieux faux amour confondu
Avec la femme qui s'éloigne
Avec celle que j'ai perdue
L'année dernière en Allemagne
Et que je ne reverrai plus.

Apollinaire n'eut plus de nouvelles d'Annie, et cependant il ne cessa point de penser à elle puisqu'il intitula Annie *un court poème d'*Alcools *où sa fantaisie la transforme en une dame mennonite qui rêve dans son jardin, sur la côte du Texas, entre Mobile et Galveston.*

Quand je l'ai connu, en octobre 1903, il revenait d'Angleterre. C'était dans le sous-sol du Café du Rocher, *boulevard Saint-Germain, devant l'École de médecine. Salmon était là, et aussi Nicolas Deniker et Jean Mollet. On doit me croire quand j'affirme avoir eu tout de suite le sentiment d'être en présence d'une personnalité d'exception que signalait une autorité rare chez un si jeune homme, autorité à laquelle une grâce naturelle ôtait ce qu'elle aurait pu paraître avoir de condescendance un peu dédaigneuse. Si Apollinaire offrait les nobles traits d'un prélat et le port de tête d'un prince ou d'un doge, il n'avait rien d'un pontife au sens que l'on donne à ce mot par ironie. Mario Roques l'a mal vu, à qui Jarry, son ancien condisciple du lycée de Laval, le présenta et qui lui trouva « quelque chose d'onctueux, de dédaigneux, d'orgueilleux, d'ambitieux ». André Salmon qui faisait peut-être briller plus de fantaisie et de malice, lui donnait la réplique sur un ton qui trahissait entre eux une entente déjà bien établie. Nous fûmes tout de suite des amis.*

Fut-il question ce soir-là du Festin d'Ésope? *On en parla beaucoup « chez Jean », rue de Seine, marchand de vin à la mode d'autrefois, un soir où je m'y trouvais assis à la gauche du sculpteur catalan Manolo et en face d'Alfred Jarry rencontré par Apollinaire peu de temps auparavant, à une soirée de* La Plume. *Le* Festin *parut quelques jours après, avec un conte de Guillaume,* Qu' vlo'v?, *dont il avait rapporté de Stavelot l'idée, peut-être le texte. Cela tenait du moyen âge, du romantisme, du symbolisme, du folklore, syncrétisme déjà bien caractéristique de l'inspiration apollinarienne.*

Hélas ! je dus partir pour une lointaine caserne, emportant de Guillaume et de ses amis un regret dont la reprise de notre amitié à l'époque de L'Hérésiarque *ne fit qu'accentuer l'amertume.*

Aux sommaires des neuf numéros qu'eut le Festin d'Ésope *se remarquèrent les noms de Jarry, de John-Antoine Nau, de Mécislas Golberg, de René Fauchois, d'Alphonse Séché, de Géraldy.* L'Enchanteur pourrissant *y parut, et cela encore, c'était le moyen âge et la légende. Décidément, Apollinaire tournait le dos à son climat natal, l'Ardenne et la Rhénanie l'emportaient.*

La banque où il était employé dut fermer ses guichets. Avec les fonds de quelques clients, le caissier créa Le Guide du Rentier, moniteur des petits capitalistes, *titre qui était tout un programme. Apollinaire, beaucoup plus connu encore sous le nom de Kostrowitzky, ou de « Kostro », en fut le rédacteur en chef, spécialement chargé de la politique étrangère. De par son origine et ses voyages, il pouvait se flatter d'avoir l'esprit européen.*

Qui eût prêté à Guillaume une telle constance dans les sentiments ? Il avait si peu oublié Annie, si peu renoncé à l'épouser, qu'en 1904 il décida de faire auprès d'elle une suprême tentative, il reprit le bateau. Elle lui dit être fiancée à un Américain qui l'attendait là-bas et, pour corser son mensonge, demanda dans un bureau de placement un emploi de gouvernante aux États-Unis. Il s'en trouva un à prendre. Elle l'accepta, elle partit. Fallait-il que la perspective de vivre avec ce jeune poète aux yeux de feu l'effrayât !

Mme de Kostrowitzky et Weil occupaient maintenant au Vésinet une grande villa où Angelica faisait régner la violence et le désordre, terrorisant son amant et son fils qui, régulièrement domicilié chez elle, passait souvent la nuit dans des hôtels de la gare Saint-Lazare.

Aux environs du Vésinet, à Chatou, il entra en relation d'amitié avec Derain et Vlaminck, premiers adeptes du « fauvisme », et qui venaient de découvrir l'art nègre. C'est ainsi que la peinture moderne et l'art nègre entrèrent dans sa vie. On voudrait pouvoir expliquer par quelque antécédent héréditaire ou personnel l'attrait que les arts plastiques exercèrent de ce moment sur lui. Quel intérêt leur avait-il porté jusque-là ? Avait-il beaucoup fréquenté les musées de Paris ou de l'étranger ? Seul un article de L'Européen *d'octobre 1902, sur l'exposition de Dusseldorf, annonçait vaguement le futur critique d'art. Jusque-là, il en était, comme tout le monde resté à l'impressionnisme. S'il connaissait l'œuvre de Van Gogh, de Seurat, de Gauguin, de Cézanne, sa réflexion n'avait pas dû être poussée bien loin de ce côté.*

Au Critérion *que Toulet avait fréquenté avant la période du* Bar de la Paix *et où Apollinaire s'amusait, en attendant le train du Vésinet, à observer une clientèle issue des écuries de Maisons-Laffitte et des hôtels garnis du quartier, Jean Mollet lui amena dans l'été de 1904 Picasso rencontré à Montmartre, chez Frédé, l'année d'avant. Guillaume était ce jour-là flanqué d'un Anglais roux et de deux négresses. A son tour, Picasso lui amena Max Jacob, ce dont je me suis toujours étonné, étant sûr d'avoir l'année d'avant rencontré Max au quartier Latin, dans le groupe du* Festin d'Ésope.

1905 fut l'année de la Revue immoraliste, *fondée et mise gracieusement au service d'Apollinaire par Henri Delormel, éditeur du chansonnier antimilitariste Montéhus. Le mot* immoraliste *venait d'être mis en circulation par le roman de Gide. Apollinaire ne l'aimait pas, mais imprimé en caractères elzévir, dans le style de la* Revue blanche, *il faisait bon effet sur la couverture. Il séduisit si peu de lecteurs qu'au deuxième numéro la* Revue immoraliste *devint* Les Lettres modernes. *Avant le troisième, elle disparut. Guillaume avait eu le temps d'y donner une note sur Picasso dont on n'oserait dire que c'est de la critique d'art d'avant-garde ; c'est plutôt de la critique d'art littéraire et psychologique, à la Diderot.*

Alors s'ouvrit la période du « bateau-lavoir ». Dans l'étrange maison de la rue Ravignan, Picasso, Salmon et Max Jacob voyaient presque tous les jours survenir Apollinaire. De leurs entretiens allait sortir tout le mouvement moderne de peinture.

Apollinaire ne fut jamais vraiment montmartrois et le 9 de la rue Léonie, aujourd'hui rue Henner, où il vint habiter en avril 1907, quand il se fut enfin délivré de sa mère, se rattachait plus au quartier de l'Europe qu'à la place du Tertre et à la rue des Saules. Le symbolisme avait fait de la rive gauche le quartier par excellence des poètes. Apollinaire dépendait encore trop du mouvement poétique de 1885 pour ne pas préférer à celui de la Butte l'air respiré par Moréas, Paul Fort et le groupe du Mercure. *Entre le* Café Vachette *où siégeait Moréas, la* Closerie des Lilas *où régnait Paul Fort, directeur de* Vers et

Prose, *et la rue Boissière où Jean Royère, directeur de* La Phalange, *enseignait le culte de Mallarmé, il partageait ses fins de journée, réservant le reste de son temps à des travaux de littérature et à des besognes de bas journalisme. Il collabora un certain temps à* Je dis tout, *la feuille de Jacques Landau, et s'y fit contre Frantz Jourdain, président du Salon d'automne, le défenseur de Vlaminck et d'Henri Rousseau.*

Il est peu probable qu'il ait dès le début admiré le Douanier Rousseau que Jarry avait découvert, mais si prendre quoi que ce fût au sérieux ne rentrait pas dans l'esprit de la petite bande, se moquer d'un brave homme qui peignait de tout son cœur des tableaux d'un art si profondément original dans sa désarmante naïveté, était tout à fait étranger aux façons d'agir de Guillaume et de ses amis. Puisque la critique officielle et bourgeoise tournait Rousseau en ridicule ou le dédaignait, la règle du jeu exigeait qu'on lui fît un sort contraire, avec de grandes chances d'avoir finalement raison. Paradoxe peut-être, et amusement; mystification, non. Un mystificateur, à cette époque, c'était Jules Romains, c'était Paul Reboux; c'était l'imprimeur Paul Birault, l'inventeur d'Hégésippe Simon; ce n'était pas Apollinaire, ni Jarry. Et puis, on en avait tellement assez, de l'impressionnisme ! Quelle joie de revenir à la peinture symbolique et décorative par le détour d'un primitivisme inconscient ! L'occasion était trop belle de marquer en riant une réaction qui correspondait en réalité à une exigence très profonde. Mystifier, c'est abuser de la crédulité de quelqu'un pour rire à ses dépens. Les amis de Poinsinet le mystifiaient — le mot fut forgé à cette occasion — lorsque, pendant plusieurs mois, ils le persuadèrent que le roi de Prusse avait l'intention de lui confier l'éducation de son fils. En faisant croire à Rousseau que le gouvernement de la République l'avait nommé chevalier de la Légion d'honneur, on mystifia le Douanier au sens propre du mot qui, étymologiquement, devrait plutôt signifier rendre mystique ou mystérieux, et non rendre ridicule, mais la mystification ne s'inspirait certainement pas du désir de faire rire de la candeur du Douanier. Salmon, bon témoin, proteste contre l'interprétation donnée à la cérémonie de la décoration et du banquet. En libérant le dégoût qu'on avait de l'impressionnisme, on rendait hommage à ce que l'évolution de l'art doit aux libres inspirations du génie, lequel échappe à toute définition comme à toute détermination prévisible et raisonnable. Voilà ce qu'il y avait de non formulé, mais sur quoi tout le monde était d'accord, dans la pensée des admirateurs de Rousseau, tous plus ou moins méconnus et raillés comme lui. Charles Chassé, l'auteur de D'Ubu roi au Douanier Rousseau, *se trompe encore quand il croit voir une mystification dans la façon dont Guillaume composa son poème* Les Fenêtres, *préface au catalogue d'une exposition Delaunay, un jour qu'avec lui,* René *Dalize et moi nous trouvions assis au bar* Crucifix, *rue Daunou. Quelques vers, notamment le premier, en devaient déjà chanter dans la tête du poète lorsque, s'avisant tout à coup qu'il avait promis à Delaunay sa préface pour ce jour-là, il demanda de quoi écrire et se mit à composer ce qu'il n'appelait pas encore un poème-conversation. Nous nous amusâmes, mais il ne s'agissait, dans notre esprit, ni d'une mystification ni d'une bouffonnerie, et je puis certifier que Dalize et moi étions dans l'émerveillement de voir naître ainsi sous nos yeux un poème de notre génial ami, où des éléments en eux-mêmes prosaïques et plats se transposaient mystérieusement par l'effet de nous ne savions quelle alchimie verbale, n'ayant plus rien de commun avec la vieille rhétorique dont Apollinaire annonçait la fin en proclamant la séparation de la poésie et de la littérature. Apollinaire n'a jamais voulu tromper personne. S'il a trompé quelqu'un, ç'a été en se trompant d'abord lui-même, en perdant le pari qu'il avait fait contre le réel, le certain, le connu, le prévu, le probable, consentant qu'il était d'ailleurs à le perdre dans l'immédiat ou proche avenir pourvu que lui fût laissée une chance de le gagner à longue échéance. Avec le Douanier Rousseau, il n'a pas eu à attendre longtemps.*

Peu de temps après le banquet, Rousseau *tira de lui et de Marie Laurencin deux portraits dont le second était la réplique agrandie du premier :* la Muse inspirant le poète. *Hélas ! la ressemblance n'était pas le fort de* Rousseau, *ce qui n'empêcha pas Guillaume de saluer plus tard en lui un portraitiste incomparable. C'était de l'ironie, mettons : de l'ironie supérieure.*

La liaison de Guillaume et de Marie qu'il avait rencontrée chez Sagot, le marchand d'estampes de la rue Laffitte, ne fut pas exempte d'orages, sort commun à beaucoup de couples humains, mais que Marie ait dû à son exigeant ami une bonne part de ce que nous admirons dans sa peinture, il est difficile de le contester. Il l'aima beaucoup, il enrichit sa sensibilité plastique de la fantaisie et de la poésie dont il débordait, et pourtant il ne la rendit pas heureuse. Pour se rapprocher d'elle qui habitait avec sa mère rue La Fontaine, il quitta l'ancien quartier des Lorettes pour s'aller loger rue Gros, tout près d'elle. Rue Gros, *il eut successivement, au 15, puis au 37, après les inondations* de 1910, deux domiciles remplis de vieux livres, de tableaux modernes et de fétiches africains. L'art nègre était maintenant à la mode et Guillaume s'en était fait le commentateur et l'apologiste.

Après l'échec de la première Nouvelle Revue française, Eugène Montfort avait repris les Marges pour les ouvrir à un petit groupe de ses amis. Désireux d'y publier une rubrique de littérature féminine, il l'avait offerte à la comtesse de Noailles, ce qui révélait de sa part un curieux manque de psychologie, puis à Gérard d'Houville qui lui avait conseillé de la tenir lui-même sous un pseudonyme féminin. Ce détail est à rappeler à qui voudrait voir dans l'affaire de Louise Lalanne une nouvelle preuve de l'esprit mystificateur d'Apollinaire. L'idée lui en fut proposée par Montfort qui l'avait reçue de Marie de Régnier. Une dernière tentative auprès de Colette ayant échoué, Montfort écrivit à Guillaume dont il avait lu des articles dans L'Œuvre de Gustave Théry et dans une revue de Jean de Bonnefon consacrée à l'héraldisme. Après plusieurs visites la collaboration fut mise au point.

Où Apollinaire avait-il pris son pseudonyme ? S'était-il souvenu de Ludovic Lalanne, érudit du règne de Louis-Philippe et du second Empire, dont on ne serait pas étonné qu'il eût consulté les ouvrages à la Bibliothèque nationale ? Leurs titres étaient faits pour le tenter : Curiosités littéraires, Curiosités bibliographiques, Curiosités biographiques, Curiosités de la tradition, des mœurs et des légendes, Curiosités militaires, etc. Il n'est pas interdit non plus de supposer que, cherchant des précédents à la poésie potagère de la comtesse de Noailles et étant tombé sur Le Potager du poète didactique Jean-Baptiste Lalanne qui, dès 1800, chanta le persil, l'oseille, le cerfeuil, l'épinard et le navet, il lui avait prêté une descendante prénommée Louise.

Le premier article de Louise Lalanne était charmant et méchant à souhait. Il fit quelque sensation dans le milieu du Mercure et de La Nouvelle Revue française. On soupçonnait un mystère, mais non pas que Louise Lalanne fût un homme. Qu'elle fût réellement une femme, comment en aurait-on douté après lecture des petits vers que Louise Lalanne publia dans les Marges, au Beffroi et aux Visages de la vie, revue belge, et dont certains étaient de Marie Laurencin ? A la longue,

Guillaume se lassa, et au bout d'une année, la supercherie fut révélée ; elle ne pouvait durer plus longtemps.

Apollinaire qui avait du goût pour les physionomies singulières donna aux Marges une galerie de portraits sous le titre Contemporains pittoresques. Il ouvrit la série par Raoul Ponchon à qui on l'avait présenté au café dans le moment que Jean Richepin briguait, concurremment avec Henri de Régnier, la succession académique d'André Theuriet. Vint ensuite un Feu Alfred Jarry dont il connaissait mieux le modèle, mais qui n'est pas, non plus que les autres « contemporains pittoresques », d'une psychologie très fouillée. Apollinaire était incapable, aussi bien dans ce domaine que dans les autres, d'utiliser la méthode d'analyse, il procédait par intuition et il était ainsi mis assez souvent sur la voie de découvertes surprenantes. Son goût le portait vers l'étrange, l'imprévu, l'abracadabrant, et il racontait ses trouvailles avec une ironie délicieuse. Ses portraits sont d'un conteur et d'un anecdotier, dans la veine des Anecdotiques. Ils ont le mouvement du récit, ils bougent, ils vont et viennent. Le début du Moréas est significatif : « Il s'en allait pensif, imprimant à ses bras légèrement pliés le mouvement du nocher qui écarte les flots pour faire avancer la barque. C'est ainsi que sur le sol magique de la Colchide les Argonautes ont cherché la Toison. » Apollinaire avait connu Moréas en 1903, peut-être au Soleil-d'Or, peut-être le même soir que Jarry. Il l'admirait. Tout le monde admirait Moréas. Il y avait alors pour le classicisme un engouement à peu près général auquel Apollinaire n'échappait pas, comme le prouve son Bestiaire, comme le prouve aussi sa prose si fluide où se retrouvent la transparence de Gérard de Nerval et la finesse d'Anatole France.

S'il admirait Moréas, Apollinaire avait certainement peu de goût pour Catulle Mendès dont il disait ne connaître qu'un vers, à lui signalé par Charles Morice :

Le jet d'eau qui monta n'est pas redescendu...

A propos de ce vers dont on répète couramment, sans l'avoir peut-être vérifié, qu'il forme à lui seul un poème, mais que j'ai en vain cherché dans les œuvres poétiques de Mendès, Guillaume esquisse une défense de l'obscurité en poésie. Lui-même ne l'a jamais pratiquée de façon systématique, bien qu'il ait écrit : « Quoi qu'on puisse penser dans les trois ou quatre partis qui, *actuellement, haussant le ton, se disputent la gloire poétique en France, le mystère, dans la poésie, n'est peut-être pas moins légitime que la clarté. » Aucun de ses poèmes n'est obscur, sauf un, celui qui, précisément comme le vers de Mendès, s'allonge solitaire au milieu d'une page, évoquant l'instrument de musique cher à Monsieur Jourdain :*

Et l'unique cordeau des trompettes marines

Encore n'en est-ce pas le sens qui est obscur, son sens est clair ; ce qui a inspiré à André Rouveyre d'intéressants commentaires, c'est le symbole que le poète y attachait.

Les inondations de janvier 1910 lui fournirent l'occasion de fixer un moment l'attention sur lui en publiant dans L'Intransigeant *ses impressions d'inondé : Auteuil avait été envahi par les eaux. Les portes du journal de Léon Bailby où il avait des amis lui furent ouvertes. Il y prit la succession d'André Salmon à la rubrique d'art. En avril de l'année d'après, il créait au* Mercure de France *celle de la* Vie anecdotique. *Ses trois premières* Anecdotiques *furent signées Montade. Il s'était empressé de faire publier que Montade, c'était lui.*

Une première version de L'Enchanteur pourrissant *avait paru dans quatre numéros du* Festin d'Ésope, *en 1904. Cinq ans plus tard, Henry Kahnweiler en publia une édition de grand luxe, tirée à cent dix exemplaires seulement, ornée de bois d'André Derain et imprimée rue de Douai, chez Paul Birault. La convenance étroite du texte et des gravures fait de ce livre un chef-d'œuvre, le prospectus disait vrai. L'imagination poétique d'Apollinaire s'y révèle nourrie des romans de la* Table ronde, *du* Roland furieux *et du Talmud. Peut-être avait-il lu aussi Edgar Quinet. Tout cela serait à examiner et l'on ne saurait trop souhaiter qu'un jeune médiéviste nous donne une édition critique de* L'Enchanteur. *J'exprimerai pourtant un regret : Apollinaire aurait pu tirer un meilleur parti des légendes où Merlin joue un rôle. Œuvre d'un auteur de vingt ans,* L'Enchanteur pourrissant *n'en était pas moins un début magnifique, d'une maturité déjà étonnante et d'une inspiration où Apollinaire aurait eu intérêt à persévérer si le journalisme, les arts plastiques et la poésie ne l'en avaient distrait ; il aurait trouvé là matière à de beaux romans, peut-être à des ouvrages dramatiques, peut-être à des opéras où son génie eût fait merveille.*

Une bonne partie des contes qui composent L'Hérésiarque et Cie *avait paru à la* Revue blanche. *Recommandée par Élémir Bourges, voisin de Guillaume à Auteuil, à l'éditeur P.-V. Stock, l'œuvre parut avec une dédicace « à Thadée Natanson, ces philtres de Phantase ». Impossible de mieux définir le genre dont relèvent ces récits. Fils du Sommeil, dieu trompeur qui revêt toutes sortes de formes pour apparaître aux hommes endormis, Phantase répand une liqueur subtile sur leurs yeux. En lui se résument tous les jeux bizarres et décevants de l'imagination. Le fils du Sommeil est bien l'inspirateur des histoires « à dormir debout » dont* L'Hérésiarque et Cie *contient plusieurs échantillons remarquables.*

L'Hérésiarque *fut proposé pour le prix Goncourt par Élémir Bourges avec qui Guillaume voisinait non seulement à Auteuil, mais à la Bibliothèque nationale. Ils sympathisaient dans la passion de l'érudition, mais alors qu'Apollinaire voulait celle-ci amusante et pittoresque, Bourges se perdait dans la Bible, les Védas, Eschyle, Shakespeare... Apollinaire le distrayait de ses funèbres méditations; aussi lui ouvrait-il volontiers sa porte et l'accueillait-il toujours par un large sourire de sa mâchoire chevaline. Voilà un écrivain qui ne cherchait pas à « faire du Maupassant » ! Voilà des contes qui le changeaient des romans réalistes dont il était accablé ! Il décida de tenter pour eux ce qui avait déjà réussi pour* Écrit sur de l'eau *de Miomandre. Qui savait si trois ou quatre de ses commensaux du* Café de Paris *ne se laisseraient pas séduire comme lui par une verve et une imagination si originales ? Pour lui faire plaisir, deux des Dix votèrent en effet au premier tour pour Apollinaire, mais le premier tour n'est qu'un tour de politesse.* L'Hérésiarque *manquait d'une certaine consistance, d'un certain poids, disons: d'un certain sérieux. Les jurys littéraires aiment le sérieux et l'auteur de* L'Hérésiarque *avait trop l'air de se moquer du monde. Comprenant qu'il eût été vain d'insister, Bourges porta sa voix sur le candidat de Lucien Descaves, l'auteur de* De Goupil à Margot. *Apollinaire fut déçu, il ne se trompait pas en se croyant un grand talent de conteur. Dans la narration, sa prose a une aisance, une fluidité délicieuses, et le cours de ses récits s'agrémente de mille détours imprévus, de mille trouvailles souvent charmantes, parfois stupéfiantes. Ce qui pèche chez lui, c'est l'ordonnance générale, la composition, défaut qui tient à ce qui, d'autre part, donne* tant de charme à son discours : une constante poussée d'invention et de fantaisie.

Le baron d'Ormesan, héros des six derniers contes, répondait au nom de Géry Piéret. Apollinaire l'avait connu au Guide du Rentier et comme ce jeune Belge était un peu fou, un peu mythomane, et se flattait d'aventures incroyables, il l'avait pris en amitié, allant jusqu'à l'utiliser comme secrétaire. Apollinaire n'ignorait pourtant pas que Piéret avait volé au musée du Louvre deux statuettes hispano-romaines qu'il avait revendues à X... X... eût mieux fait de suivre les conseils d'Apollinaire et de les restituer au Louvre par l'intermédiaire du Matin sous prétexte de prouver qu'il était facile de voler dans nos musées nationaux. L'autorité de Louis Lumet, ami de Guillaume et inspecteur des Beaux-Arts, eût facilité l'opération, mais X... disait les avoir abîmées pour y découvrir certains secrets de l'art antique et barbare. En outre, il avait autre chose à faire, et il tenait à ces statues. En 1911, Géry Piéret, qui avait quitté Paris dans l'intervalle, revint d'Amérique tout juste pour perdre aux courses l'argent qu'il avait gagné là-bas. De nouveau sans le sou, de nouveau il vola une statue au Louvre, et comme il refusait de la rendre, Apollinaire le mit à la porte. Là-dessus fut volée la Joconde. L'aventurier s'empressa d'aller vendre la statue à Paris-Journal qui la restitua au Louvre. Apollinaire était persuadé que c'était Piéret le voleur de la Joconde. Il alla remontrer à X... combien il avait été imprudent en gardant les statuettes et le convainquit d'imiter l'exemple de Piéret, ce qu'il fit : il remit à Paris-Journal les deux pièces d'ailleurs intactes. L'article annonçant la restitution fit scandale. Piéret, affolé, vint supplier Apollinaire de lui donner de l'argent pour lui permettre de filer à l'étranger ; la somme à lui versée par Paris-Journal étant déjà fortement entamée. Apollinaire y consentit et poussa la sollicitude jusqu'à l'accompagner à la gare de Lyon. La justice était à la recherche du fugitif, elle savait qu'il avait été le secrétaire d'Apollinaire. On arrêta celui-ci et on le cuisina pour qu'il dévoilât la retraite du voleur. Il s'y refusa, mais raconta ce qu'il savait du premier vol et nomma X..., non sans bien préciser que celui-ci avait toujours ignoré l'origine des statuettes. On confronta les deux amis. Après avoir tout nié, X... finit par confirmer les déclarations d'Apollinaire et celui-ci fut remis en liberté. Telle est la version de l'affaire que le poète donna plus tard à Madeleine Pagès. Contentons-nous-en ! Il en a été donné de plus complètes.

Aussi bien ne sera-t-on fixé avec exactitude sur les détails *de l'affaire que lorsque le dossier en sera publié. J'y aurais moins insisté si on ne lisait dans une récente histoire de l'art contemporain, œuvre d'un critique d'art connu, qu'Apollinaire avait été arrêté à la porte du musée du Louvre, porteur d'une statuette qu'il venait de voler. Cela m'a fait bondir.*

Dans sa cellule de la Santé, Apollinaire, comme Verlaine dans la prison de Mons, avait eu, du fond de son désespoir, un élan vers le Dieu de son enfance :

Je viens de retrouver la foi
Comme aux beaux jours de mon enfance
Seigneur, agréez mes hommages
Je crois en vous, je crois, je crois
Et je viens de dire un rosaire
Avec mes doigts pour chapelet
O Vierge Sainte, écoutez-les
Écoutez mes pauvres prières.

Il venait de faire ses débuts au Matin *comme conteur quand son arrestation porta tous ses amis au comble de l'indignation. André Tudesq, qui tenait à* Paris-Midi *l'emploi de chef des informations, avait avec René Dalize des relations fondées sur la franc-maçonnerie de l'opium. Nous nous mîmes instantanément d'accord pour rédiger et faire circuler le texte d'une protestation qui se couvrit de signatures. Pour téléphoner, nous nous tenions en permanence au bureau de tabac qui fait le coin de la rue Vivienne et de la rue des Petits-Champs, sous les fenêtres du journal, devenues plus tard celles de Colette. Nos camarades de* L'Intransigeant *et des autres quotidiens ne restaient pas inactifs non plus. Dunoyer de Segonzac et Luc-Albert Moreau parlaient déjà d'un déjeuner qui serait offert à Guillaume à sa sortie de prison. Il fut question aussi d'une réunion générale à la* Closerie des Lilas; *son frère Albert fut d'avis qu'on y renonçât pour l'instant. Le 4 septembre, j'avais annoncé qu'Apollinaire s'était le 20 août rendu acquéreur du château de Gréoux-les-Bains, ancienne commanderie des Templiers, pour la somme de mille cinquante francs, et qu'il avait l'intention de le restaurer. Information imaginée dans la chaleur d'une fin de dîner et qui, toutefois, s'accompagnait de tant de précisions qu'aujourd'hui encore elle pose pour moi une petite énigme. La solution pourrait bien s'en trouver dans* L'Anecdotique *du 1er août précédent ; Apollinaire y parle de Manosque et d'un abbé originaire de cette ville, alors candidat au trône de*

France. Le chroniqueur du Mercure *avait-il été le mois précédent à Manosque et à Gréoux ? Ce serait à croire. Mon information avait paru et avait été reproduite çà et là le 4 septembre. Apollinaire fut arrêté le 9. Le 10, je crus prudent de publier dans ma rubrique de* Paris-Midi *une seconde information annulant la première : non, Apollinaire n'avait pas acheté le château des Gréoux, M. Drioux, juge d'instruction, se serait fourvoyé en cherchant de ce côté la vérité sur les vols du Louvre.*

Depuis 1909, Apollinaire travaillait pour les frères Briffaut, éditeurs de la Bibliothèque des Curieux, *rue de Fürstenberg. En 1913, il fit paraître chez eux* La Rome des Borgia, *puis, en 1914,* La Fin de Babylone *et* Les Trois don Juan. *Pour la plus grande partie du moins, le texte de* La Rome des Borgia *et de* La Fin de Babylone *est de René Dalize qui l'égaya de plaisanteries secrètes et d'allusions voilées à de menus incidents de la vie quotidienne d'Apollinaire et de ses amis. Chacun de nous y mit sa petite pincée de gros sel. Il y eut à cette occasion d'homériques parties de fou rire. Je ne dirai rien des œuvres priapiques d'Apollinaire que je n'ai jamais lues, écartées d'elles par un préalable et invincible ennui. L'érotisme a été un des ressorts importants de sa pensée. Il avait cela de commun avec son complice et ami Fernand Fleuret, « contemporain pittoresque » s'il en fut, que son goût sévère et son érudition toute classique empêchaient d'approuver les aventureuses hardiesses de Guillaume en poésie et en art. Avec Louis Perceau, tous deux collaborèrent à* L'Enfer de la Bibliothèque nationale, *icono-bio-bibliographie descriptive, critique et raisonnée, de tous les ouvrages érotiques et obscènes conservés à la Réserve de la rue de Richelieu. On dit souvent que l'érotisme littéraire ne saurait être tenu pour la preuve d'un érotisme personnel très efficace. La remarque, si elle peut s'appliquer à Fleuret, ne s'applique certainement pas à Guillaume. De la* Bibliothèque des Curieux *et des officines clandestines pour lesquelles, dès 1900, il écrivit des romans et des vers à faire circuler sous le manteau, il tirait de quoi manger. Ce serait à invoquer pour son excuse s'il avait besoin d'une excuse.*

Son admiration pour le marquis de Sade naquit d'une thèse de doctorat sur les romanciers de la Révolution qu'un candidat ou une candidate au bonnet carré l'avait chargé de composer moyennant une honnête rétribution. Il y avait intéressé Dalize ; tous deux en parlaient à mots couverts. C'est ainsi que Guillaume fut, avec M. Maurice Heim, à l'origine de la faveur dont le divin marquis jouit présentement auprès de certains.

Il s'est trouvé des critiques pour froncer le nez devant les Anecdotiques. *Du journalisme, peuh ! Ils n'ont pas senti la qualité de ce journalisme-là. Pour nous qui avons connu et fréquenté Apollinaire et qui avons vécu avec lui, si l'on peut dire, quelques-unes de ses* Anecdotiques, *pour nous qui à côté de lui en rédigions d'autres, les* Anecdotiques *demeurent fort expressives de sa curiosité émerveillée, des grâces et des ressources sans cesse renouvelées de son esprit. Nous n'en retiendrons qu'un passage, celui qui se rapporte à Gérard de Nerval et à sa conversation : il s'applique trop exactement à Guillaume pour qu'on puisse douter qu'il ait voulu s'y peindre lui-même : « Esprit charmant ! Je l'eusse aimé comme un frère. Et qu'on ne s'y trompe point, une telle conversation n'indique pas ce qu'il est convenu aujourd'hui d'appeler de l'érudition et qui n'en est point ; c'était tout simplement l'indice d'une imagination ardente qu'il essayait de mettre à la portée de son interlocuteur en choisissant parmi les notions que tout le monde peut avoir acquises, les plus rares. Car, pour ce qu'il imaginait, il n'en parlait pas au premier venu, ni peut-être à personne, mais tenait son imagination en éveil même pendant la conversation, grâce à ces bizarreries historiques et littéraires, auxquelles, sans doute, il ne pensait jamais. »*

Son bref séjour en prison avait profondément altéré la bonne humeur naturelle de Guillaume. Quand aurait-il son non-lieu ? Sa liberté n'était que provisoire. N'allait-on pas prendre contre lui un arrêté d'expulsion ? Après son incarcération lui serait-il possible de se faire naturaliser ? Il paraissait si malheureux, si changé, si inquiet des attaques dont il continuait d'être l'objet, que l'idée nous vint de nous grouper à quatre ou cinq autour de lui dans une revue dont chacun de nous assurerait les frais à parts égales. Cette idée lui fut agréable, mais à qui faire appel ? Ainsi qu'André Salmon dont le nom était inséparable de celui d'Apollinaire, René *Dalize était tout indiqué, André Tudesq aussi, que nous voyions tous les jours à* Paris-Midi *et qui, d'ailleurs, allait entrer au* Journal. *A un de mes amis d'enfance, imprimeur à Cambrai, je demandai un devis. Il fut d'une centaine de francs. L'affaire était possible. Restait la question du titre. En souvenir des* Soirées de Médan, *je proposai les* Soirées de Paris. *Cela plut. Rendez-vous fut pris alors au* Café de Flore, *encore bien différent de ce qu'il est devenu. On y était tranquille. Apollinaire y vint d'Auteuil. J'apportai les spécimens typographiques, dont celui du titre, tiré sur un horrible papier que, pour raison d'économie, on décida d'adopter, et Dalize nous lut un projet de statuts qui nous fit un peu sourire; Dalize prenait les* Soirées de Paris *fort au sérieux, tellement au sérieux qu'il en fut nommé administrateur. Il s'y consacra de tout son cœur. Il ne se montrait plus que leurs exemplaires sous le bras où, voisinant avec son éternel parapluie, ils avaient remplacé ceux de* L'Écho de Chine, *longtemps son journal de prédilection. Apollinaire, lui, voyait dans les* Soirées *un instrument d'influence. Pour Tudesq et moi, elles n'étaient qu'un aimable divertissement, propre à nous distraire du journalisme. Quant à Salmon, qui s'y intéressait peu, il ne tarda pas à nous quitter. Il fut remplacé par Charles Perrès, l'auteur des* Bavardages d'Attila, *homme d'esprit, dont la situation financière nous paraissait correspondre parfaitement aux exigences éventuelles de l'entreprise; il en a bien ri quand il l'a su.*

En possession de son non-lieu, Guillaume ne tarda pas à retrouver son assiette morale si solide. La défense des peintres nouveaux l'occupa de plus en plus.

En octobre 1912, séparé de Marie Laurencin, il quitta Auteuil pour cet extraordinaire appartement du 202, boulevard Saint-Germain que je connaissais déjà pour y avoir fréquenté dix ans plus tôt les réunions d'Henry Guibert. Jacqueline Apollinaire l'a gardé à peu près intact, réserve faite de la « guitoune » que Guillaume avait fait construire sur la terrasse.

Adéma a eu raison d'écrire que ceux qui connaissaient Guillaume attachèrent peu d'importance à son manifeste futuriste, Dalize et moi n'en fûmes pas moins attristés de voir notre ami donner dans les enfantillages de Marinetti. C'était nouveau, et il avait décidé que tout ce qui était nouveau serait sien. Nouveauté, les enregistrements phonographiques auxquels procédait Ferdinand Brunot sous les combles de la Sorbonne devaient le séduire. Convoqués en même temps que lui, Paul Fort et André Salmon l'y accompagnèrent et j'en fis autant. C'était encore des enregistrements acoustiques, sur cylindres. Campé devant l'appareil, Apollinaire fit entendre une mélopée un peu sourde, un peu nasale, aujourd'hui fort émouvante, et qui l'était déjà quand nous l'écoutâmes sortant de sa bouche. J'ai quelque mal à me défendre contre l'idée que s'y avoue le véritable Apollinaire, mélancolique, nostalgique, sentimental, et, pour tout dire, romantique, et que les ambitions subversives du chef d'école restaient étrangères à son âme profonde. Je ne me dissimule pourtant pas que, par une autre tendance de son caractère et de son humeur, il aspirait à un avenir merveilleux. Il y avait chez lui beaucoup d'optimisme naturel, produit de son adolescence méridionale, mais il était du Nord par sa mère et, de ce côté, toujours sous la menace de la malédiction et de la catastrophe. Les théories tainiennes sont délaissées; si un cas particulier pouvait les remettre en faveur, ce serait celui d'Apollinaire et des contradictions dont sa nature morale était le siège.

Il me serait difficile d'expliquer pourquoi se dispersa le groupe des cinq qui assuraient la publication des Soirées de Paris. *Il n'y eut aucune brouille. Toujours est-il que je fus amené à me proposer comme directeur et seul responsable; je comptais sur le concours d'amis. Ce concours me fit défaut. Je persistai quelques mois dans mon entreprise et enfin l'abandonnai. Apollinaire, qui était assuré de l'appui financier de la baronne d'Oettingen et de son frère Serge Férat, prit ma suite et fit des* Soirées de Paris *l'organe de l'art et de la poésie d'avant-garde.*

On décèle plusieurs inspirations et plusieurs techniques dans Alcools. *L'inspiration élégiaque, d'abord, la plus ancienne, dont un des poèmes les plus typiques est* Clotilde :

L'anémone et l'ancolie
Ont poussé dans le jardin
Où dort la mélancolie
Entre l'amour et le dédain.

De cette veine mélodique, on peut citer aussi Marie *et le* Pont Mirabeau, *lieder charmants. C'est elle qui a fait le succès du poète dans le public, toujours avide d'émotions sentimentales et de vers faciles à réciter de mémoire.* La Chanson du Mal Aimé *est sans doute le dernier chef-d'œuvre de cette poésie-là, bien que l'auteur, emporté par son goût de l'imprévu et du pittoresque exotique, y ait inséré la réponse des Cosaques Zaporogues au sultan de Constantinople et qu'en pleine effusion de mélancolie amoureuse cette truculente et martiale apostrophe paraisse un peu hors de propos. Apollinaire ne savait pas résister au besoin de déconcerter, de surprendre, de briser le rythme, de rompre le développement d'un sentiment ou d'une pensée. Il en tirait des effets magiques. De cette forme d'inspira-*

*tion, favorisée par l'extraordinaire agilité de sa mémoire et les caprices de sa fantasque imagination, sont issus les poèmes les plus caractéristiques d'*Alcools : Zone, *où son amour malheureux pour Marie lui a inspiré des vers si déchirants,* Le Voyageur, L'Émigrant de Landor Road. *Toutefois, il convient de mettre à part* Vendémiaire *qui clôt le recueil et que Guillaume a été bien inspiré de mettre ainsi à la fin, car ici sa pensée s'élargit à la dimension de l'univers. Je ne sais rien, dans toute la poésie moderne, qui soit enlevé d'un plus large coup d'aile :*

> Hommes de l'avenir souvenez-vous de moi
> Je vivais à l'époque où finissaient les rois.

Tout le reste du poème se maintient sans faiblesse à cette hauteur.

> Un soir passant le long des quais déserts et sombres
> En rentrant à Auteuil j'entendis une voix
> Qui chantait gravement se taisant quelquefois
> Pour que parvînt aussi sur les bords de la Seine
> La plainte d'autres voix limpides et lointaines
> Et j'écoutais longtemps tous ces chants et ces cris
> Qu'éveillait dans la nuit la chanson de Paris.

A la gloire de la ville et de la civilisation dont elle est le siège, il n'a jamais été composé d'hymne aussi beau. « C'est peut-être Vendémiaire *que je préfère, écrivait-il en 1915 à Madeleine Pagès, et j'aime aussi* Le Voyageur », *et il ajoutait : « D'ailleurs, j'aime beaucoup mes vers, je les fais en chantant et je me chante souvent le peu dont je me rappelle et c'est bien peu, surtout maintenant... Je ne me rappelle plus un seul vers de* Zone. » *Il avait une trop bonne mémoire pour que ce fût vrai.*

*La suppression de toute ponctuation pratiquée par lui sur les épreuves d'*Alcools *a suscité bien des commentaires. Souvenir de Mallarmé ? Initiative spontanée ? Il y a peu de ponctuation dans Mallarmé, mais il y en a. En revanche, et je signale la chose à ceux que ce petit problème intéresse, il n'y en a pas dans* Futile, *de François Bernouard, plaquette de vers dont l'achevé d'imprimer porte la date de janvier 1911.*

Apollinaire connaissait très bien Bernouard dont il devint le voisin à la fin de 1911.

Les Peintres cubistes, *premier volume d'une série de* Méditations esthétiques *qui n'eut pas de suite, dans une collection,* Tous les Arts, *dont Guillaume avait pris la direction chez l'éditeur Figuière et où venaient de paraître un* Henri Rousseau, *de Uhde, et* Du Cubisme, *de Gleizes et Metzinger, n'ont jamais été réédités. Ce livre contient pourtant de fort belles pages dont la peinture abstraite, aujourd'hui en faveur, a renouvelé l'actualité. Rarement plus sérieuse, la pensée d'Apollinaire s'est élevée ici très haut, dans une prose poétique et pure. Je ne sais ce qui subsiste de la distinction établie par l'auteur entre le cubisme scientifique, le cubisme physique, le cubisme orphique et le cubisme instinctif : je crains que ces dénominations n'aient pas résisté au temps. Matisse, Rouault, Derain, Dufy et Van Dongen, que Guillaume rangeait sous la rubrique du cubisme instinctif, se sont imposés sans le secours de cette étiquette. Mais il régnait alors en littérature un goût étrange pour les théories et les écoles, et la condition essentielle et préalable de celles-ci était de porter un nom en isme. Apollinaire s'était cru obligé de cataloguer malgré eux les peintres les plus rebelles à une opération de ce genre. Les longues conversations que j'avais avec lui à ce sujet m'autorisaient à douter qu'il fût dupe du procédé et qu'il refusât à tous les talents nouveaux le droit de ne rien devoir au cubisme.*

Le 26 juillet 1914, Apollinaire et Rouveyre se rendirent à Deauville, envoyés par Gaston de Pawlowski, rédacteur en chef de Comœdia, *afin d'y faire un reportage sur les festivités balnéaires et mondaines de la plage à la mode. Les deux amis étaient au casino quand la nouvelle de la mobilisation générale éclata. Le temps de plier bagage, et en route à travers la nuit ! Ils ne soufflèrent mot jusqu'à Fontainebleau où habitait Rouveyre et où Guillaume l'accompagna pour y écrire son article. Une vie nouvelle commençait, Apollinaire en avait le pressentiment.*

Il prit tout de suite la décision de s'engager, mais, né à Rome et de nationalité russe à cause d'une mère polonaise, il rencontra des difficultés, et quand l'avance allemande fit s'enfuir vers les provinces une grande quantité de Parisiens, il suivit leur exemple ; il prit le train pour la Riviera où s'était achevée quinze ans plus tôt la première période de sa vie et où il comptait encore beaucoup d'amis. A Nice, il loua une chambre meublée sous les toits et s'abandonna à l'insouciance des mœurs et du climat. Dans une fumerie d'opium, il rencontra vers la fin de septembre Louise de C..., jolie femme d'origine aristocratique dont le cas n'était pas sans analogie avec celui de sa mère. Les beaux yeux de la dame le séduisirent d'abord; de savoir ses hautes origines acheva de l'attacher. Ne portait-elle pas exactement le même nom que la veuve de Guillaume d'Orange, morte à Fontainebleau, fidèle à la foi de son père et en vain menacée de l'enfer par le futur cardinal de Richelieu? Il la pressa, la harcela; elle se refusa catégoriquement. Humilié, désespéré, il prit le parti de se présenter devant le conseil de révision.

Je me suis engagé sous le plus beau des cieux
Dans Nice la Marine au nom victorieux.

Reconnu bon, *il fut affecté au 38e d'artillerie à Nîmes. S'était-il attendu qu'elle le rejoignît? C'est en tout cas ce qu'elle fit. Pour l'apprenti-artilleur, les cieux s'ouvrirent. Jointes à la découverte d'un milieu nouveau et aux fatigues de la manœuvre à pied, de l'équitation, de l'astiquage, du pansage, des cours du peloton, de telles voluptés l'épuisèrent et l'exaltèrent à la fois. Hélas! Lou repartit au bout de huit jours en promettant de revenir. Ses lettres s'espacèrent. Elle ne revint pas. Pour la Noël il eut une permission et alla la retrouver à Nice, mais en vain loua-t-il pour la recevoir à Nîmes un logement tranquille et ensoleillé qu'il lui décrivit complaisamment, trop complaisamment: « Dans la petite (pièce) toilette, évier pour vider l'eau, fourneau à gaz, suspension à gaz, table, chaises. Il y aura également une bonbonne pour l'eau de la journée que la femme de ménage montera le matin du puits ou de la fontaine au bout de l'enclos dans la rue de la Biche... » S'il lui avait plu absolument, elle aurait peut-être passé sur tant d'inconfort. Ils eurent une dernière entrevue à Marseille le 29 mars 1915. Ils s'accordèrent sur l'idée de prolonger par lettres leur aventure sensuelle; ils ne se cacheraient rien de leurs prouesses. Dérivatif lamentable, mais le pauvre amant était poète et son imagination trouverait là un nouveau terrain d'exercice conforme à cet érotisme qui était une des tendances profondes de sa nature intellectuelle. Félicitons-nous qu'ils n'aient pas rompu, puisque, de ce regain de leur liaison, désormais toute cérébrale et litté-*

raire, naquit Ombre de mon amour *où une surabondance poétique explose si merveilleusement. Une inspiration exaspérée par le chagrin, le désir et le danger, a produit là des cris extraordinaires, inouïs, qui rejoignent et dépassent dans leur désordre la plus voluptueuse poésie orientale.*

Volontaire pour le front, Guillaume quitta Nîmes le jour de Pâques 1915. « Je suis transporté d'enthousiasme de partir, notait-il. Maintenant une vie nouvelle commence, celle où le caractère peut montrer ce qu'il est. » Le 9 avril, il m'écrivait :

Premier canonnier conducteur
Je suis au front et te salue
Non non tu n'as pas la berlue
Cinquante neuf est mon secteur

Quelques jours après, il recevait les galons de brigadier ; au mois d'août, ceux de maréchal des logis.

Apollinaire artilleur et poète de la guerre a été pour ses amis un grand sujet d'étonnement. Ce bon vivant, cet amateur de raretés et de curiosités, ce dilettante, ce fantaisiste, ce raffiné, aurait dû souffrir plus qu'un autre de la vie de caserne et de tranchées, de la discipline surtout ; il s'en accommoda très bien. Au début, on aurait pu croire à une gageure et que le parti qu'il avait pris si allégrement de son nouveau sort n'était dans sa vie qu'un paradoxe de plus. Il fallut se rendre à l'évidence : malgré sa corpulence, son humeur capricieuse et son impatience de toute contrainte, il s'était adapté aux rudes exigences de la vie militaire avec une déconcertante facilité. Il avait mieux fait que de s'y adapter, de s'y soumettre, il les avait faites siennes, il les avait incorporées à sa façon d'être et de penser, il les magnifiait, il les exaltait, il les chantait, elles étaient devenues pour lui le ressort d'une sensibilité nouvelle et d'un état d'âme qui avait toujours été le sien : l'émerveillement.

Ah ! Dieu ! que la guerre est jolie
Avec ses chants ses longs loisirs

La guerre en dentelles ? Non, la vraie guerre, du moins celle des artilleurs, mais transposée dans l'ordre du sentiment, de la poésie et d'un héroïsme qui en acceptait en riant tous les risques. Parmi les millions d'hommes mobilisés en Europe de 1914 à

1918, Apollinaire a été le seul à prendre les choses sur ce ton et dans cet esprit, son génie sauvant ce qu'une pareille attitude aurait pu avoir de futilité choquante.

Dans le train qui le ramenait de Nice à Nîmes, après la permission de Noël passée près de Lou, il avait noué conversation avec une jeune inconnue aux beaux yeux et, se présentant comme poète, avait hasardé un doigt de cour qui n'avait pas été trop mal accueilli. A Marseille, ils avaient échangé leurs adresses. Au front, il retrouva dans un carnet le nom de Madeleine Pagès, professeur au lycée de jeunes filles d'Oran, et comme la satiété commençait à lui venir de sa correspondance avec « l'ombre de son amour », il écrivit à la jolie voyageuse du train de Nice pour s'excuser de ne pas lui avoir envoyé l'exemplaire d'Alcools *promis. Elle lui répondit d'Oran par une lettre et un colis et ainsi commença une correspondance amoureuse qui aboutit quatre mois après à une demande en mariage, entrecoupée de lettres à Lou, à sa « marraine » Jeanne Yves Blanc, à Louise Faure-Favier par l'intermédiaire de laquelle il avait renoué avec Marie Laurencin exilée en Espagne, à des amis de toutes sortes. Écrire des lettres et des vers était pour lui le meilleur moyen de tromper la monotonie de la vie de tranchées.*

Peu à peu ses lettres à Madeleine prirent le ton le plus libre qu'il fût permis à un combattant de prendre avec une jeune fille rencontrée une fois dans le train et dont l'éloignement embellissait le souvenir. Apollinaire n'avait jamais pensé au mariage. Avait-il eu l'idée d'épouser Marie Laurencin ? Nous croyons savoir qu'en tout cas l'intention n'avait pas été réciproque ; il était trop autoritaire et trop tyrannique, sa partenaire trop indépendante. Aussi bien l'époque n'était plus ce qu'elle était avant 1914, le ton général, les idées, les mœurs étaient changés, et l'on serait tenté d'écrire que ce changement n'avait été pour personne aussi profond, aussi radical que pour Guillaume. La guerre, l'uniforme, le galon l'avaient transformé. Ils étaient loin, le dévergondage et l'anarchie qui avaient présidé à sa formation monégasque et à ses aventures dans les petits journaux ! Son sang polonais étouffait maintenant son dilettantisme parisien, faisait de lui un homme de devoir, de devoir militaire et patriotique, et aussi de devoir social : cette jeune fille qu'il aimait, qu'il désirait, qu'il possédait déjà en imagination, il l'épouserait, c'était la seule solution conforme à l'éthique des temps nouveaux. Quatre mois s'étaient à peine écoulés depuis le début de leur correspondance qu'il écrivait à la mère de Madeleine pour lui demander la main de sa fille. « *Nous sommes mariés déjà, écrivait-il à sa fiancée le 22 octobre 1915, puisque le sacrement du mariage a pour ministre les conjoints qui se joignent par leur volonté, le prêtre ne joue que le rôle de témoin et non d'officiant. Il ne nous manque que ce témoignage, mais le mariage est déjà réel et indissoluble aux termes de la doctrine catholique puisque nos volontés y ont consenti.* » *Il y a des réserves à faire sur cette interprétation de la doctrine, le mariage n'est validé que s'il a été contracté devant un prêtre et Apollinaire le savait bien, mais il lui plaisait de donner à sa fiancée ce témoignage de loyauté en se disant lié religieusement à elle. Il lui écrivit un autre jour :* « *Songez cependant que rien n'est plus prolifique que le sang polonais, le vôtre, d'après ce que vous m'en avez dit, n'est point stérile non plus, et il y a bien 70 chances sur 100 pour que nous ne restions point seuls.* » *Première manifestation de son zèle pour la repopulation.*

Le 24 novembre 1915 : « *J'ai été sollicité d'être officier, je n'ai pu refuser. J'aurais pu le faire, mais étant donné que je suis engagé volontaire, je ne le pouvais pas sans avoir l'air de mettre une restriction à mon engagement, restriction qui n'est pas en moi. D'autre part, j'en avais assez d'être sous-off, et surtout, ce qui prime tout, c'est que ma victoire à moi, c'est toi, et qu'un amour comme le nôtre exige un très grand sacrifice...* » *On doute que cette mystique ait été du goût de la fiancée. A la vérité, il avait grande envie d'être officier et, pour le reste, il s'en remettait à son étoile. Promu le 20 novembre 1915 sous-lieutenant de l'active à titre provisoire au 96ᵉ d'infanterie, 6ᵉ compagnie, il était en première ligne neuf jours après. Ici, la guerre n'était plus jolie du tout :* « *Tout cela est bien singulier et bien épouvantable* », *écrivait-il à Madeleine. Dans l'intervalle, presque tous les hommes de la pièce qu'il avait quittée avaient été massacrés.*

Trois semaines après son arrivée au front, il obtint une permission pour Lamur, faubourg d'Oran. Était-il bien décidé à épouser Madeleine ? Et, si oui, pourquoi, une fois parvenu à Oran, ne l'épousa-t-il pas ? A la revoir fut-il déçu ? Éprouva-t-il un désenchantement ? Le fait est que, le 9 janvier, il se rembarqua pour Marseille, simple fiancé comme devant. Sur le bateau, il lia connaissance avec une passagère dont on doit croire qu'elle ne lui déplaisait pas puisque à Paris il nous la présenta, nous donnant à penser qu'il avait fait sa conquête, mais s'amusant d'elle assez ouvertement. Elle se rendait, si j'ai bonne mémoire, dans la région nantaise. Elle portait voilette; elle nous demanda la permission de se « dévoiler ». Elle était un peu ridicule.

Le 9 mars, il fut naturalisé. L'enquête de police, provoquée par sa demande de naturalisation, avait été longue et retardée par l'histoire des statuettes dont le mauvais souvenir restait attaché à son nom.

Le 17 mars, au Bois des Buttes, près de Berry-au-Bac, il lisait le Mercure *quand un éclat d'obus l'atteignit à la tête et, à travers son casque, le blessa profondément. Transporté au poste de secours, puis à l'ambulance, il y reçut les premiers soins. Incision en T et extraction d'éclats. C'est du moins ce que dit la note de la doctoresse Nageotte, du Val-de-Grâce, mais nous verrons plus loin, d'après l'agenda du blessé, qu'il aurait quitté Château-Thierry sans que les éclats eussent été extraits. La date de l'arrivée au Val-de-Grâce n'est pas non plus la même dans les deux documents. Le 20, donc, il était à l'hôpital de Château-Thierry. Il y fut gardé jusqu'au 28. La blessure ne paraissait pas intéresser le cerveau. Au Val-de-Grâce, elle ne fit pas non plus mauvaise impression. Des maux de tête, de la fatigue, des vertiges, de l'abrutissement n'excluaient, nous en fûmes témoins, ni le calme ni la bonne humeur. Aurait-on dû le trépaner à ce moment? Son ami Serge Férat était infirmier à l'hôpital de l'ambassade italienne, au coin de l'esplanade des Invalides et du quai d'Orsay; il l'y fit venir. L'humeur italienne de l'ambassadeur et de l'ambassadrice l'amusa beaucoup. Cependant son rétablissement n'était pas en bonne voie, le bras gauche s'alourdissait. Bientôt la trépanation parut nécessaire. Henri Duvernois, qui fut son infirmier à la Villa Molière, a écrit: « Blessé d'un éclat d'obus à la tête, Guillaume Apollinaire avait été trépané. Quelque temps après cette opération, il ressentit des troubles: une jambe et un bras s'engourdissaient progressivement, jusqu'à la paralysie. Une nouvelle intervention chirurgicale fut décidée. Il s'agissait de pratiquer un « volet ». En somme, une deuxième trépanation destinée à décongestionner le cerveau... » Duvernois s'est trompé, il n'y eut qu'une trépanation, celle de la Villa Molière. Mais il reste un doute sur la date et le lieu de l'extraction des projectiles. A ce sujet, l'agenda du blessé est formel. Voici ce qu'on y lit et dont je dois communication à l'obligeance de Jacqueline*

Apollinaire: « Mars 17. Vendredi. Bombardement. Je lisais à découvert au centre de ma section, je lisais le Mercure de Fr... *A 4 h. un obus éclate à 20 mètres; un éclat perce le casque et troue le crâne. Après bombardement, 8 h. 1/2; le Cdt Genet m'amène au médecin-chef du 246ᵉ: Dr Chambellini (?) qui me panse (plaie de la région temporale droite). Je suis évacué au bois de Beaumarais, de là à l'ambulance 1/55 secteur 34. On m'endort, l'éclat a enfoncé la boîte crânienne et y est resté, on l'y laisse (Dr Métivier, Dr Maisonnée, 2 chirurgiens, pas même école). On m'apporte ma cantine. Serai évacué demain, irai avant tout à Jonchery. Lundi 20. Evacué à Jonchery, déjeuner dans la salle d'attente des blessés dirigés sur Château-Thierry. Soigné par le chirurgien, professeur à la faculté de Rennes. Aujourd'hui 22, radiographie mon crâne et la cicatrice de la surface d'une pièce de 5 francs. On m'y a laissé le projectile. Aujourd'hui 2ᵉ piqûre antitétanique en deux fois. Nuit atroce. Pour la solde écrire aussitôt arrivé au chef de bureau de comptabilité, dépôt de Béziers. Jeudi 30. Je quitte Château-Thierry. Je passe la nuit à Juvisy. Vendredi 31. J'arrive au Val-de-Grâce...* (Du 1ᵉʳ au 15 avril, l'agenda ne porte aucune note) *15 avril: Hôpital du gouvernement italien 41, quai d'Orsay. C'est l'hôtel séquestré du comte Caroli. L'ambassadrice d'Italie, donna Brice-Tittoni, sœur des frères Traversi, auteurs dramatiques, est charmante, petite, fine, remuante, cheveux gris, très bonne, simple et intelligente. Le 4 mai Mme Tittoni me mène à la Villa Molière pour y être trépané. L'ambassadrice me recommande. On me met au 2ᵉ étage (étage des civils). Vendredi 5 mai. Je dois être opéré mardi. Connaissance d'Henri Duvernois. J'écris au Cdt Genet. On me rase la tête. Lundi 8. Je serai trépané demain. Mardi 9. Trépanation. »*

Coïncidence frappante; dans le moment même qu'on lui ouvrait la tête paraissait Le Poète assassiné *dont la couverture, illustrée par Cappiello, représentait un cavalier au crâne ensanglanté. C'est une autobiographie symbolique et rabelaisienne où lui-même se représente en butte aux persécutions. De fugitives allusions à Rome, à Monaco, à Munich, à La Napoule, prouvent que les souvenirs gardés par lui de sa jeunesse étaient restés bien vivants. On ne devine pas l'origine de l'appellation* oiseau du Bénin *par laquelle est désigné Picasso. Tristouse Ballerinette est à la fois une figuration littéraire de Marie Laurencin et une synthèse de l'éternel féminin dont l'auteur avait eu tant à souffrir. « Depuis cinq mois, Tristouse Ballerinette était devenue la maîtresse de Croniamental, qu'elle aima passionnément durant huit jours. En échange de cet amour, le lyrique garçon l'avait rendue glorieuse et immortelle en la célébrant dans des poèmes merveilleux.* » *Ce qui suit sent un peu trop la rancune, mais il est vrai qu'à la date où fut écrit* Le Poète assassiné *le cœur de Guillaume saignait encore. L'autre œuvre de lui à laquelle* Le Poète assassiné *ressemble le plus est* L'Enchanteur pourrissant. *Rhapsodies lyriques où la prose et les vers, les dialogues et le récit, les symboles et les souvenirs s'entremêlent à chaque page sans ordre et sans plan préconçu et que l'imagination du poète, la richesse et l'imprévu de ses images, la grâce et la pureté de son style sauvent à chaque page. La prose symboliste n'a rien produit de plus beau. Une des inventions les plus heureuses du* Poète assassiné *est l'idée de la statue creusée dans le sol par l'oiseau du Bénin en souvenir de son ami Croniamental. Idée prophétique, présage du monument que Picasso devait exécuter d'abord pour le Père-Lachaise, puis pour le square de Saint-Germain-des-Prés, et dont on peut craindre qu'il ne reste toujours à l'état de projet. Une statue en creux, c'est bien celle qui semble s'annoncer pour Apollinaire.*

Sa blessure et sa trépanation influèrent douloureusement sur le cours de ses pensées. Il avait trop souffert pour un pays où son talent n'avait été jusqu'alors honoré que de sarcasmes et de moqueries ! Il prit en grippe tous ceux qui n'avaient pas payé de leur personne pour la défense de la patrie. Son patriotisme se fit ombrageux. Le banquet qui lui fut offert au Palais d'Orléans le 31 décembre 1916 lui apporta pourtant une immense satisfaction, non seulement comme témoignage de l'admiration et de l'amitié qu'on lui avait vouées dans tous les milieux, mais par la violence des manifestations dont il fut l'occasion, notamment de la part de Blaise Cendrars, étranger lui aussi, grand blessé lui aussi. Mme Aurel, qui avait sollicité la présidence, ne put se faire entendre. Le désordre et le bruit furent indescriptibles. Rarement Guillaume avait été à pareille fête.

Sur sa tête, le turban de toile était maintenant remplacé par un cabochon de cuir que maintenait une courroie, et coiffé d'un haut bonnet de police, étroitement sanglé dans son bel uniforme bleu horizon, il circulait à travers Paris, faisant admirer sa majestueuse prestance et son impérieux profil.

Durant ces mois qui s'écoulèrent de sa sortie de l'hôpital à sa mort, il atteignit le plus haut point de son prestige et de son influence. Son esprit régnait sur la revue Sic de Pierre-Albert Birot, sur Nord-Sud de Pierre Reverdy, sur tous les poètes et peintres d'avant-garde. Il avait pris définitivement conscience de sa mission. Il serait l'annonciateur d'un humanisme fondé sur la connaissance du passé et l'accord de la poésie avec la science. Aller de l'avant avec audace, mais sans témérité excessive, s'engager à fond dans les voies ouvertes par l'expérience de la guerre et les nouvelles inventions, notamment par le cinéma (nous fîmes ensemble un scénario de film) : le salut, le progrès étaient à ce prix. Ces préoccupations sont absentes des strophes délicieuses qui, avec d'admirables et voluptueux dessins de Rouveyre, composent Vitam impendere amori, mais le dédoublement et la métamorphose étaient tellement dans la nature de Guillaume !

Nous nous voyions quotidiennement. Je l'avais fait entrer au bureau de la Presse du ministère de la Guerre, à Paris-Midi, à L'Information. Il collabora aussi à Excelsior. Je travaillais chez lui, assis devant lui, à sa table. Il avait toujours redouté la solitude. Il avait commencé avant la guerre un livre sur les Mormons : il le reprit dans l'intention d'en tirer un roman qui se serait appelé Les Caprices de Bellone et qui devait devenir La Femme assise, et il en accommoda les morceaux avec d'autres qu'il composa pour la circonstance en s'inspirant des amours d'Irène Lagut et se mettant lui-même en scène sous le nom d'Anatole de Saintariste : « Tous les sentiments religieux d'Anatole de Saintariste s'étaient transportés dans le domaine de l'honneur social. Il aimait par-dessus tout son pays, ou plutôt la collectivité qu'il constituait, et souhaitait que la France fût à la fois jalouse de ses traditions et extrêmement audacieuse en ce qui concerne le progrès. C'est pourquoi, disait-il un jour, les ruines mêmes m'émeuvent à la façon dont peut m'émouvoir la vue d'une femme enceinte. J'aperçois déjà ce qui sortira d'elle. Et les morts, pour émouvantes qu'elles soient, évoquent pour moi le prochain repeuplement de la France. Il faut que, dans cinquante ans, elle soit devenue une nation de cent millions d'habitants. » La repopulation serait désormais son cheval de bataille. Quant à la religion de l'honneur, dont il développe le credo à la fin de La Femme assise, nul doute qu'il n'en ait été dans son cœur un fervent adepte.

Le 24 juin 1917, eut donc lieu rue de l'Orient, sur la scène du Conservatoire René-Maubel, la première présentation des

Mamelles de Tirésias, *organisée par la revue* Sic. *On souhaiterait que c'eût été une soirée tumultueuse, dans le genre de la fameuse première d'*Ubu roi, *mais la salle était bourrée d'amis ; il n'y eut que de discrètes protestations, couvertes aussitôt d'applaudissements et de rires, et l'on se sépara en fredonnant le refrain de la boulangère. Apollinaire avait fait une fois de plus la preuve de ses dons lyriques et de son sens du burlesque ; il n'avait convaincu personne de son aptitude à révolutionner l'art dramatique.*

Quelques temps après, il nous lut Couleur du Temps, *féerie symbolique et philosophique qui, se développant sur le thème de la guerre et de la paix, aboutissait à des conclusions pessimistes, de la couleur de son état d'âme. Dans le* Casanova *qu'il composa les mois suivants, on se tromperait en revanche si l'on cherchait un reflet direct de ses sentiments intimes. Casanova l'avait intéressé au temps où, avec Fernand Fleuret, fervent casanoviste, il fréquentait la Bibliothèque nationale ; il revint à lui tout naturellement lorsqu'il crut entrevoir la possibilité de faire accepter par l'Opéra-Comique une comédie musicale. Pour une œuvrette de ce genre, Casanova était, dans le décor du carnaval de Venise, le personnage idéal. Ce livret sans prétention n'attestait rien de plus que la virtuosité de son auteur.*

Un des textes caractéristiques de cette période de sa vie est l'introduction qu'il écrivit pour une édition des Fleurs du Mal *dans la* Bibliothèque des Curieux. *Selon lui, c'est l'artillerie qui a donné naissance à l'esprit littéraire moderne et il l'explique par le fait que l'auteur des* Liaisons dangereuses *était artilleur. Les lectures qu'il a faites avec Maurice Raynal et René Dalize pour une thèse sur les romanciers de la Révolution lui ont rappelé que Baudelaire avait pris chez eux sa théorie du Mal. « Baudelaire est le fils spirituel de Poe et de Laclos, leur fils aveugle et fou. Baudelaire a le premier soufflé l'esprit moderne sur l'Europe, mais cet esprit dont il était pénétré, il ne l'a pas compris ; pour cette raison il mériterait qu'on se détournât de lui. Toutefois, il nous a enseigné qu'une attitude élégante peut se concilier avec une grande franchise d'expression, et cela reste à son actif. Les écrivains se souviennent de lui pour revendiquer la liberté qu'on accorde encore aux savants, aux philosophes et aux artistes. L'usage social de la liberté littéraire deviendra de plus en plus rare et précieux. Les grandes démocraties de l'avenir seront peu libérales pour les écrivains ; il est bon de planter très haut des poètes-drapeaux comme Baudelaire. On pourra les agiter de temps en temps afin d'ameuter le petit* nombre des esclaves encore frémissants. » Quand il écrivait ces lignes, il était censeur, l'avenir de la liberté d'écrire le préoccupait, mais ce qui se dégage le plus clairement de son introduction aux Fleurs du Mal est son refus du pessimisme et du dolorisme baudelairiens. L'esprit nouveau était fait avant tout d'amour de la vie et de confiance en l'homme. Lorsque éclata la révolution d'octobre et que la Russie fit avec l'Allemagne une paix séparée, il refusa de s'indigner comme on faisait autour de lui. « Qui sait, disait-il, s'il ne sortira pas de tout cela quelque chose de grand ? » Je ne sais pas si, de nos jours, il serait communiste, je crois plutôt qu'il serait académicien, mais il resterait certainement capable de nous surprendre.

Alcools et Calligrammes sont en poésie les œuvres constitutives d'Apollinaire. Dans Alcools, il a chanté sa jeunesse, ses voyages, ses amours et ses rancœurs d'amant délaissé. Dans Calligrammes, sa sensibilité a pris une tonalité différente :

J'écris seulement pour vous exalter
O sens ô sens chéris
Ennemis du souvenir
Ennemis du désir

Ennemis du regret
Ennemis des larmes
Ennemis de tout ce que j'aime encore

et qu'il a décidé de ne plus aimer.

La majeure partie des Calligrammes est formée de poèmes de guerre. D'avoir réussi à introduire dans des vers de cette sorte tant de pur lyrisme et d'exquise invention est un des aspects les plus étonnants du génie d'Apollinaire. On est moins porté à admirer les poèmes-conversations, Les Fenêtres et Lundi rue Christine, qui datent d'avant la guerre. Quant aux calligrammes proprement dits, Idéogrammes lyriques ou poèmes idéogrammatiques, ils n'ont jamais suscité grand enthousiasme. Sous le nom de vers figurés — poèmes figuratifs serait une meilleure dénomination — on en attribue un certain nombre à Simmias de Rhodes qui vivait au IVe siècle avant Jésus-Christ, à Dosiadas de Rhodes, à Théocrite, à Porphyrius. La Syrinx de

Théocrite est composée de dix tuyaux qui décroissent graduellement de manière à imiter la forme de l'instrument. La littérature française possède quelques poèmes figurés : dans Pantagruel, *la prière adressée par Panurge à la dive bouteille et, plus loin, à un verre de la même façon. Une bouteille et un verre se retrouvent dans les œuvres du bonhomme Panard, plus connu pour « les commis mis comme des princes qui sont venus nus de leurs provinces », Apollinaire ne pouvait se faire d'illusion sur l'originalité de sa trouvaille ; il savait que le nombre des idées dont l'esprit humain est susceptible a été calculé : il dépasse de peu trois milliards et se trouve donc épuisé depuis longtemps. Il espérait peut-être restaurer le genre en y introduisant et l'écriture autographique du poète et surtout une grâce, une imagination, un génie inconnu de ses prédécesseurs. Sous ce rapport sa tentative peut retenir l'intérêt, il y a des choses délicieuses dans les* Calligrammes. *Elles sont malheureusement difficiles à déchiffrer et privées de toute audition possible. Apollinaire n'aurait certainement pas persévéré dans cette voie sans issue où personne ne l'a suivi*.*

Il avait cessé d'écrire à Madeleine Pagès. Il rencontra Jacqueline, la « jolie rousse », s'éprit d'elle et l'épousa, et sans doute son intention était-elle de mettre en pratique avec elle les préceptes patriotiques dont il s'était inspiré dans les Mamelles. *La mort ne lui en laissa pas le temps. Dans l'hiver de 1918, il avait été atteint d'une congestion pulmonaire que sa corpulence rendait dangereuse ; il s'en était tiré difficilement. Il n'était marié que depuis six mois quand la grippe espagnole, aggravant les séquelles de sa congestion pulmonaire et de sa trépanation, l'emporta le 9 novembre 1918. Désastre sans mesure pour tous ceux qui avaient vécu dans sa lumière. Ses obsèques ne pouvaient être celles de n'importe qui. Son convoi funèbre suivit le boulevard jusqu'à la Bastille et le Père-Lachaise à travers une foule délirante encore de la joie de l'armistice. Il n'y eut pas de discours ; il n'y eut que des larmes. Nous pleurions sur lui ; nous pleurions sur nous qu'il avait quittés, emportant notre jeunesse et nos plaisirs.*

---

* Je possède un calligramme qui aurait fait rêver Apollinaire: un poème de trois cents vers en forme de Tour Eiffel intitulé *La Tour de 300 mètres construite en 300 vers,* daté de 1889 et signé Armand Bourgade. Il a 60 centimètres de hauteur.

J'en étais encore à me demander s'il convenait d'appliquer à Guillaume Apollinaire l'épithète de postsymboliste, chronologiquement la plus justifiée, quand une idée me traversa, puis me revint avec une telle insistance que je crus devoir m'y arrêter pour l'examiner sérieusement, quitte à la rejeter si elle se révélait décidément inadéquate. Cette idée, c'est que l'art et la poésie d'Apollinaire dépendent du baroque, qu'aucune épithète ne leur convient mieux que baroque au sens flatteur que le mot a pris depuis qu'Eugenio d'Ors l'a justifié aux Entretiens de Pontigny, il y a une vingtaine d'années, et qui, depuis ce temps, a connu une si belle fortune. Apollinaire ne relèverait ni du classicisme — cela va de soi — ni du romantisme, ni du symbolisme, il relèverait du baroquisme. Et voilà qu'avant même que je me fusse référé aux docteurs en baroquisme, l'idée s'imposait à moi, évidente, éblouissante : Apollinaire était un baroque ! Le terme a été longtemps pris en mauvaise part, on l'appliquait aux gens et aux choses d'une bizarrerie choquante. Avec Apollinaire, c'est d'une bizarrerie séduisante qu'il s'agit, mais l'acception s'est tellement étendue que, quand je dis qu'Apollinaire est un baroque, c'est à peine si je me souviens de ses bizarreries d'imagination et de forme. Il semble acquis que le baroque est une constante universelle dont le romantisme, moins opposé que lui au classicisme, n'est qu'un épisode. Baroques, le goût de la surprise, le parti pris d'étonner, la métaphore outrée, l'image empruntée à l'érudition et qui tire son effet de son caractère étrange, lit-on dans La Dissertation littéraire générale *de MM. Chassang et Senninger. Baroque, un certain style de la barbarie persistant sous celui de la culture ! Baroque, l'art hellénistique ! Baroque, tout art de réminiscence et de prophétie, et cet art-là caractérise bien Apollinaire. Baroque, le vitalisme ! Baroque, le libertinage ! Baroque, la préférence donnée aux formes qui s'envolent plutôt qu'à celles qui pèsent ! Baroque, la propension à l'envolée, et cela aussi se trouve souvent chez Apollinaire ! Baroque, le relâchement de la règle, la rupture de la loi tectonique ! Baroque, la quête des moyens nouveaux de plaire ! Baroque, la tragi-comédie et l'opéra vers lesquels Apollinaire était attiré ! Baroque, l'abandon aux mots ! Baroque, le mépris de l'achèvement ! Baroque, le mouvement à tout prix, la recherche du changement, le besoin d'une expression de plus en plus vive et comme stupéfiante. « Dans une large mesure, dit M. Marcel Raymond, le baroquisme littéraire en France est un art qui s'ignore ; quand il ne s'ignore pas, il se veut volontiers « moderne », ou il se complaît dans l'irrégulier... La forme de l'œuvre baroque, dit encore le même critique, a tendance à s'ouvrir, elle est faiblement centrée et même décentrée, elle échappera aux proportions trop visibles et aux symétries.* » *Baroques, les figures violentes, les contrastes, les ruptures, les heurts d'éléments disparates. C'est encore à Apollinaire que je ne peux m'empêcher de penser lorsque je lis sous la plume de M. Raymond :* « *Les choses ne sont pas proprement nommées. Une sorte d'impressionnisme et d'illusionnisme, où l'imagination intellectuelle et l'ingéniosité ont souvent une grande part, composent une espèce de mensonge artistique ayant pour fin soit de révéler indirectement des aspects insoupçonnés de la réalité, soit de provoquer une rupture avec cette réalité.* » *Baroques, les personnages pittoresques, avec tout ce qu'ils offrent d'indéterminé, de changeant, d'insolite, d'offert aux métamorphoses : qui ne retrouverait là encore Apollinaire, amateur de contemporains hors série, hors série lui-même, protéiforme, insaisissable, tour à tour classique et futuriste, en perpétuelle transformation, tantôt orienté vers la grandeur, tantôt refusant le tragique, capricieux, fantasque, nullement ennemi du grotesque, et même assumant de bon cœur le sens que Montaigne donne à ce mot : la grâce dans la variété et l'étrangeté. M. Jean Rousset avoue aimer le* « *chant de joie* » *du baroque où triomphent avec exubérance l'illusion et le mirage ; comment ne pas reconnaître là certains moments du lyrisme apollinarien ? D'après M. Rousset, les critères du baroque sont l'instabilité, la mobilité, la métamorphose : entre le symbolisme, le futurisme, le classicisme, l'évolution d'Apollinaire n'a-t-elle pas été une continuelle métamorphose ? Et ses goûts personnels n'allaient-ils pas au baroque ? Baroque, l'art de Picasso, à qui certaines définitions du baroque s'appliquent parfaitement ; baroque, la curiosité de l'art nègre, et cela Eugenio d'Ors le dit expressément. Baroque, enfin, ce qu'Apollinaire appelait le mauvais goût et qu'il entendait réhabiliter.*

Voilà donc, du moins admettons-le, Apollinaire étiqueté poète baroque, le voilà devenu le représentant le plus qualifié du baroquisme moderne. En sommes-nous plus avancés ? Sommes-nous de ce fait entrés plus avant dans la compréhension de ce qui constitue l'essence de sa poésie ? Si chargé qu'il soit de signification, un mot n'épuise pas une réalité spirituelle aussi riche et complexe que celle dont se nourrit l'inspiration d'un grand poète, et baroque ou non, symboliste ou non, Apollinaire est avant tout un grand poète, précisons : un grand poète élégiaque, mais transcendant toutes les catégories de l'esthétique.

« Le genre d'élégie créé par Lamartine a été clos par lui, écrivait Sainte-Beuve ; lui seul a le droit de s'y aventurer encore. » Non, n'en déplaise à Sainte-Beuve, Lamartine n'a été ni le premier ni le dernier élégiaque ; le dernier, on peut dire d'Apollinaire que c'est lui. Si l'élégie se définit au poème d'une inspiration triste et tendre, si le meilleur d'Apollinaire, ce qui nous touche le plus en lui, ce qui a fait sa popularité, relève de l'élégie ainsi conçue, Apollinaire a été notre dernier élégiaque ; avec lui s'est achevée l'évolution qui, de Chénier et de Lamartine, s'est poursuivie jusqu'à Verlaine.

Il faut que le cœur seul parle dans l'élégie

disait Boileau. Il eût peut-être blâmé les libertés prises par Apollinaire avec les règles, il ne lui eût pas contesté la qualité de poète élégiaque, car le cœur seul a parlé dans ceux des poèmes d'Apollinaire qui méritent d'être appelés élégies. D'autres poèmes de lui échappent à cette définition ; ce sont ses poèmes prophétiques ou guerriers ; ce ne sont pas ceux qu'on préfère généralement, bien que ni la grâce ni la délicatesse n'en soient absentes et que le lyrisme le plus original, le plus fleuri, le plus audacieux, y éclate ; on se porte davantage sur ceux où le poète a chanté ses amours et ses tristesses. De tous les genres poétiques, l'élégiaque est le seul qui garde la faveur du public. Apollinaire en apparaît comme le dernier représentant. Personne ne lui a succédé dans cet emploi. La poésie sentimentale s'est achevée avec lui. Il est un grand poète parce que d'un grand poète il a les deux qualités primordiales portées à un haut degré : l'émotion et le chant mis au service d'un rare pouvoir de suggestion et de révélation, et il a beau s'être acharné comme par gageure à les réduire, à les annuler au profit d'une beauté nouvelle fort incertaine dont à la fin il commençait à douter lui-même, mais pour la cause de laquelle il se voulait engagé, quitte à la quitter un jour avec les honneurs de la guerre, la musique et cette ineffable sympathie grâce à laquelle le poète communie avec les tristesses et les joies de ses semblables à travers les siennes assurent à ses vers l'immortalité.

On entend parler quelquefois de la légende d'Apollinaire, ce qui reviendrait à dire qu'il est devenu un personnage légendaire et n'a pas existé tel que le dépeignent ceux qui l'ont connu ; ils l'auraient embelli, ils auraient exagérément loué le charme et l'originalité de sa personne, accusant ses traits et lui prêtant une sensibilité, une gentillesse, une fantaisie, une invention de conduite qu'il n'avait pas à ce degré. Mais pour nous qui avons été ses amis et qui, nous dit-on, aurions créé cette légende, elle n'existe pas, elle n'a jamais existé, elle est l'œuvre de ceux qui interprètent nos témoignages. N'hésitons pas à dire qu'Apollinaire a été supérieur à sa légende. Pour ma part, j'ai à me reprocher de ne pas avoir assez fait comprendre la profondeur du chagrin que sa mort m'a causé, le caractère irréparable de l'écroulement qui s'est fait en moi, ce matin du 10 novembre 1918 où, devant son cercueil précipitamment refermé, dans la chambre où il venait de mourir sans que j'eusse appris seulement qu'il était malade, j'ai pleuré comme je n'avais jamais pleuré pour personne, en proie à un désespoir qui me faisait apparaître toutes choses dans un obscurcissement irréparable. C'est d'avoir vécu cette heure-là qui me fait écrire aujourd'hui qu'il n'y a pas de légende d'Apollinaire et qu'il a mis dans chaque instant de son trop court passage sur cette terre beaucoup plus de génie que nous ne l'avons dit, que nous ne pouvions le dire. Pour parler de lui convenablement, véridiquement, pour le peindre tel qu'il était; il faudrait son pouvoir de transfiguration poétique, car il se transfigurait lui-même en vivant, et il transfigurait dans son style propre tout ce qui passait à portée de son esprit ou de ses yeux. C'est cela qui, avec son beau regard, son joli sourire, sa gentillesse, ses irrésistibles façons de plaire et de se faire pardonner, c'est cela qui n'a pas passé dans sa légende et qui, lorsque nous ne serons plus là pour le redire, sera perdu à jamais.

André Billy.

AVANT-PROPOS

*A*POLLINAIRE *occupe dans la poésie moderne une place éminente ; des travaux de plus en plus nombreux lui sont consacrés, l'Université s'intéresse à lui et il est en passe de devenir classique. Sa notoriété grandissante rendait plus sensible l'absence d'une édition collective de ses œuvres poétiques. C'est à combler cette lacune que nous nous sommes attachés.*

Si l'on peut aisément se procurer Alcools *ou* Calligrammes, *il n'en va pas de même pour* Le Bestiaire, *par exemple, dont les deux éditions n'atteignent pas un tirage de 1.500 exemplaires, ou* Vitam impendere amori *que, faute de recourir à la rarissime édition originale, il faut chercher dans le* Manuel de Jeanine Moulin *ou dans une édition suisse d'*Alcools. *Aux éditions publiées du vivant d'Apollinaire se sont ajoutés des recueils posthumes composés, comme* Il y a *et* Le Guetteur mélancolique, *d'inédits et de poèmes donnés par Apollinaire à des revues ou, comme* Ombre de mon Amour, *extraits d'une correspondance. Enfin, bien des inédits ou des poèmes oubliés ont été révélés au hasard des circonstances et se trouvent dispersés dans des publications parfois difficilement accessibles. Il était devenu nécessaire de rassembler autour des grands recueils ces membres épars, de mettre les textes introuvables à la disposition du plus grand nombre de lecteurs afin de restituer à la figure du poète son éclatante et diverse unité.*

Nous ne prétendons cependant pas avoir réuni son œuvre poétique et dramatique complète. Telle pièce oubliée dans une petite revue disparue après quelques numéros, sinon un numéro unique, a pu nous échapper, telle autre est peut-être jalousement gardée dans une collection particulière. Il nous a fallu écarter ses « œuvres libres » éditées clandestinement, non qu'elles fussent négligeables mais pour une raison aisément concevable. Une partie en est d'ailleurs d'une authenticité douteuse. Nous pensons cependant n'avoir laissé échapper rien d'essentiel dans cet ouvrage dont nous avons voulu faire un instrument commode entre les mains de ses admirateurs et de ceux qui seront amenés à l'étudier.

La disposition que nous avons adoptée est chronologique. D'abord, du Bestiaire *(1911) à* Calligrammes *(1918) les recueils publiés par Apollinaire ; ensuite, les recueils posthumes et les poèmes extraits de la correspondance connue ; puis, classés par ordre chronologique de publication, ceux qu'Apollinaire a fait paraître dans des revues ou des ouvrages divers et qui n'ont pas été recueillis dans un volume ; les poèmes extraits de ses propres œuvres en prose ont été groupés à la fin de cette section ; il nous a semblé préférable, pour les poèmes publiés depuis la mort d'Apollinaire qui viennent ensuite, de substituer à l'ordre de publication sans signification réelle l'ordre probable de composition ; nous avons enfin ordonné selon les mêmes principes les inédits que nous avons pu recueillir. A ces œuvres poétiques ont été ajoutées les trois pièces de théâtre :* Les Mamelles de Tirésias, Couleur du Temps *et* Casanova.

L'établissement du texte posait divers problèmes en raison de la multiplicité et de l'inégalité des sources d'information. Pour les œuvres dont Apollinaire a lui-même contrôlé la publication, qu'il s'agisse du Bestiaire, *d'*Alcools, *de* Vitam impendere amori, *de* Calligrammes *ou des poèmes retrouvés dans des revues ou ailleurs, nous avons suivi le texte de l'édition originale ou celui qu'il a donné au public, nous attachant seulement à la correction des coquilles évidentes et des erreurs qu'il avait signalées. Il en est de même pour certains poèmes des recueils posthumes que nous avons pu rectifier en nous référant à la version publiée par Apollinaire.*

Dans les autres cas, il ne nous a pas toujours été possible de recourir aux manuscrits, soit qu'ils fussent inconnus, soit que nous n'en ayons pas eu la disposition. Nous avons parfois été réduits à suivre le texte déjà publié ou une copie de manuscrit. Lorsque notre leçon diffère d'une version imprimée, c'est que nous l'avons établie d'après le manuscrit.

Quelle règle fallait-il adopter en matière de ponctuation ? On sait qu'à partir de la fin de 1912 Apollinaire la supprima totalement dans les poèmes qu'il publia. Devions-nous le suivre dans cette voie, ou respecter scrupuleusement la ponctuation partout où elle existait, en manuscrit ou en imprimé ? Il nous est apparu que dans la section des poèmes retrouvés les textes devaient être conservés dans l'état où Apollinaire les avait publiés. Nous avons également, dans la mesure du possible, respecté les manuscrits ; mais dans certains d'entre eux, notamment les poèmes du temps de guerre, la ponctuation est tellement irrégulière qu'il aurait été constamment nécessaire de la rectifier, la suppression nous a alors semblé la solution la moins infidèle et nous avons adopté cette formule.

*Dans les notes, nous nous sommes efforcés d'indiquer pour chaque poème les différentes publications et leurs circonstances lorsqu'elles sont connues, les manuscrits et les variantes. Si nous avons pu disposer des manuscrits de quelques poèmes et des premières épreuves d'*Alcools, *des manuscrits de* Vitam impendere amori, *d'une maquette de* Calligrammes *et de l'édition fac-similé des* Poèmes à Lou, *il est bon nombre de poèmes dont les manuscrits sont ignorés ou détruits. Ces notes comportent donc d'inévitables lacunes, mais nous pensons avoir fait œuvre utile en réunissant, alors qu'il n'existe encore aucune édition critique d'ensemble, le plus grand nombre possible d'indications.*

Il n'y avait pas lieu de dresser une bibliographie complète d'Apollinaire. Mais on trouvera d'une part la bibliographie de ses œuvres poétiques et dramatiques, livres et périodiques, de l'autre, un choix d'ouvrages — souvenirs ou études — et d'articles qui nous ont semblé particulièrement significatifs. Si des omissions y sont remarquées, on voudra bien nous les pardonner en pensant au nombre de travaux consacrés à Apollinaire et aux difficultés d'un choix nécessaire. La Chronologie *qui précède immédiatement les textes permettra de les situer dans la vie d'Apollinaire qu'elle n'a pas la prétention de retracer mais seulement de rappeler dans ses actes essentiels.*

Nous exprimons notre gratitude à tous ceux qui nous ont aidés, à Mme Jacqueline Apollinaire qui veille avec un soin attentif sur les manuscrits du poète, à Mmes Jeanne-Yves Blanc, Madeleine Pagès, Toussaint Luca, Tournaire, à MM. André Billy, Pierre Albert-Birot, Jean Cocteau, Serge Férat, André Rouveyre, André Salmon, Ardengo Soffici qui nous ont permis de revoir des manuscrits et des poèmes épistolaires, à Mlle Marie Dormoy grâce à qui nous avons pu largement utiliser les précieux documents du Fonds Doucet ainsi qu'à tous les collectionneurs qui nous ont ouvert leurs archives, en particulier MM. André Lefèvre, Pierre Bérès et le Dr Périgord.

Disons enfin que ce livre est le fruit d'une collaboration constante; néanmoins, dans la mesure où une répartition des tâches peut être définie, signalons que l'un de nous s'est plus particulièrement attaché aux problèmes de biographie et de bibliographie et l'autre à l'établissement des textes et aux notes.

CHRONOLOGIE

1835

18 juillet : Naissance de Francesco-Costantino-Camillo Flugi d'Aspermont, fils de Niccolo, général maréchal de camp de Ferdinand II, roi des Deux-Siciles. Francesco fera carrière dans l'armée bourbonienne.

1858

17 avril (29 avril selon le calendrier russe) : Naissance à Helsingfors (Finlande russe) d'Angélique-Alexandrine Kostrowicka, fille d'Apóllinaire et de Julie Floriani.

1866

26 novembre : Ses parents s'étant, après l'échec de l'insurrection polonaise, réfugiés à Rome, Angelica Kostrowicka entre, sur la recommandation du pape Pie IX, comme pensionnaire au Couvent des Dames Françaises du Sacré-Cœur, à Santa Trinita dei Monti.

1868

30 avril : Dom Romaric Flugi (frère de Francesco) est désigné par le pape comme « abbé nullius » du diocèse de Monaco.

7 août : Michel-Apollinaire Kostrowitzky, capitaine russe en retraite, est nommé « cameriere d'onore di capa é spada » par « billet » papal.

L'orthographe de son nom s'est francisée, mais la particule n'apparaîtra qu'à la naissance de Wilhelm.

1869

6 mai : Angelica fait sa première communion au couvent.

9 novembre : Naissance à Strasbourg de Jules Weil.

1874

26 septembre : La violence de caractère et l'indiscipline d'Angelica contraignent la Supérieure du couvent à demander à son père de la reprendre. Elle a seize ans et peu de temps après va faire connaissance de Francesco d'Aspermont.

1880

26 août : Naissance à Rome de Guillaume-Albert-Wladimir-Alexandre-Apollinaire Kostrowitzky.

31 août : Déclaration à l'hôtel de ville de Rome de la naissance, le 26 août, d'un enfant du sexe masculin : Guillaume-Albert Dulcigni. La mère désire rester anonyme, le père n'est pas dénommé.

29 septembre : Baptême à San Vito, paroisse de Sainte-Marie-Majeure, de Guillelmus, Apollinaris, Albertus de Kostrowitzky, né le 25 août *(sic)* à 5 heures, d'Angelica de Kostrowitzky, domiciliée via Milano, n° 19. Parrain : Laurent Ciccolini; marraine : Maria Gribaudi.

2 novembre : Me Castrucci, notaire, place Aracœli, rédige, à la requête de Mme de Kostrowitzky, l'acte de reconnaissance, comme son fils, d'un enfant du sexe masculin déclaré le 31 août sous le nom de Dulcigni.

3 novembre : Mention de cette reconnaissance est portée sur le registre des naissances, au Capitole.

1882

18 juin : Naissance à Rome d'Albert, frère de Guillaume. Il est déclaré sous le nom de Zevini, de parents inconnus.

1885

Cédant aux objurgations de sa famille, Francesco quitte Angelica de Kostrowitzky qui va voyager dans toute l'Europe, laissant, la plupart du temps, ses deux enfants en Italie.

1887

4 mars : Mme Olga (sic) de Kostrowitzky, se disant rentière de nationalité russe, venant de Paris, accompagnée de ses deux enfants, descend au garni Dagnino, à Monaco.

2 avril : Mme de Kostrowitzky descend au garni Stalli, à Monaco, accompagnée de trois personnes. Elle déclare être rentière russe, venant de Rome.

6 avril : Mlle O. de Kostrowitzky se plaint qu'on lui refuse le permis de séjour dans la Principauté. Elle se dit fille d'un colonel décédé de l'Armée russe, et, à ce titre, pensionnée par le czar. Elle a deux petits garçons dont l'un, Wilhelm, est au collège Saint-Charles et l'autre avec elle.

1888

27 janvier : A Rome, par-devant Me Luci, notaire, place Aracœli, Mme de Kostrowitzky reconnaît comme son fils l'enfant déclaré sous le nom de Zevini, Albert. Elle donne comme adresse à Rome, le nº 49 via Pontefici.

1889

4 octobre : Mme de Kostrowitzky, rentière, 18, rue de l'Arc-de-Triomphe, à Paris, fait à la Préfecture de Police sa déclaration d'étrangère. Elle signe Kostrovicki; ancienne adresse : 12, rue Kepler.

1890

Juillet : Wilhelm de Kostrowitzky est en 8e au collège Saint-Charles, à Monaco. Outre le Grand Prix d'inscription au Tableau d'honneur, il figure sur le palmarès de la Distribution des Prix, présidée par Mgr Theuret, évêque de Monaco, avec les mentions :

1er prix d'Excellence;
1er prix d'Exercice français;
1er prix de Lecture;
1er prix d'Histoire;
1er prix de Géographie;
1er prix de Récitation;
1er prix de Langue allemande;
2es accessits de Calcul et de Dessin.

1891

Janvier : Mme de Kostrowitzky habite, 15, rue Louis, à La Condamine.

Juillet : En 7e, Wilhelm obtient 4 prix et 3 accessits :

2e prix d'Excellence;
1er prix de Français;
1er prix de Calcul;
2e prix de Latin et de Géographie;
accessits d'Allemand, de Piano, de Dessin, d'Orthographe de Récitation et d'Histoire,

1892

8 mai : Wilhelm fait sa première communion dans la chapelle du collège Saint-Charles.

Juillet : Au palmarès de la Distribution des Prix figure, pour la première fois, le nom de René Dupuy (qui deviendra en littérature René Dalize), celui que Guillaume Apollinaire dira être « son plus ancien camarade ». Ils sont tous deux en 6ᵉ et Dalize emporte tous les premiers prix, sauf celui d'Allemand qui revient à Wilhelm ainsi que les seconds prix dans toutes les autres matières.

1893

Juillet : En classe de 5ᵉ, il figure au palmarès avec le prix d'Excellence; il a obtenu également les

1ᵉʳ prix de Version latine;
1ᵉʳ prix de Français;
1ᵉʳ prix d'Allemand;
2ᵉ prix de Dessin et de Piano;
et 2 accessits : Latin et Grec.

1894

Juillet : En 4ᵉ il remporte le prix d'Excellence et les premiers prix de Composition française, d'Allemand, de Version et de Thème latins et grecs d'Instruction religieuse ainsi que plusieurs accessits.

1895

Juillet : Wilhelm est en 3ᵉ, il obtient 6 prix et 5 accessits :

1ᵉʳ prix d'Excellence et d'Examens;
1ᵉʳ prix de Composition française;
1ᵉʳ prix de Littérature;
1ᵉʳ prix de Version et Thème latins;
1ᵉʳ prix de Version grecque;
2ᵉ prix de Dessin;

et les accessits de Mathématiques, Histoire et Géographie, Allemand, Récitation et Piano.

Le collège Saint-Charles est fermé sur l'ordre du Prince. Wilhelm va poursuivre ses études au collège Stanislas, à Cannes, en février 1896.

1897

Iᵉʳ février : Ayant quitté Stanislas, Wilhelm entre en rhétorique au lycée de Nice, comme demi-pensionnaire. Il va s'y lier d'amitié avec Toussaint Luca. Il compose des poèmes qu'il signe Guillaume

Macabre, puis Guillaume Apollinaire. Il quitte le lycée en juin pour retourner à Monaco sans avoir, semble-t-il, obtenu le baccalauréat.

1898

Libre d'études, Apollinaire lit beaucoup, s'essaie à des traductions de l'italien et s'intéresse vivement à l'actualité littéraire et politique. Il est dreyfusard et affecte une sympathie plus extérieure que profonde pour les intellectuels anarchistes.

1899

Janvier : Mme de Kostrowitzky et ses fils quittent la Principauté; ils séjournent d'abord à Aix-les-Bains, puis à Lyon.

Avril : Arrivée à Paris, en hôtel, avenue Mac-Mahon, halte de courte durée. Apollinaire dont c'est le premier contact réel avec la capitale (deux brefs voyages, en 1887 et pour l'Exposition, en 1889, ne lui ayant laissé qu'un vague souvenir) en reçoit une profonde impression.

Mai : Mme de Kostrowitzky vit en compagnie de Jules Weil, israélite dont elle a fait la connaissance lors de son séjour monégasque et qu'elle fait passer auprès de ses enfants pour leur oncle.

Juin : Jules Weil s'installe à Stavelot, près de Spa, à la pension Constant-Lequeux, « charcutier-restaurateur ».

Très assuré et portant beau, il se dit officier en congé et annonce à ses logeurs la prochaine venue de ses « neveux ».

Juillet : Mme de Kostrowitzky conduit ses enfants à Stavelot séjourne à Spa, à l'hôtel de la Clef-d'Or, rue de l'Hôtel-de-Ville. Weil, Wilhelm et Albert viennent l'y voir fréquemment. Elle a tenté, sans succès, de se faire admettre au Cercle des Étrangers du Casino, et va peu après quitter Spa avec Weil, laissant ses deux fils à la pension Constant.

Août : Wilhelm et Albert passent d'agréables vacances dans la petite ville ardennaise dont le pittoresque séduit fort Wilhelm Apollinaire. Il parcourt la Fagne et explore toute la région jusqu'à Malmédy. Ce séjour wallon va profondément marquer son inspiration poétique. Épris d'une jeune Stavelotaine, Maria Dubois, fille d'un cafetier de la place du Vinave, il compose pour elle de nombreux poèmes dont beaucoup seront perdus. De ce séjour ardennais, pendant lequel il ébauche *L'Enchanteur pourrissant,* sont issus également plusieurs contes, qu'on retrouvera dans *L'Hérésiarque et Cie.*

5 octobre : Ne pouvant pas payer leur note, Wilhelm et Albert déménagent « à la cloche de bois ». Traversant la forêt, ils prennent à Roanne-Coo un train pour Namur, avant que l'on se soit aperçu de leur fuite, et rejoignent leur mère à Paris, dans un meublé, 9, rue de Constantinople, où elle s'est fait inscrire sous le nom d'Olga Karpoff, ruse un peu puérile pour dérouter d'éventuelles recherches.

11 octobre : Guillaume Kostrowitzky fait, à la Préfecture de Police, sa déclaration d'étranger et dit vouloir exercer la profession d'employé de commerce.

Son signalement indique :

Taille : 1 m. 65.	Cheveux : blonds.
Barbe : néant.	Teint : frais.

Ce devoir rempli, Apollinaire se met à la recherche d'un emploi car les conditions de vie de la famille sont extrêmement précaires.

Novembre : Sur commission rogatoire du tribunal de Verviers, à la suite d'une plainte des Constant, Mme de Kostrowitzky et ses fils, dont la trace a été facilement retrouvée, sont interrogés par le juge d'instruction Lascoux. Garante de ses enfants mineurs, Mme de Kostrowitzky promet de rembourser l'hôtelier.

1900

18 janvier : Le tribunal de Verviers rend un non-lieu pour l'affaire de Stavelot.

19 février : Début dans *Le Matin* du roman *Que faire ?* par Esnard, feuilletoniste besogneux à qui Apollinaire, toujours sans situation, va servir de « nègre ».

16 avril : Collaboration de Guillaume Apollinaire à *Que faire ?* Elle cessera, avec le roman, le 24 mai.

22 juin : Les Kostrowitzky emménagent, 34, rue Victor-Massé.

24 juin : Recherchant toujours un emploi, Guillaume Apollinaire a suivi des cours à l'Union des Sténographes. Il en reçoit un diplôme de fin d'études « élémentaires ».

Juillet : Par une petite annonce du *Journal*, Apollinaire trouve un emploi de secrétaire à la « Bourse Parisienne », officine tenue par un certain M. Mauser. Il y fait connaissance de René Nicosia dont un oncle, M. Lagoanère, directeur des Bouffes-Parisiens, acceptera une pièce en un acte, *A la cloche de bois*, inspirée de l'équipée de Stavelot. Elle restera enfouie dans un tiroir.

31 juillet : Le ministère de la Guerre italien convoque Wilhelm de Kostrowitzky pour servir au régiment d'infanterie de Rome. Cet appel sous les drapeaux ne rejoindra jamais son destinataire.

Octobre : Guillaume Apollinaire a fait la connaissance d'un jeune israélite, Ferdinand Molina da Silva, et s'amourache de sa jeune sœur Linda. Reçu comme un fils par les Molina, il composera pour le père, professeur de danse, un ouvrage sur *La Grâce et le Maintien français,* mais n'en séduira pas pour autant la fille. Assidu des bibliothèques, il a fait à la Mazarine la connaissance de Léon Cahun qui l'engage à persévérer à écrire.

1901

Janvier : Mauser ne lui payant plus, sous divers prétextes, son maigre salaire, Guillaume Apollinaire quitte la « Bourse Parisienne ». Il traverse une période très dure et compose, pour gagner quelque argent, un livre érotique : *Mirely ou le petit trou pas cher* pour un libraire de la rue Saint-Roch. Il commence également un roman : *La Gloire de l'Olive,* dont il perdra quelques années plus tard le manuscrit dans le train du Vésinet, et cherche à nouveau un emploi.

Avril : Les Kostrowitzky habitent 23, rue de Naples; Apollinaire fréquente toujours les Molina. Il adresse à Linda maints poèmes laudatifs sans guère l'émouvoir.

Mai : Mme Nicosia, professeur de piano de Gabrielle, fille de la vicomtesse de Milhau, veuve d'un vicomte normand, mais d'origine allemande, présente Guillaume à Mme de Milhau. Il est engagé pour donner à Gabrielle des leçons de français.

Juillet : Les Molina sont à Cabourg où le père professe la danse au Casino. Les épîtres d'Apollinaire à Linda se sont faites plus pressantes, elle y a répondu par l'offre décevante d'une sincère amitié. Il paraît s'y résigner.

Elinor de Milhau tient de sa famille allemande de vastes propriétés en Rhénanie, elle décide de quitter son hôtel de la rue Chalgrin pour un long séjour en Allemagne et propose à Guillaume de les accompagner comme précepteur de Gabrielle. Le charme d'Annie, la gouvernante anglaise de Gabrielle, et peut-être son échec auprès de Linda le décident à accepter.

28 août : La vicomtesse et Apollinaire arrivent à Cologne ayant accompli la plus grande partie du trajet par la route et rejoignent, à Honnef, Gabrielle et Annie déjà arrivées dans la maison des Milhau.

Septembre : Quittant Honnef, ils s'installent à Bennerscheid près d'Oberpleis où la vicomtesse possède une vaste villa, *Neu-Glück* (Bonheur nouveau), isolée au milieu des sapins. Cette étrange maison, aussi baroque à l'intérieur qu'à l'extérieur, et le site romantique qui l'entoure vont avoir sur Guillaume Apollinaire une profonde influence.

15 septembre : Avant son départ pour l'Allemagne, Apollinaire avait proposé des vers et des contes à plusieurs revues parisiennes. Jean Sève, son ancien condisciple de Cannes, l'avait en particulier introduit à *La Grande France* dont le n° 19 publie trois poèmes: *Lunaire, Épousailles, Ville et Cœur,* signés Wilhelm Kostrowitzky. Ce sont ses premiers poèmes imprimés.

19 octobre: Les Milhau sont de nouveau à Honnef; Apollinaire consacre ses loisirs à excursionner dans la région, sa connaissance sommaire mais suffisante de l'allemand lui permettant de se mêler à la vie du petit peuple, ce qu'il prise beaucoup.

26 octobre : Tabarin, hebdomadaire dirigé par son ex-collègue « nègre» Gaillet, publie un article de Wilhelm Kostrowitzky sur *Les mauvaises routes d'Allemagne.*

Novembre-décembre: Apollinaire compose de nombreux poèmes inspirés des lieux où il séjourne. L'un des premiers, *Le Jour des Morts,* est daté de Honnef, il note aussi ses impressions d'Allemagne pour *La Grande France.* Il va séjourner à *Neu-Glück* jusqu'en février 1902.

1902

Janvier: Compte rendu dans *La Grande France* de la représentation à Berlin du *Coq rouge* de Gérard Hauptmann, toujours signé W. Kostrowitzky, démarquant simplement un article de la *Kölnische Zeitung.* Apollinaire n'a pas assisté à cette représentation.

Février: Très épris d'Annie, Apollinaire lui fait une cour assidue, parfois brutale, qui n'est pas sans choquer quelque peu les principes puritains de la jeune fille. La solitude de *Neu-Glück* lui pèse et il guette les occasions de s'en évader. Mme de Milhau lui ayant accordé quelques vacances, il décide de parcourir l'Allemagne et l'Autriche. De passage à Cologne pour le Carnaval, il compose *Le Dôme de Cologne.*

Mars: Poursuivant un périple qui l'a conduit à Berlin, Dresde, Prague et Vienne, Apollinaire rejoint les Milhau à Munich; il y compose, entre autres, *L'Obituaire,* conte qui deviendra le poème : *La Maison des Morts* dans *Alcools. La Revue blanche* publie *L'Hérésiarque,* signé pour la première fois Guillaume Apollinaire.

27 avril: Répondant de Munich à une enquête de *La Plume* sur la Russie, Apollinaire propose sa collaboration à Karl Boès qui dirige la revue.

Mai: Nouveau périple par Nuremberg, Stuttgart, Spire, Heidelberg, Darmstadt, Francfort, Wiesbaden, Mayence, Coblence, Trèves et Ems, et de nouveau à Honnef.

Sa passion pour Annie semble n'être plus payée de retour, il date de Leutesdorf, près de Honnef, le poème *Mai,* plein de mélancolie.

La Grande France publie l'*Élégie du voyageur aux pieds blessés; La Revue blanche, Le Pergamon à Berlin* et *Tabarin,* une fable, *Le Saule et le Perroquet.*

1er juin : Le Passant de Prague, dans *La Revue blanche.*

24 août : Parvenu au terme de son année de contrat, Apollinaire ne le renouvelle pas et quitte les Milhau pour rejoindre sa mère et son frère à Paris où ils habitent maintenant 23, rue de Naples.

Septembre : Apollinaire trouve un emploi dans une banque de la rue de la Chaussée-d'Antin.

Octobre : Sa vie à Paris est dure, il se sent très isolé et cherche à pénétrer plus avant dans les milieux littéraires. Il collabore pour la première fois à *L'Européen* avec un article sur l'exposition de Dusseldorf, qu'il a donné également dans *La Grande France. La Revue blanche* publie *Trois Histoires de châtiments divins* qu'on retrouvera dans *L'Hérésiarque et Cie.*

Novembre : La Rose de Hildesheim dans *La Revue blanche* dont il est devenu un collaborateur régulier.

Décembre : René Dupuy, son camarade de Saint-Charles, à Monaco, devenu officier de Marine, de passage à Paris lui donne rendez-vous au « Vachette »; Apollinaire, fort inexact, l'y manquera.

L'Ermite paraît dans *La Revue blanche* et *Le Musée de Nuremberg* dans *L'Européen.*

1903

15 janvier : L'Otmika, dans *La Revue blanche.*

Mars : Courte idylle avec Yvonne, sa jeune voisine de la rue de Naples, à qui il adresse des épîtres rimées.

25 avril : La Plume donne le compte rendu d'une « Soirée » au *Caveau du Soleil d'Or,* place Saint-Michel. Apollinaire y est cité ce jour-là avec Fagus, Raynal, Paul Fort, Basler, Stuart Merrill, Maurice Magre, etc. Il récitera au *Caveau* ses poèmes rhénans. C'est dans ce « lieu maudit » qu'il nouera ses premières amitiés, André Salmon, Montfort, Jarry et quelques autres.

1er mai : Première collaboration à *La Plume* avec le poème *Avenir.*

1er août : Le Larron, dans *La Plume.*

15 août : Apollinaire prend la rubrique « Revue des Revues » dans *La Revue d'Art dramatique,* que dirige Alphonse Séché; il la tiendra jusqu'en février 1904.

31 août : Le Giton, dans *Le Journal de Salonique,* publié en Grèce. Il y donnera le mois suivant *La Rose de Hildesheim.*

Octobre : Fondation avec Salmon, Mollet, Deniker et Arne Hammer du *Festin d'Ésope, revue des belles-lettres,* qui comptera parmi ses collaborateurs Jarry, Van Bever, Paul Géraldy, Mecislas Golberg, René Fauchois, J.-A. Nau, etc.

Novembre : Premier voyage d'Apollinaire à Londres.

Désireux de revoir Annie Playden, il profite de l'invitation de son ami l'Albanais Trank Spirobeg, installé à Londres où il dirige la revue *Albania,* pour tenter de renouer avec la jeune Anglaise. Publication du premier numéro du *Festin d'Ésope,* avec *Qu'vlo'v* au sommaire. *Le Festin* paraîtra régulièrement jusqu'en août 1904.

1904

Mme de Kostrowitzky s'est installée au Vésinet, 8, boulevard Carnot, ce qui va conduire Apollinaire à fréquenter la Grenouillère et Chatou. Il fera pendant ses pérégrinations la connaissance de Derain et de Vlaminck.

Apollinaire devient le rédacteur en chef du *Guide des Rentiers* fondé après la déconfiture de la banque où il était employé. Il y donnera l'illusion d'une compétence boursière dont, à la vérité, il était dépourvu.

Janvier : Le Festin d'Ésope publie *La Synagogue* et *Les Femmes,* poèmes destinés à faire partie d'une plaquette : *Le Vent du Rhin.*

Février : Court voyage à Strasbourg le lundi gras.

Mars : L'Enchanteur pourrissant dans *Le Festin.* Il y paraîtra en entier, sauf le dernier chapitre composé plus tard.

Mai : Second voyage en Angleterre. Apollinaire revoit Annie et lui propose de l'enlever si ses parents ne consentent pas à leur mariage. Annie refuse et l'éconduit, elle partira peu de temps après en Amérique, peut-être pour fuir ses assiduités. Son insuccès inspirera à Apollinaire l'un de ses plus beaux poèmes, *La Chanson du Mal Aimé.* Apollinaire se lie avec Picasso et Max Jacob et devient un familier de Montmartre et du milieu artiste de la rue Ravignan.

Juillet : Première collaboration au *Mercure de France* avec un long article au sujet de *Thaïs.*

Apollinaire fréquente beaucoup Jarry, Fénéon, Fagus qu'il déclare ses meilleurs amis de lettres.

Août : Neuvième et dernier numéro du *Festin d'Ésope.*

1905

Avril : Premier numéro de *La Revue immoraliste* financée par Henri Delormel, auteur de petits essais à la manière de Jean de Tinan. Apollinaire y publie un poème : *Le Mendiant,* et, dans des « notes », signale pour la première fois Picasso, qui expose à la Galerie Serrurier.

Mai : *La Revue immoraliste* change de nom, elle devient pour son second et dernier numéro *Les Lettres modernes.* Dans *La Plume,* long article d'Apollinaire : *Picasso, peintre.* Premier essai de critique d'art.

Août : Courtes vacances à Amsterdam.

Septembre : Sur la recommandation de G. Achaume, Apollinaire entre à la banque de Châteaufort et Poitevin, rue de la Chaussée-d'Antin.

Décembre : Première collaboration à *Vers et Prose* avec *L'Émigrant de Landor Road,* composé au retour de son voyage à Londres, l'année précédente. *Salomé, Les Cloches* et *Mai.*

1906

Apollinaire cherche sans succès à collaborer à des revues autres que *Vers et Prose.* Son emploi à la banque l'assomme et lui laisse peu de loisirs qu'il emploie pourtant à écrire ou à discuter avec ses amis montmartrois. Il gagne très peu d'argent, ce qui va le conduire à composer deux romans érotiques : *Les Onze Mille Verges* et les *Mémoires d'un jeune don Juan* qui seront publiés sous le manteau l'année suivante.

Août : Nouveau et bref séjour en Hollande, à Rotterdam.

1907

27 janvier : Louis de Gonzague Frick, condisciple d'Apollinaire au collège Saint-Charles à Monaco, le retrouve à Paris.

2 mars : Max Daireaux, dans *Le Censeur politique et littéraire,* blague Apollinaire dans un article intitulé « Symbolistes et mi-carême ». Se jugeant offensé, Apollinaire lui en demande réparation. La négligence d'André Billy, alors secrétaire de rédaction du *Censeur,* retarde le déroulement de l'affaire : il a égaré le cartel; le 25 mars, d'un commun accord les témoins (Max Jacob et Jean de Mitty pour Apollinaire) jugent la rencontre inutile et l'incident clos.

15 avril : Apollinaire emménage 9, rue Léonie (qui deviendra peu après rue Henner) au second étage. C'est son premier domicile personnel. Sa mère et son frère continuent à habiter Le Vésinet où il n'apparaîtra que le dimanche.

Mai : Rencontre d'Apollinaire et de Marie Laurencin à l'instigation de Picasso, chez le marchand de tableaux Clovis Sagot.

25 juillet : Sous le pseudonyme de Pascal Hédégat, dans *Je dis tout,* article d'Apollinaire dirigé contre le marchand de tableaux Bernheim. Il va heureusement abandonner rapidement ce genre de polémique pour se borner à la critique d'art.

31 août: *Le Soleil,* quotidien dirigé par le père de Dalize, publie un conte, *L'Obituaire,* qui deviendra plus tard le poème *La Maison des Morts* dans *Alcools.* Deux autres contes suivront.

12 octobre: Compte rendu du Salon d'Automne dans *Je dis tout,* première mention du Douanier Rousseau dont Apollinaire qualifie assez sévèrement l'œuvre.

19 octobre: *La Comtesse d'Eisenberg* dans *Le Soleil.*

15 novembre: Début de sa collaboration à *La Phalange* avec trois poèmes: *La Tzigane, Les Colchiques,* et *Lul de Faltenin.*

15 décembre: Article sur Matisse dans *La Phalange.*

1908

12 janvier: Interview du vizir marocain El Mokri, dans *Le Financier.*

15 janvier: Long essai sur Jean Royère dans *La Phalange.*

25 janvier: Banquet de *La Phalange,* il accompagne Marie Laurencin dont il est fort épris.

15 février: *La Phalange* publie *Onirocritique.*

Mars: Outre les poèmes et les essais qu'il publie régulièrement, Apollinaire devient titulaire de la rubrique des romans dans *La Phalange.*

25 avril: Conférence sur *La Phalange nouvelle* à l'exposition des Indépendants; il définit la position de la jeune poésie et précise sa position littéraire : « la recherche d'un lyrisme neuf et humaniste à la fois ».

4 mai: *Le Pyrée* dans le *Gil Blas.*

Juin: Préface du Catalogue de l'exposition du Cercle d'art moderne du Havre sous le titre *Les Trois Vertus plastiques.*

15 juin: *La Phalange* publie *La Marchande des quatre saisons ou le bestiaire mondain* qui deviendra, complété, *Le Bestiaire ou Cortège d'Orphée,* en 1911.

Août: Apollinaire passe quelques jours à Knocke en Belgique, d'où il compte se rendre en Hollande. Il publie un essai sur son ami André Salmon dans *Vers et Prose.*

14 août: Rousseau écrit à Apollinaire au sujet du portrait qu'il veut brosser de lui et de Marie Laurencin. Ce tableau figurera, l'année suivante, aux Indépendants sous le titre *La Muse inspirant le Poète.*

Septembre: Dans une lettre à Camille Lemercier d'Erm en réponse à un article paru dans la revue *Les Argonautes,* Apollinaire précise sa position poétique et justifie le titre de sa conférence.

Novembre: Banquet offert à Rousseau chez Picasso.

28 novembre : Exposition Georges Braque dont Apollinaire a préfacé le catalogue.

1909

15 janvier : Sous le pseudonyme de Louise Lalanne, Apollinaire publie dans *Les Marges* d'Eugène Montfort des chroniques sur la littérature féminine.

Mars : Le Beffroi publie un poème de Louise Lalanne : *Le Présent ;* trois autres paraissent dans *Les Marges.* Deux d'entre eux sont en réalité de Marie Laurencin.

15 avril : Apollinaire cesse sa collaboration à *La Phalange.* Il y a publié, outre des poèmes, des études sur Mme Aurel, Eugène Montfort et Paul Fort.

23 avril : Conférence sur les jeunes poètes aux « Indépendants ».

1er mai : Publication de *La Chanson du Mal Aimé* dans le *Mercure de France* et de six poèmes rhénans dans *Le Voile de Pourpre.*

1er juillet : Apollinaire commence dans *Les Marges* sa série des « Contemporains pittoresques » ; il débute par Raoul Ponchon.

13 juillet : Mariage d'André Salmon ; Apollinaire compose à cette occasion un poème qui figurera dans *Alcools.*

17 juillet : Achevé d'imprimer de *L'Œuvre du Marquis de Sade,* pages choisies et préfacées par Apollinaire. Les frères Briffault, éditeurs, ont confié à Apollinaire le soin d'établir et de préfacer pour leur collection « les Maîtres de l'Amour » des recueils de textes d'auteurs libertins. Il commence par Sade, alors peu connu. La même année, il va publier un Arétin et poursuivra sa collaboration à cette collection jusqu'à sa mort.

Octobre : Apollinaire emménage 15, rue Gros, à Auteuil.

6 novembre : Conférence sur *Les Poètes d'aujourd'hui* à l'Université populaire du Faubourg Saint-Antoine.

27 novembre : Achevé d'imprimer de *L'Enchanteur pourrissant,* première œuvre éditée d'Apollinaire. Illustré de bois de Derain, *L'Enchanteur* est tiré à petit nombre (100) pour Henry Kahnweiler, marchand de tableaux, rue Vignon.

1910

Janvier : Les Marges révèlent la véritable personnalité de Louise Lalanne. Apollinaire devient l'un des « Treize » à *L'Intransigeant,* où il succède également à André Salmon comme critique d'art.

4 février : La Disparition d'Honoré Subrac, dans *Paris-Journal.*

18 mars : Le peintre Metzinger expose aux Indépendants un portrait « cubiste » d'Apollinaire.

19 mai : Apollinaire signe avec l'éditeur P.-V. Stock un contrat pour l'édition de *Phantasmes,* qui deviendra *L'Hérésiarque & Cie.*

8 juin : Préface au catalogue de l'exposition du peintre animalier Benjamin Rabier.

29 août : Préparant l'édition du *Bestiaire,* Apollinaire écrit à Raoul Dufy qui doit l'illustrer. Il lui annonce qu'il prend pour devise : « J'émerveille. »

2 septembre : Mort du peintre Henri Rousseau dit « le Douanier ».

Octobre : Quittant le 15, rue Gros, où il habitait depuis un an, Apollinaire emménage au 37 de la même rue.

20 octobre : Mise en vente de *L'Hérésiarque & Cie.*

8 décembre : Le Prix Goncourt est décerné à Louis Pergaud pour son livre *De Goupil à Margot.* Apollinaire a eu au premier tour trois voix pour *L'Hérésiarque & Cie* soutenu par Élémir Bourges.

1911

Janvier : Apollinaire fait à l'Université nouvelle, à Bruxelles, une conférence sur le XVIe siècle et l'Arétin.

Répondant à Lucien Maury qui, dans *La Revue bleue,* a signalé les analogies de *L'Hérésiarque & Cie* avec les œuvres d'Hoffmann, de Poe, de Nerval, de Baudelaire et de Barbey d'Aurevilly, Apollinaire s'en défend en affirmant qu'il ne connaît de Baudelaire que des citations ou des morceaux d'anthologie, qu'il ignore l'œuvre d'Hoffmann et celle de Poe et n'a lu de Nerval que *Les Chimères.*

15 mars : Achevé d'imprimer du *Bestiaire ou Cortège d'Orphée.*

1er avril : Apparition dans le *Mercure de France* d'une rubrique nouvelle : « la Vie anecdotique », signée Montade. Ce pseudonyme cache Apollinaire qui ne se révélera qu'en juin. Il conservera cette rubrique jusqu'à sa mort et elle disparaîtra avec lui.

21 avril : Pour la première fois les cubistes disposent d'une salle d'exposition aux Indépendants.

11 mai : Géry Piéret, son secrétaire occasionnel, rentré à Paris en avril, vole au Louvre un buste hispanique et le dissimule chez Apollinaire.

16 juin : Première « vie anecdotique » signée Guillaume Apollinaire.

7 juillet : *Le Matin* publie un conte, *La Fiancée posthume,* qui sera suivi de plusieurs autres qu'on retrouvera dans *Le Poète assassiné,* en 1916.

21 août : Vol de la Joconde au musée du Louvre; la presse révèle les nombreuses disparitions antérieures de pièces du musée.

Effrayé, Apollinaire qui a découvert l'origine du buste apporté par Géry Piéret, charge *Paris-Journal* de le restituer. Etienne Chichet, le directeur, ne manque pas cette magnifique occasion et entoure la restitution, le 28 août, d'une publicité ironique.

7 septembre : Des indiscrétions provoquent l'arrestation de Guillaume Apollinaire, incarcéré aussitôt à la Santé sous l'inculpation de recel; on le soupçonne même de collusion avec le voleur de la Joconde.

9 septembre : Géry Piéret écrit au juge d'instruction pour innocenter Apollinaire. Une pétition se couvre de signatures pour demander sa libération.

12 septembre : Mis hors de cause, Apollinaire est relaxé après une semaine de détention.

14 septembre : Il publie dans *Paris-Journal,* sous le titre *Mes prisons,* ses impressions de détenu. Il gardera de ce séjour en cellule une sorte d'angoisse dont les échos se retrouveront dans *Alcools.*

1er octobre : Apollinaire quitte la rue Gros pour un nouveau logis, 10, rue La Fontaine.

16 octobre : Une partie de la « vie anecdotique » est consacrée aux cubistes. Apollinaire s'intéresse de plus en plus à la peinture moderne dont il va devenir l'un des plus actifs défenseurs.

18 novembre : Sous le pseudonyme de Tyl, Apollinaire adresse à la revue belge *Le Passant* d'amusantes « Lettres de Paris ».

24 novembre : Conférenciant, rue Tronchet, Apollinaire disserte sur les relations de l'art moderne avec la littérature ancienne.

9 décembre : Vivement attaqué dans *L'Œuvre* par Urbain Gohier qui le présente comme un pornographe et un métèque, Apollinaire. pour qui l'affaire du Louvre n'est pas encore terminée, est angoissé à l'idée d'une expulsion possible comme étranger. Il demande à son ami, l'avocat Toussaint Luca qui l'a assisté pendant son incarcération, comment il peut se faire naturaliser.

20 décembre : Première collaboration au *Parthénon,* revue fondée par la baronne Brault dont il fréquente assidûment le salon littéraire. Il y donne deux poèmes : *Crépuscule* et *Salomé.*

1912

7 janvier : Le journal *Le Petit Bleu* s'attache Apollinaire comme collaborateur, il y tiendra également la rubrique des Arts.

19 janvier : Non-lieu en sa faveur dans l'affaire du buste volé au Louvre.

20 janvier : Sept écrivains, habitués du salon de la baronne Brault, décident, à son instigation, d'écrire un roman collectif *L'Arc-en-*

ciel. Apollinaire signant « le Premier des Sept » écrit le premier chapitre : *Un Masque dans l'Avenue,* qui paraît dans *Le Parthénon.* La fantaisie du « Premier » découragera sans doute les six autres car le roman s'arrêtera là.

Février : Premier numéro des *Soirées de Paris.* André Billy a décidé René Dalize, André Salmon et André Tudesq à fonder avec Apollinaire cette revue où ils pourront exprimer et défendre leurs conceptions. Outre un article intitulé *Du sujet dans la peinture moderne,* Apollinaire y publie deux poèmes : *Per te præsentit aruspex* et *Le Pont Mirabeau.*

9 février : La chronique des Arts du *Petit Bleu* est consacrée aux Futuristes.

27 mars : L'Infirme divinisé, premier d'une série de contes qui vont paraître dans *Paris-Journal* jusqu'en mai.

Avril : La Peinture nouvelle, notes d'art, dans le nº 3 des *Soirées de Paris.* Ces dissertations d'Apollinaire sur la peinture se retrouveront, l'année suivante, dans ses *Méditations esthétiques.*

29 juin : Conférence sur « le Sublime Moderne » au Grand Skating de Rouen à l'occasion de la troisième exposition de la Société normande de peinture moderne.

14 août : Retour d'un court voyage en Angleterre à Hythe en compagnie du peintre Picabia.

20 août : Apollinaire signe un bail pour la location d'un appartement, 202, boulevard Saint-Germain, à partir du 1er octobre. Il n'emménagera en fait qu'en janvier 1913. Sa rupture avec Marie Laurencin n'est pas étrangère à sa détermination de quitter Auteuil qu'il habite depuis 1909. Il va séjourner quelque temps chez son ami le peintre Serge Férat, 21, boulevard Berthier.

Octobre : Marie, dans *Les Soirées de Paris.*

11 octobre : Conférence d'Apollinaire à l'exposition de la *Section d'Or* sur *L'Écartèlement du Cubisme,* il y annonce l'Orphisme.

Octobre : Séjournant chez Gabrielle Buffet, à Étival, en compagnie de Picabia et de Marcel Duchamp, Apollinaire révèle la publication prochaine d'un volume de poèmes qu'il pense intituler *Eau-de-vie.* Il leur récite *Zone,* l'un des derniers qu'il a composés.

Novembre : Dans *Les Soirées de Paris, Vendémiaire,* premier poème non ponctué. Apollinaire va également supprimer sur les épreuves d'*Alcools,* en cours d'impression, toute la ponctuation.

Décembre : Première collaboration à la revue allemande *Der Sturm* de Berlin.

Apollinaire compose *Les Fenêtres,* qui figurera en tête du catalogue de l'exposition du peintre Robert Delaunay.

1913

Janvier : Installation définitive, 202, boulevard Saint-Germain.

18 janvier : Apollinaire accompagne Robert Delaunay qui expose à la Galerie du *Sturm* à Berlin. Il y fait une conférence sur *La Peinture nouvelle.*

17 mars : Achevé d'imprimer des *Peintres cubistes, Méditations esthétiques.*

Avril : Publication de *La Rome des Borgia,* signé d'Apollinaire, mais, pour la plus grande part, de son ami René Dalize.

20 avril : Achevé d'imprimer d'*Alcools,* premier grand recueil poétique d'Apollinaire.

7 juin : Apollinaire fait à l'académie de Sculpture moderne une conférence sur *La Sculpture d'aujourd'hui.*

15 juin : Éreintement d'*Alcools* par Georges Duhamel, dans le *Mercure de France.*

29 juin : L'Antitradition futuriste, manifeste synthèse rédigé pour Marinetti par Apollinaire. Violent dans la forme et dans le ton, il va contribuer à le faire passer, auprès de ceux qui le connaissent peu, pour le destructeur des valeurs les plus affirmées.

19 juillet : Lettre à Henri Martineau : Apollinaire s'explique sur son esthétique et expose les raisons de la suppression de la ponctuation dans *Alcools.*

Août : Louise Faure-Favier tente un rapprochement entre Marie Laurencin et Apollinaire en organisant en Normandie de courtes vacances avec Billy et Dalize. Le renouement espéré ne se réalisera pas.

22 août : Apollinaire rejoint à La Baule son ami le peintre Serge Férat. Ils décident de créer une revue à la fois littéraire et artistique au service du mouvement moderne.

28 août : Il rentre à Paris pour assister au mariage du peintre Gino Severini dont il est le témoin.

Octobre : Polémique Apollinaire-Barzun sur le dramatisme et la poésie simultanée.

28 octobre : Conférence d'Apollinaire sur Rude, à l'Université populaire du Faubourg Saint-Antoine.

15 novembre : Premier numéro des nouvelles *Soirées de Paris.* Apollinaire, Serge Férat et sa sœur, la baronne d'Œttingen (sous le pseudonyme de Jean Cérusse), assurent la codirection de la revue dont ils ont racheté le titre à André Billy.

Décembre : Livraison trimestrielle de *Vers et Prose.* Apollinaire y figure avec Salmon, Carco, Toulet, parmi les « Poètes fantaisistes ».

1914

15 janvier : Le nº 20 des *Soirées de Paris* est consacré au Douanier Rousseau.

15 février : Dans *Les Soirées de Paris,* annonce du *Poète assassiné,* qui ne paraîtra qu'en 1916.

Mars : Publication de *La Fin de Babylone* dans la collection l'« Histoire romanesque », récit fantaisiste où Apollinaire met en scène plusieurs de ses amis sous des pseudonymes transparents. Dans la même collection paraîtra, quelques mois plus tard, *Les Trois don Juan,* d'un genre un peu plus sérieux.

7 mars : Offensé par un article d'Arthur Cravan dans la revue *Maintenant,* Apollinaire lui envoie ses témoins; une rectification de Cravan évite le duel. Dans le même temps Apollinaire provoque également le critique Henry Ottmann; les témoins, dont André Billy et Fernand Léger, estiment la rencontre inutile.

15 avril : La revue italienne *Lacerba* publie de courts poèmes sous le titre *Banalités* et le *Mercure de France, Arthur roi passé roi futur.*

18 mai : Écrivant à son ami d'enfance Toussaint Luca, Apollinaire se plaint de sa solitude sentimentale et de son isolement dans les lettres.

27 mai : Ferdinand Brunot, directeur des Archives de la Parole, donne, à la Sorbonne, une audition de ses enregistrements de poèmes symbolistes dits par leurs auteurs. Bien qu'il ne soit plus, depuis longtemps, « symboliste », Apollinaire a enregistré trois de ses poèmes : *Le Pont Mirabeau, Marie* et *Le Voyageur.*

1er juin : Quelconqueries succèdent à *Banalités* dans *Lacerba.*

15 juin : Premier poème calligrammatique (on dit alors idéogrammatique) : *Lettre-Océan,* dans le nº 25 des *Soirées de Paris.*

21 juin : Marie Laurencin épouse le peintre allemand Otto de Waetjen.

15 juillet : Poussant plus loin ses recherches, Apollinaire publie plusieurs « idéogrammes lyriques » dans le nº 26-27 des *Soirées de Paris,* dont ce sera le dernier numéro.

26 juillet : Chargés pour *Comœdia* d'une chronique de la saison de Deauville qu'ils doivent rédiger, pour Apollinaire, et illustrer, pour Rouveyre, les deux amis arrivent sur la célèbre plage.

31 juillet : L'annonce de la mobilisation générale interrompt le séjour des deux envoyés de *Comœdia* qui rentrent précipitamment à Paris. Courte halte à Fontainebleau où Apollinaire écrit *La Fête manquée,* qui ne sera publiée qu'en 1921.

10 août : Apollinaire signe à Paris une demande d'engagement.

3 septembre : Sa demande d'engagement restant sans suite et l'offensive allemande menaçant Paris, Apollinaire part rejoindre à Nice son ami Siègler-Pascal qui s'y trouve en convalescence.

27 septembre : Apollinaire a rencontré Louise de Coligny-Châtillon (celle qui sera Lou dans *Calligrammes*) et lui fait une cour assidue.

29 novembre : Apollinaire fait une nouvelle démarche pour s'engager au bureau de recrutement de Nice. L'indifférence de Lou à son égard n'est pas sans hâter son désir de partir.

5 décembre : Sa demande acceptée, il est affecté au 38e Régiment d'Artillerie à Nîmes, qu'il gagne aussitôt.

7 décembre : Lou ébranlée par sa détermination le rejoint à Nîmes et devient sa maîtresse.

15 décembre : Lou quitte Nîmes pour retourner à Nice, elle va se détacher très vite d'Apollinaire qui se désespérera de cet abandon et lui dédiera nombre de mélancoliques poèmes.

31 décembre : Courte permission qu'il passe à Nice avec Lou.

1915

2 janvier : Rejoignant son régiment à Nîmes, Apollinaire rencontre dans le train, entre Nice et Marseille, une jeune fille, Madeleine Pagès.

12 janvier : Très désireux de devenir officier, Apollinaire passe un examen et est admis au peloton préparatoire. Il demande sa naturalisation.

Février : Apollinaire renoue des relations épistolaires avec ses amis dispersés et reprend son activité poétique malgré la dureté et la fatigue du peloton. Il éprouve une joie véritable de ce qu'il appelle « le métier de soldat ».

28 mars : Dernière entrevue à Marseille, avec Lou dont il avait espéré jusque-là le retour à Nîmes. Il demande à partir pour le front le plus vite possible.

4 avril : Apollinaire part rejoindre en Champagne la 45e batterie de son régiment.

16 avril : Nommé brigadier, il est agent de liaison, ce qui lui permet des déplacements plus faciles. Resté en correspondance avec Lou, mais lassé de son attitude, il écrit, au hasard, à la jeune fille rencontrée dans le train de Marseille.

4 mai : Réponse de Madeleine qui habite Lamur près d'Oran. Cette réponse va être le début d'une idylle où l'amour qu'il porte toujours à Lou va le disputer avec celui qui naît et en définitive y succomber. Cette dualité sentimentale va lui inspirer de nombreux poèmes qu'il publiera dans *Calligrammes* et dont un grand nombre restés longtemps inconnus seront révélés dans deux recueils posthumes : *Ombre de mon Amour* et *Tendre comme le Souvenir.*

1er juin : Apollinaire reprend sa chronique anecdotique du *Mercure de France,* interrompue par la guerre. Il l'alimentera irrégulièrement selon les vicissitudes de sa vie militaire.

17 juin : A la batterie de tir, sur le front même, Apollinaire fait tirer à 25 exemplaires polygraphiés une plaquette de vers : *Case d'Armons.*

30 juillet : Son sentiment pour Madeleine s'est transformé en amour véritable, il lui envoie une lettre « confession » où il lui révèle sa vie et ses amours passées.

10 août : Sa correspondance avec Madeleine Pagès est devenue quotidienne et ses lettres prennent un ton de plus en plus passionné. Il écrit à la mère de celle avec laquelle il s'est fiancé épistolairement et lui demande la main de sa fille.

20 août : Mme Pagès accepte la demande d'Apollinaire et l'invite à passer sa permission avec elles à Lamur.

Apollinaire a composé une petite suite de poèmes pour Marie Laurencin : *Le Médaillon toujours fermé,* qu'il lui adresse par le truchement de leur commune amie, Louise Faure-Favier.

25 août : Apollinaire est nommé maréchal des logis, à compter du 1er septembre.

7 septembre : Une jeune poétesse, Jeanne-Yves Blanc, lui a adressé un quatrain quelque temps auparavant; il lui répond à son tour et commence avec elle une correspondance de « poilu » à « marraine » amicale et littéraire.

Octobre : Apollinaire compose de nombreux poèmes et entretient avec ses amis une abondante correspondance, outre celle, quotidienne, avec Madeleine et Lou. Il a même commencé une sorte de roman et éprouve des émotions merveilleuses, écrit-il à André Derain.

20 novembre : Apollinaire, sur sa demande, passe dans l'infanterie comme officier. Il est nommé sous-lieutenant au 96e de ligne.

28 novembre : Il monte en ligne avec sa compagnie et découvre bien vite un autre aspect de la guerre, celui des tranchées, de la boue, de la vermine et de l'incessante menace de la mort.

26 décembre : Apollinaire arrive à Oran où il va passer auprès de sa fiancée sa permission de détente.

1916

10 janvier : Retour d'Oran, Apollinaire passe 24 heures à Paris; il y revoit sa mère et ses amis; l'ambiance de la capitale le déçoit. Il rejoint son régiment à Damery.

27 janvier : Il écrit à Madeleine qu'il est las et découragé; toujours affectueuses, ses lettres n'ont plus le ton passionné, voire érotique, qu'elles avaient auparavant.

1er février : Courte permission à Paris. Apollinaire se préoccupe de faire publier *Le Poète assassiné.* Il a obtenu de P.-V. Stock, avec lequel il est en contrat, l'autorisation de publier chez un autre éditeur.

9 mars : Le décret qui accorde la nationalité française à Wilhelm Apollinaire de Kostrowitzky, dit Guillaume Apollinaire, paraît au *Journal Officiel.*

14 mars : Apollinaire remonte en ligne avec son unité. Dans un court billet à Madeleine, il l'en avise et lui lègue tout ce qu'il possède.

17 mars : A 16 heures, au bois des Buttes, près de Berry-au-Bac, un éclat d'obus, après avoir percé son casque, le blesse à la tempe droite.

20 mars : Evacué d'abord à l'ambulance 1/55 où il est opéré une première fois, il est hospitalisé à l'Hôtel-Dieu de Château-Thierry où il séjourne jusqu'au 28.

29 mars : Transfert au Val-de-Grâce à Paris.

6 avril : Serge Férat, infirmier à l'hôpital du Gouvernement italien, quai d'Orsay, a obtenu de Mme Tittoni, qui le dirige, le transfert d'Apollinaire. Il y entre le 9.

Mai : Grâce à des soins dévoués, sa blessure s'est cicatrisée rapidement, mais des signes de paralysie causée par un abcès sous-dural se manifestent.

9 mai : Apollinaire est trépané par le docteur Baudet à la Villa Molière, boulevard de Montmorency, où il a été transporté le 4 mai.

11 mai : Télégramme à Madeleine pour lui annoncer le succès de l'opération. Il lui écrit de plus en plus rarement et elle s'en inquiète.

17 juin : Citation à l'ordre du régiment, comportant l'attribution de la croix de guerre.

1er juillet : Le *Mercure de France* publie, sous le titre *Lueurs des Tirs,* une série de ses poèmes de guerre.

11 juillet : Court billet à Madeleine, il va mieux et sort un peu. Sans qu'il le lui dise et se l'avoue peut-être lui-même, il a renoncé à leur union.

Août : Le front bandé, un peu boudiné dans son uniforme, Apollinaire fréquente à nouveau le *Flore* et les cafés de Montparnasse, il reprend peu à peu contact avec les milieux artistiques et littéraires, mais des troubles l'empêchent encore de travailler comme il le voudrait.

Octobre : Pierre Albert-Birot publie dans *SIC* une interview d'Apollinaire sur les tendances nouvelles et l'évolution des arts.

15 octobre : Préface au catalogue de l'exposition Derain. Apollinaire songe à faire reparaître *Les Soirées de Paris* et s'en ouvre à ses amis.

26 octobre : Publication du *Poète assassiné,* composé avant la guerre, auquel il a ajouté une nouvelle : *Le cas du Brigadier masqué.*

23 novembre : Dernière lettre à Madeleine; il est, dit-il, las et très différent de ce qu'il était.

31 décembre : Banquet en l'honneur d'Apollinaire au Palais d'Orléans, avenue du Maine, organisé par les jeunes poètes, à l'instigation de Paul Dermée.

1917

21 janvier : Préface calligrammatique du catalogue de l'exposition de Léopold Survage et d'Irène Lagut.

Mars : Nord-Sud de Reverdy, *391* de Picabia, *SIC* de P. Albert-Birot, les plus hardies parmi les jeunes revues poétiques, publient des poèmes d'Apollinaire qui a repris sa « vie anecdotique » au *Mercure de France* et retrouve une activité plus grande depuis qu'il a quitté l'hôpital et que sa convalescence s'achève. Il a composé un roman : *Les Clowns d'Elvire ou les Caprices de Bellone* [*La Femme assise*] et met au point *Calligrammes.*

7 mai : Mort de René Dalize à l'attaque de la ferme de Cogne-le-Vent.

18 mai : Première de *Parade* dont Apollinaire a fait la présentation dans le programme des Ballets russes.

24 juin : Première représentation au Conservatoire Renée Maubel, rue de l'Orient, à Montmartre, des *Mamelles de Tirésias*, drame surréaliste, devant une salle comble mais houleuse.

25 juin : Apollinaire est affecté à la Censure.

Août : Permission passée à Bénodet, en Bretagne, il y achève la correction des épreuves de son recueil de poèmes *Calligrammes.*

16 octobre : Le *Mercure de France* publie une lettre d'Apollinaire en réponse à Gustave Kahn, où il précise sa position sur le cubisme.

10 novembre : Achevé d'imprimer de *Vitam impendere amori* avec des dessins d'André Rouveyre.

13 novembre : Causerie d'Apollinaire chez Paul Guillaume : *Choses et autres.* Il y annonce un art nouveau : « l'art tactile ».

26 novembre : Apollinaire prononce au Théâtre du Vieux-Colombier une conférence : *L'Esprit nouveau et les Poètes,* à l'issue de laquelle sont récités des poèmes de lui-même, de Rimbaud, Gide, Reverdy, Romains, Salmon, Cendrars, Max Jacob, Divoire, etc.

1918

Janvier : Atteint de congestion pulmonaire, Apollinaire est transporté à l'hôpital Villa Molière où il avait été trépané. Il y restera jusqu'au début de mars.

Les Mamelles de Tirésias paraissent, avec des dessins de Serge Férat, aux éditions *SIC.*

23 janvier : Préface du catalogue de l'exposition Matisse-Picasso.

15 mars : La revue suisse *L'Éventail* publie *La Jolie rousse,* poème inspiré par Jacqueline Kolb qu'il va épouser.

25 mars : La Promenade de l'Ombre, premier conte d'une série qu'il va publier dans *Excelsior.*

Avril : Henri Simon, ministre des Colonies, fait détacher Apollinaire à son cabinet. Ce poste, moins absorbant que celui de la Censure, lui laisse plus de loisirs. Il collabore à *L'Europe nouvelle* où il tient, en outre, une rubrique d'échos sous le pseudonyme de *L'Écolâtre.*

15 avril : Achevé d'imprimer de *Calligrammes,* son second recueil poétique qui porte la date 1913-1918 afin de bien marquer sa continuité avec *Alcools.*

2 mai : Mariage d'Apollinaire et de Jacqueline Kolb à Saint-Thomas-d'Aquin. Picasso et Vollard sont ses témoins.

28 juillet : Promu lieutenant à titre temporaire.

Août : En permission à Kervoyal, dans le Morbihan, Apollinaire travaille au livret de *Casanova,* opéra bouffe dont le chef d'orchestre des ballets russes Henry Defosse compose la partition. Il médite également un volume de vers où il groupera des poèmes sur les peintres, et pour ses éditeurs Briffault, une série d'ouvrages sur les grandes amoureuses, Cléopâtre, Ninon, Messaline. Il met la dernière main à *Couleur du Temps,* un drame que doit monter la Compagnie Art et Liberté.

9 novembre : Atteint par la grippe infectieuse qui ravage Paris, Apollinaire succombe à 5 heures du soir, après quelques jours de maladie.

13 novembre : Apollinaire est inhumé au Père-Lachaise.

24 novembre : Première et unique représentation de *Couleur du Temps* au Conservatoire Renée Maubel par la Compagnie Art et Liberté.

1er décembre : L'esprit nouveau et les poètes dans le *Mercure de France.*

1919

7 mars : Décès, à Chatou, d'Angélique Alexandrine Kostrowitzky, que suivra peu de temps après au Mexique, où il vivait depuis 1913, celui de son second fils Albert.

1918

[illegible]

[illegible] Saint-Thomas-d'Aquin [illegible] et Vollard sont ses témoins.

[illegible]

1919

[illegible]

LE BESTIAIRE

OU CORTÈGE D'ORPHÉE

À ÉLÉMIR BOURGES

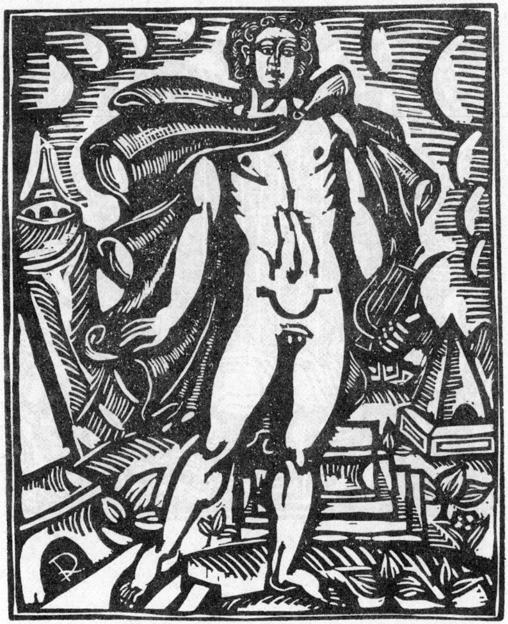

ORPHÉE

Admirez le pouvoir insigne
Et la noblesse de la ligne :
Elle est la voix que la lumière fit entendre
Et dont parle Hermès Trismégiste en son Pimandre.

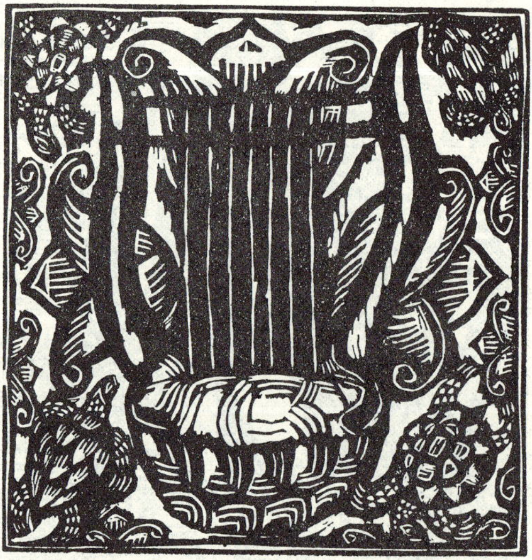

LA TORTUE

Du Thrace magique, o délire!
Mes doigts sûrs font sonner la lyre.
Les animaux passent aux sons
De ma tortue, de mes chansons.

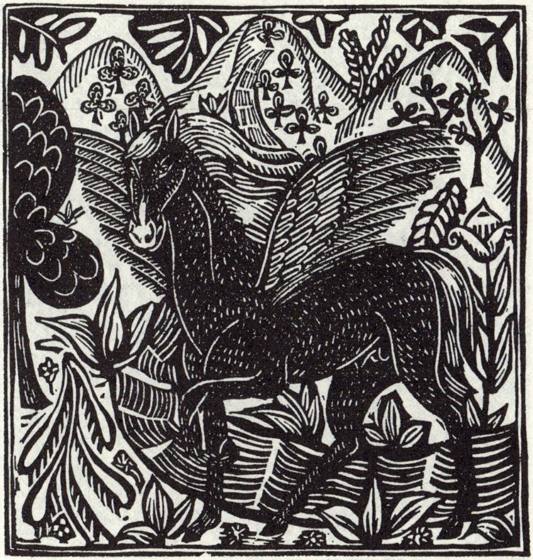

LE CHEVAL

Mes durs rêves formels sauront te chevaucher,
Mon destin au char d'or sera ton beau cocher
Qui pour rênes tiendra tendus à frénésie,
Mes vers, les parangons de toute poésie.

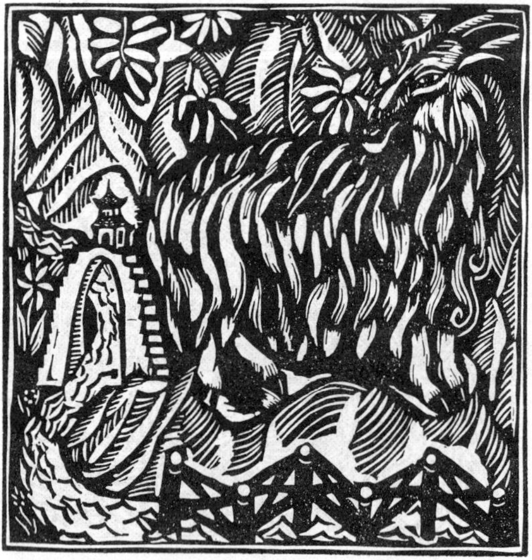

LA CHÈVRE DU THIBET

Les poils de cette chèvre et même
Ceux d'or pour qui prit tant de peine
Jason, ne valent rien au prix
Des cheveux dont je suis épris.

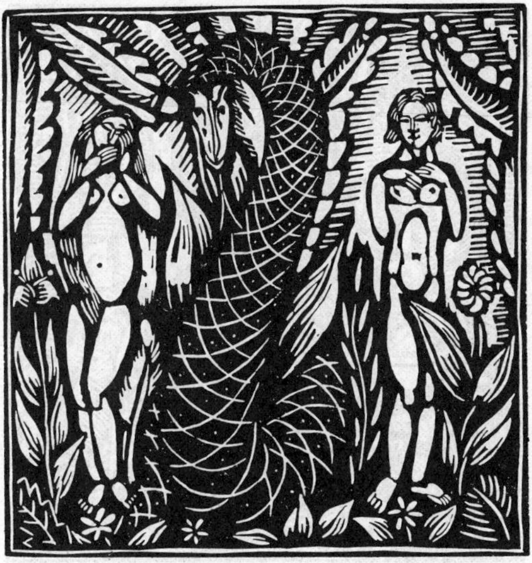

LE SERPENT

Tu t'acharnes sur la beauté.
Et quelles femmes ont été
Victimes de ta cruauté!
Ève, Eurydice, Cléopâtre;
J'en connais encor trois ou quatre.

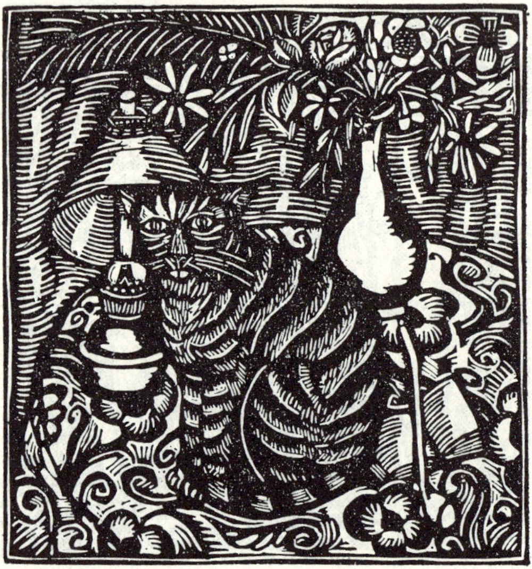

LE CHAT

JE souhaite dans ma maison :
Une femme ayant sa raison,
Un chat passant parmi les livres,
Des amis en toute saison
Sans lesquels je ne peux pas vivre.

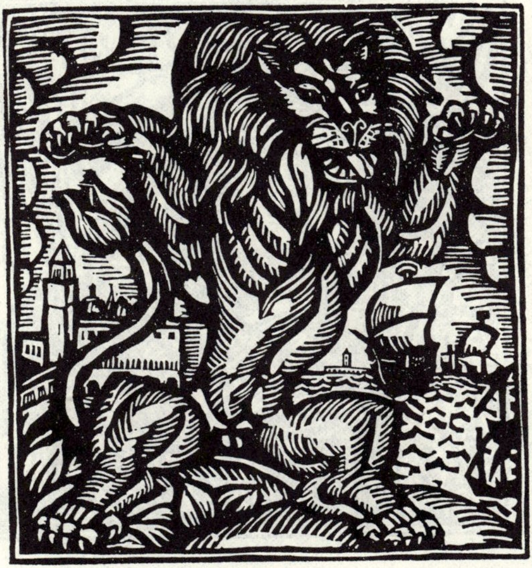

LE LION

O LION, malheureuse image
Des rois chus lamentablement,
Tu ne nais maintenant qu'en cage
A Hambourg, chez les Allemands.

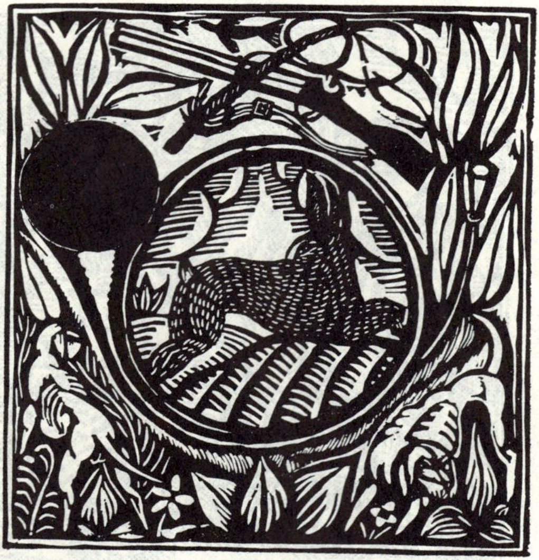

LE LIÈVRE

NE sois pas lascif et peureux
Comme le lièvre et l'amoureux.
Mais que toujours ton cerveau soit
La hase pleine qui conçoit.

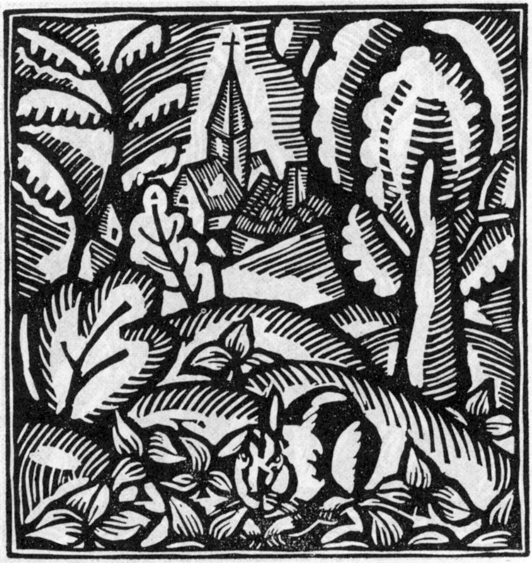

LE LAPIN

Je connais un autre connin
Que tout vivant je voudrais prendre.
Sa garenne est parmi le thym
Des vallons du pays de Tendre.

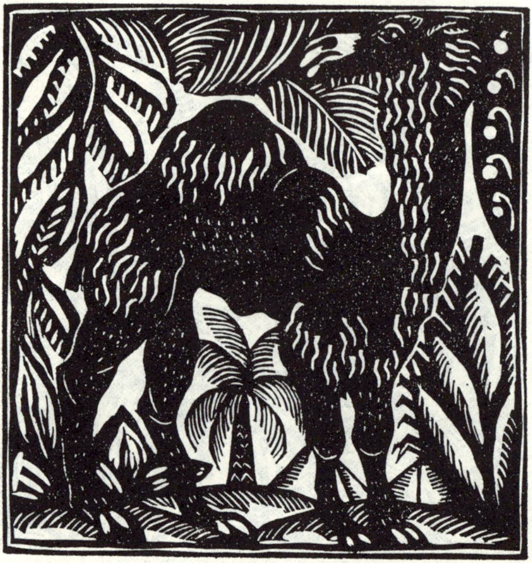

LE DROMADAIRE

Avec ses quatre dromadaires
Don Pedro d'Alfaroubeira
Courut le monde et l'admira.
Il fit ce que je voudrais faire
Si j'avais quatre dromadaires.

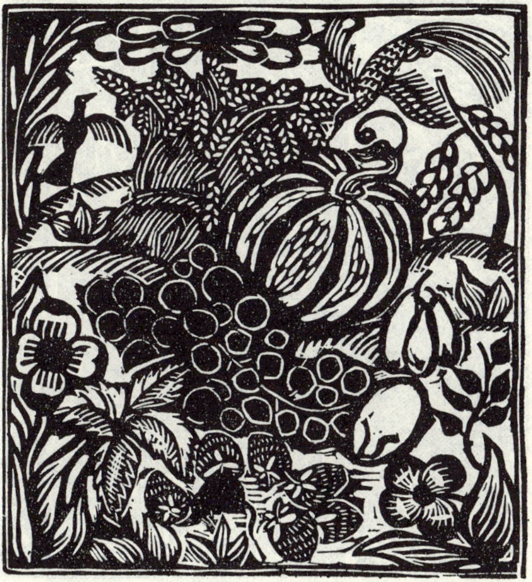

LA SOURIS

Belles journées, souris du temps,
Vous rongez peu à peu ma vie.
Dieu! Je vais avoir vingt-huit ans,
Et mal vécus, à mon envie.

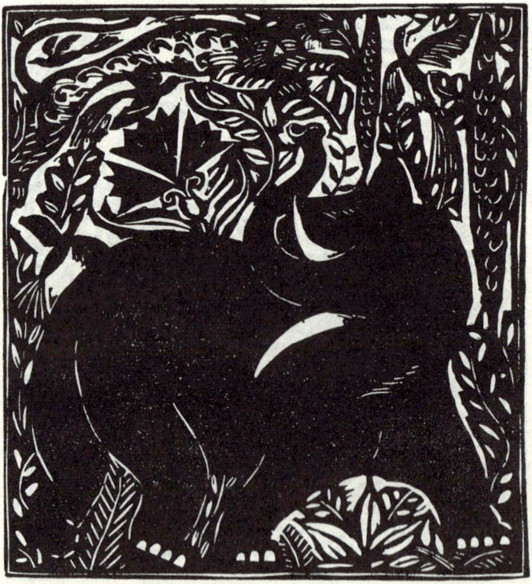

L'ÉLÉPHANT

COMME un éléphant son ivoire,
J'ai en bouche un bien précieux.
Pourpre mort!... J'achète ma gloire
Au prix des mots mélodieux.

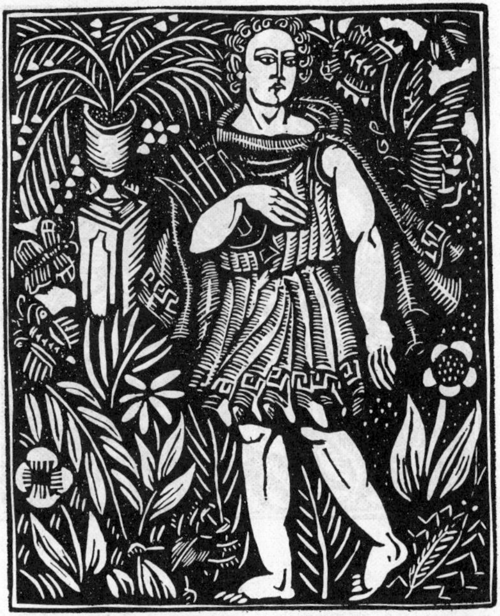

ORPHÉE

REGARDEZ cette troupe infecte
Aux mille pattes, aux cent yeux :
Rotifères, cirons, insectes
Et microbes plus merveilleux
Que les sept merveilles du monde
Et le palais de Rosemonde!

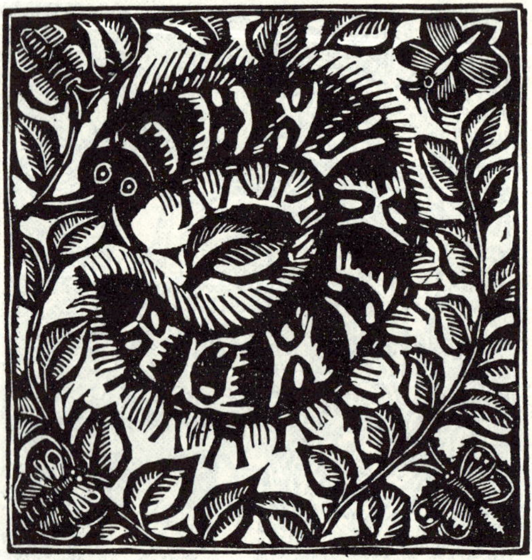

LA CHENILLE

Le travail mène à la richesse.
Pauvres poètes, travaillons!
La chenille en peinant sans cesse
Devient le riche papillon.

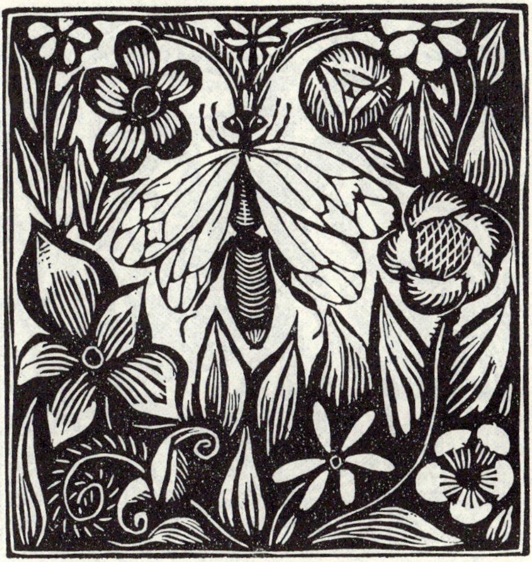

LA MOUCHE

Nos mouches savent des chansons
Que leur apprirent en Norvège
Les mouches ganiques qui sont
Les divinités de la neige.

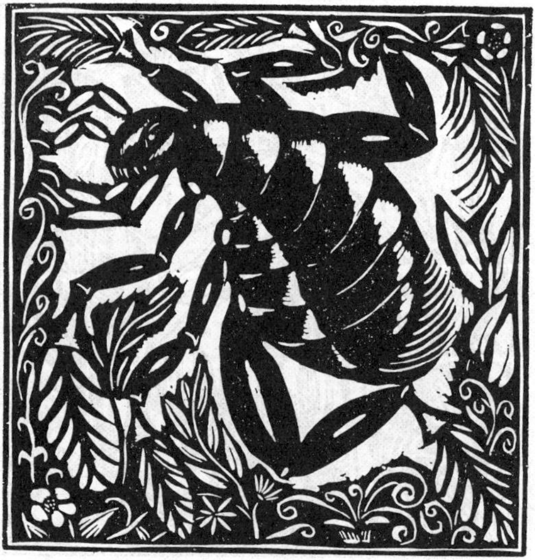

LA PUCE

PUCES, amis, amantes même,
Qu'ils sont cruels ceux qui nous aiment!
Tout notre sang coule pour eux.
Les bien-aimés sont malheureux.

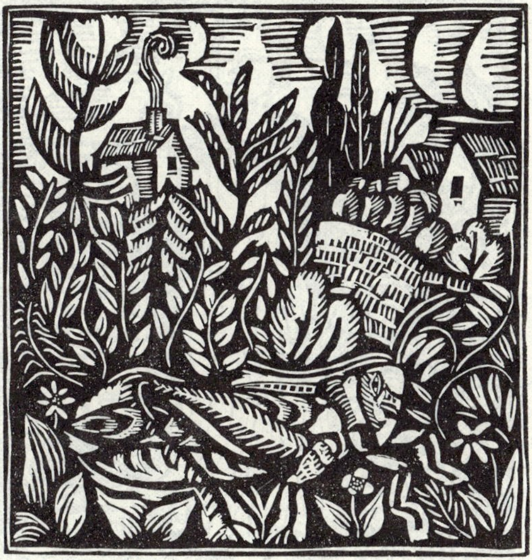

LA SAUTERELLE

Voici la fine sauterelle,
La nourriture de saint Jean.
Puissent mes vers être comme elle,
Le régal des meilleures gens.

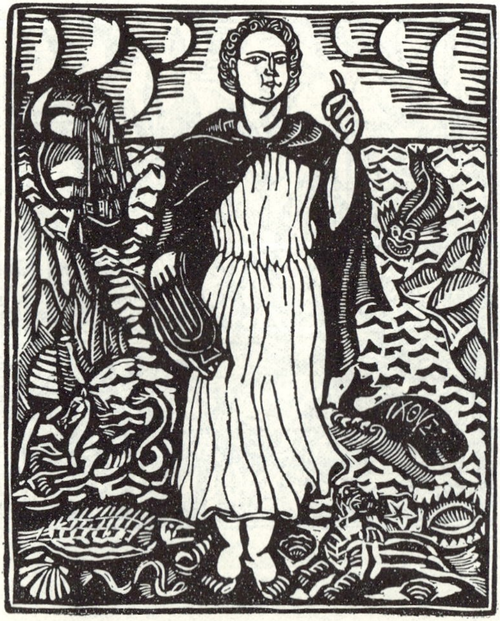

ORPHÉE

QUE ton cœur soit l'appât et le ciel, la piscine!
Car, pécheur, quel poisson d'eau douce ou bien marine
Egale-t-il, et par la forme et la saveur,
Ce beau poisson divin qu'est JÉSUS, Mon Sauveur?

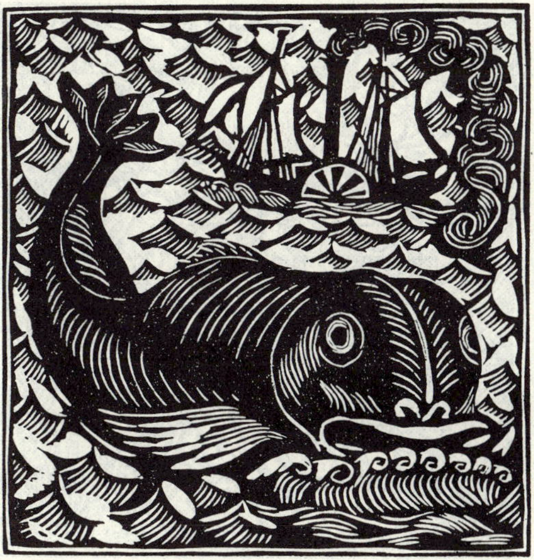

LE DAUPHIN

Dauphins, vous jouez dans la mer,
Mais le flot est toujours amer.
Parfois, ma joie éclate-t-elle ?
La vie est encore cruelle.

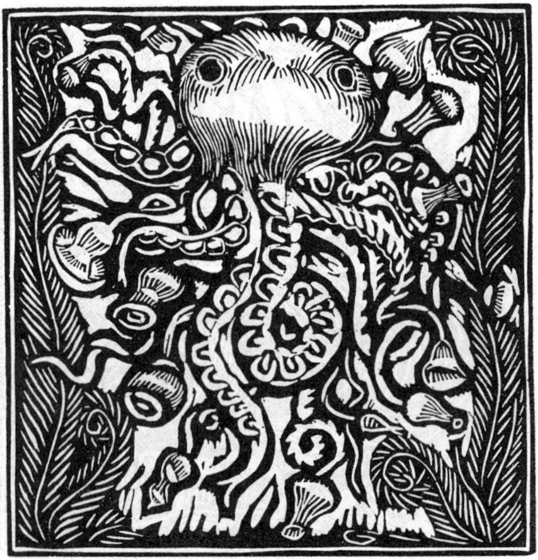

LE POULPE

JETANT son encre vers les cieux,
Suçant le sang de ce qu'il aime
Et le trouvant délicieux,
Ce monstre inhumain, c'est moi-même.

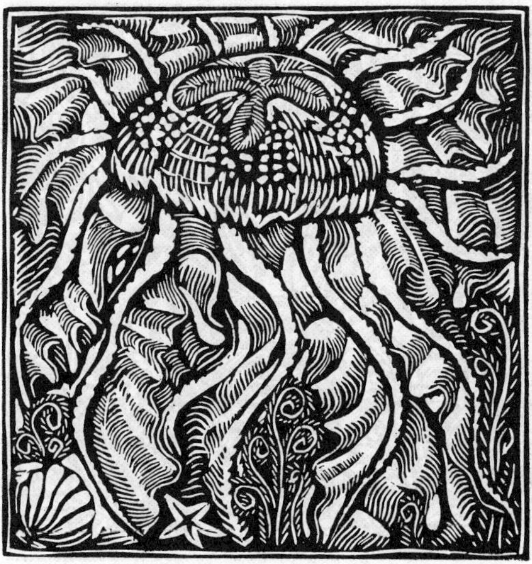

LA MÉDUSE

Méduses, malheureuses têtes
Aux chevelures violettes
Vous vous plaisez dans les tempêtes,
Et je m'y plais comme vous faites.

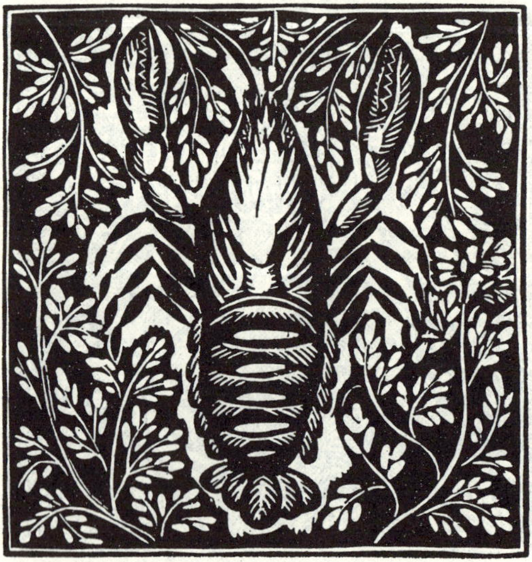

L'ÉCREVISSE

Incertitude, ô mes délices
Vous et moi nous nous en allons
Comme s'en vont les écrevisses,
A reculons, à reculons.

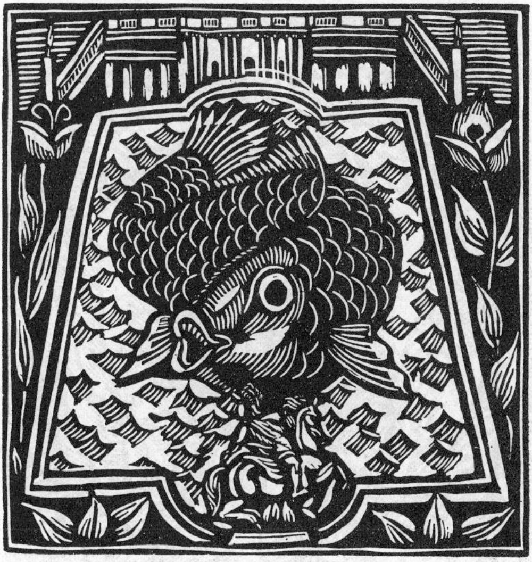

LA CARPE

Dans vos viviers, dans vos étangs,
Carpes, que vous vivez longtemps!
Est-ce que la mort vous oublie,
Poissons de la mélancolie.

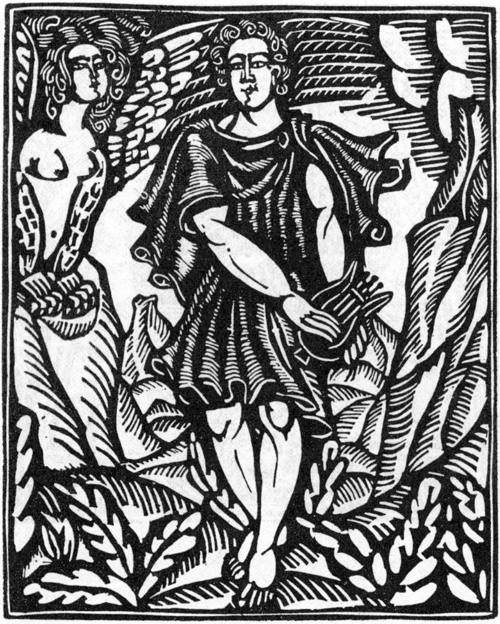

ORPHÉE

LA femelle de l'alcyon,
L'Amour, les volantes Sirènes,
Savent de mortelles chansons
Dangereuses et inhumaines.
N'oyez pas ces oiseaux maudits,
Mais les Anges du paradis.

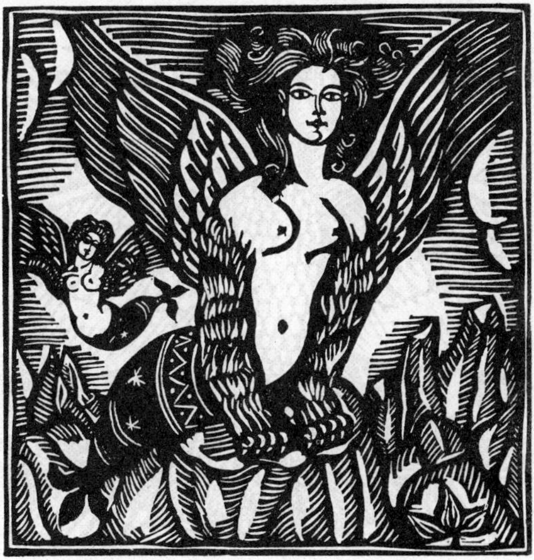

LES SIRÈNES

SACHÉ-JE d'où provient, Sirènes, votre ennui
Quand vous vous lamentez, au large, dans la nuit?
Mer, je suis comme toi, plein de voix machinées
Et mes vaisseaux chantants se nomment les années.

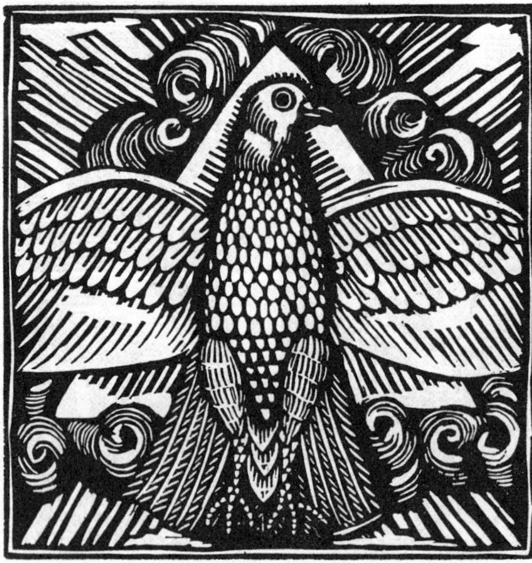

LA COLOMBE

Colombe, l'amour et l'esprit
Qui engendrâtes Jésus-Christ,
Comme vous j'aime une Marie.
Qu'avec elle je me marie.

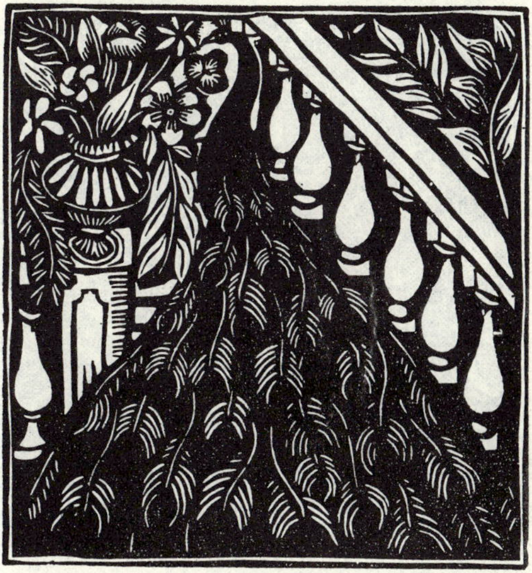

LE PAON

En faisant la roue, cet oiseau,
Dont le pennage traîne à terre,
Apparaît encore plus beau,
Mais se découvre le derrière.

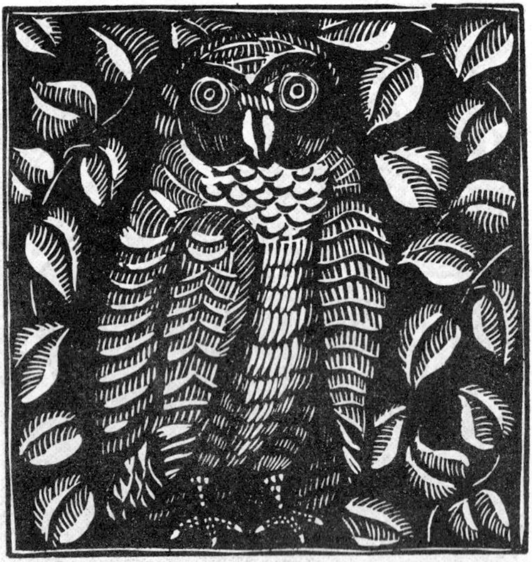

LE HIBOU

Mon pauvre cœur est un hibou
Qu'on cloue, qu'on décloue, qu'on recloue.
De sang, d'ardeur, il est à bout.
Tous ceux qui m'aiment, je les loue.

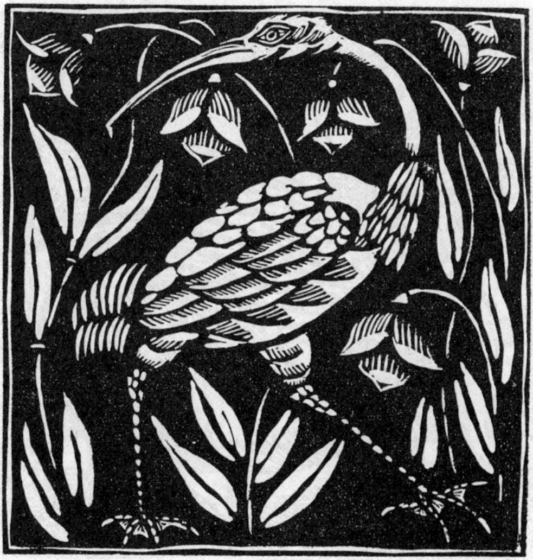

IBIS

Oui, j'irai dans l'ombre terreuse
O mort certaine, ainsi soit-il!
Latin mortel, parole affreuse,
Ibis, oiseau des bords du Nil.

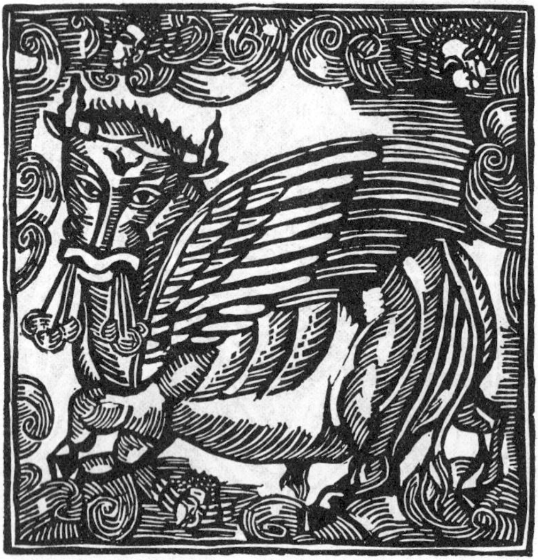

LE BŒUF

Ce chérubin dit la louange
Du paradis, où, près des anges,
Nous revivrons, mes chers amis,
Quand le bon Dieu l'aura permis.

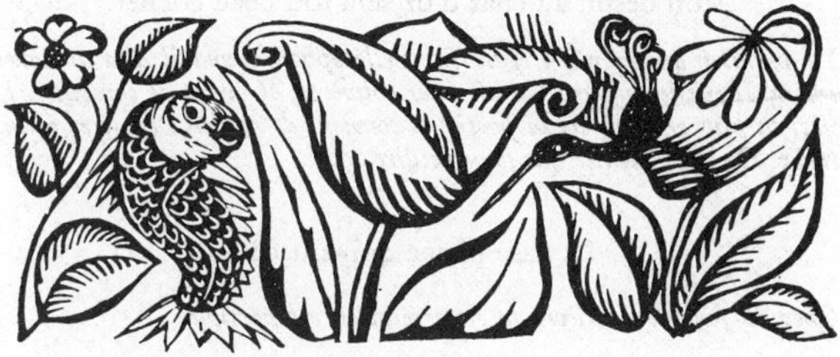

NOTES

Admirez le pouvoir insigne
Et la noblesse de la ligne.

Il loue la ligne qui a formé les images, magnifiques ornements de ce divertissement poétique.

Elle eſt la voix que la lumière fit entendre
Et dont parle Hermès Trismégiſte en son Pimandre.

« Bientôt, lit-on dans le « Pimandre », descendirent des ténèbres... et il en sortit un cri inarticulé qui semblait la voix de la lumière. »

Cette « voix de la lumière », n'eſt-ce pas le dessin, c'eſt-à-dire la ligne ? Et quand la lumière s'exprime pleinement tout se colore. La peinture eſt proprement un langage lumineux.

Du Thrace magique.

Orphée était natif de la Thrace. Ce sublime poète jouait d'une lyre que Mercure lui avait donnée. Elle était composée d'une carapace de tortue, de cuir collé à l'entour, de deux branches, d'un chevalet et de cordes faites avec des boyaux de brebis. Mercure donna également de ces lyres à Apollon et à Amphion. Quand Orphée jouait en chantant, les animaux sauvages eux-mêmes venaient écouter son cantique. Orphée inventa toutes les sciences, tous les arts. Fondé dans la magie, il connut l'avenir et prédit chrétiennement l'avènement du SAUVEUR.

Mes durs rêves formels sauront te chevaucher,
Mon destin au char d'or sera ton beau cocher.

Le premier qui monta Pégase fut Bellérophon quand il alla attaquer la Chimère. Il existe aujourd'hui bien des chimères, et avant de combattre l'une d'elles, la plus ennemie de la poésie, il convient de brider Pégase et même de l'atteler. On sait bien ce que je veux dire.

La hase pleine qui conçoit.

Chez la femelle du lièvre la superfétation est possible.

Avec ses quatre dromadaires,
Don Pedro d'Alfaroubeira
Courut le monde et l'admira.

La célèbre relation de voyage intitulée : « Historia del Infante D. Pedro de Portugal, en la que se refiere lo que le sucedio en le viaje que hizo cuando anduvo las siete partes del mundo, compuesto por Gomez de Santistevan, uno de los doce que llevo en su compania el infante », rapporte que l'Infant du Portugal, don Pedro d'Alfaroubeira, se mit en route avec douze compagnons pour visiter les sept parties du monde. Ces voyageurs étaient montés sur quatre dromadaires, et après avoir passé en Espagne, ils allèrent en Norvège et, de là, à Babylone et en Terre-Sainte. Le prince portugais visita encore les États du prêtre Jean et revint dans son pays au bout de trois ans et quatre mois.

Et le palais de Rosemonde.

Voici, touchant ce palais, témoignage de l'amour que le roi d'Angleterre éprouvait pour sa maîtresse, ce couplet d'une complainte dont je ne connais point l'Auteur.

Pour mettre Rosemonde à l'abri de la haine
Que lui portait la reine,
Le roi fit construire un palais
Tel qu'on n'en vit jamais.

Les mouches ganiques qui sont
Les divinités de la neige.

Toutes n'apparaissent pas sous la forme de flocons, mais beaucoup ont été apprivoisées par les sorciers finnois ou lapons et elles leur obéissent. Les magiciens se les transmettent de père en fils et les gardent enfermées dans une boîte ou elles se tiennent invisibles, prêtes à s'envoler en essaim pour tourmenter les voleurs, tout en chantant les paroles magiques, ainsi qu'elles-mêmes immortelles.

Voici la fine sauterelle,
La nourriture de saint Jean.

« Et erat Joannes vestitus pilis cameli, et zona pellicea, circa lumbos ejus, et locustas, et mel silvestre edebat. » S. Marc. 1,6.

La femelle de l'alcyon,
L'Amour, les volantes Sirènes
Savent de mortelles chansons
Dangereuses et inhumaines.

Les navigateurs, entendant chanter la femelle de l'alcyon, s'apprêtaient à mourir, sauf toutefois vers la mi-décembre, où ces oiseaux font leurs nids, et l'on pensait qu'alors la mer était calme. Quant à l'Amour et quant aux Sirènes, ces oiseaux merveilleux chantent si harmonieusement que la vie même de celui qui les écoute n'est pas un prix trop élevé pour payer une telle musique.

Ce chérubin.

On distingue parmi les hiérarchies célestes, vouées au service et à la gloire de la divinité, des êtres aux formes inconnues et de la plus surprenante beauté. Les chérubins sont des bœufs ailés, mais aucunement monstrueux.

Quand le bon Dieu l'aura permis.

Ceux qui s'exercent à la poésie ne recherchent et n'aiment rien autre que la perfection qui est Dieu lui-même. Et cette divine bonté, cette suprême perfection abandonneraient ceux dont la vie n'a eu pour but que de les découvrir et de les glorifier ? Cela paraît impossible, et, à mon sens, les poètes ont le droit d'espérer après leur mort le bonheur perdurable que procure l'entière connaissance de Dieu, c'est-à-dire de la sublime beauté.

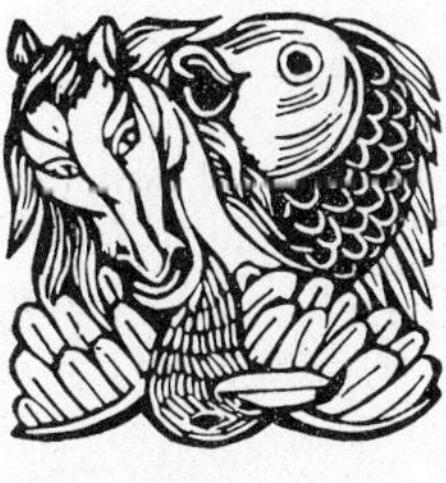

ALCOOLS

ZONE

A LA FIN tu es las de ce monde ancien

Bergère ô tour Eiffel le troupeau des ponts bêle ce matin

Tu en as assez de vivre dans l'antiquité grecque et romaine

Ici même les automobiles ont l'air d'être anciennes
La religion seule est restée toute neuve la religion
Est restée simple comme les hangars de Port-Aviation

Seul en Europe tu n'es pas antique ô Christianisme
L'Européen le plus moderne c'est vous Pape Pie X
Et toi que les fenêtres observent la honte te retient
D'entrer dans une église et de t'y confesser ce matin
Tu lis les prospectus les catalogues les affiches qui chantent tout haut
Voilà la poésie ce matin et pour la prose il y a les journaux
Il y a les livraisons à 25 centimes pleines d'aventures policières
Portraits des grands hommes et mille titres divers

J'ai vu ce matin une jolie rue dont j'ai oublié le nom
Neuve et propre du soleil elle était le clairon
Les directeurs les ouvriers et les belles sténo-dactylographes
Du lundi matin au samedi soir quatre fois par jour y passent
Le matin par trois fois la sirène y gémit
Une cloche rageuse y aboie vers midi
Les inscriptions des enseignes et des murailles
Les plaques les avis à la façon des perroquets criaillent

J'aime la grâce de cette rue industrielle
Située à Paris entre la rue Aumont-Thiéville et l'avenue des Ternes

Voilà la jeune rue et tu n'es encore qu'un petit enfant
Ta mère ne t'habille que de bleu et de blanc
Tu es très pieux et avec le plus ancien de tes camarades René Dalize
Vous n'aimez rien tant que les pompes de l'Église
Il est neuf heures le gaz est baissé tout bleu vous sortez du dortoir en cachette
Vous priez toute la nuit dans la chapelle du collège
Tandis qu'éternelle et adorable profondeur améthyste
Tourne à jamais la flamboyante gloire du Christ
C'est le beau lys que tous nous cultivons
C'est la torche aux cheveux roux que n'éteint pas le vent
C'est le fils pâle et vermeil de la douloureuse mère
C'est l'arbre toujours touffu de toutes les prières
C'est la double potence de l'honneur et de l'éternité
C'est l'étoile à six branches
C'est Dieu qui meurt le vendredi et ressuscite le dimanche
C'est le Christ qui monte au ciel mieux que les aviateurs
Il détient le record du monde pour la hauteur

Pupille Christ de l'œil
Vingtième pupille des siècles il sait y faire
Et changé en oiseau ce siècle comme Jésus monte dans l'air
Les diables dans les abîmes lèvent la tête pour le regarder
Ils disent qu'il imite Simon Mage en Judée
Ils crient s'il sait voler qu'on l'appelle voleur
Les anges voltigent autour du joli voltigeur
Icare Enoch Elie Apollonius de Thyane
Flottent autour du premier aéroplane
Ils s'écartent parfois pour laisser passer ceux que transporte la Sainte-Eucharistie
Ces prêtres qui montent éternellement élevant l'hostie
L'avion se pose enfin sans refermer les ailes
Le ciel s'emplit alors de millions d'hirondelles
A tire-d'aile viennent les corbeaux les faucons les hiboux
D'Afrique arrivent les ibis les flamants les marabouts

L'oiseau Roc célébré par les conteurs et les poètes
Plane tenant dans les serres le crâne d'Adam la première tête
L'aigle fond de l'horizon en poussant un grand cri
Et d'Amérique vient le petit colibri
De Chine sont venus les pihis longs et souples
Qui n'ont qu'une seule aile et qui volent par couples
Puis voici la colombe esprit immaculé
Qu'escortent l'oiseau-lyre et le paon ocellé
Le phénix ce bûcher qui soi-même s'engendre
Un instant voile tout de son ardente cendre
Les sirènes laissant les périlleux détroits
Arrivent en chantant bellement toutes trois
Et tous aigle phénix et pihis de la Chine
Fraternisent avec la volante machine

Maintenant tu marches dans Paris tout seul parmi la foule
Des troupeaux d'autobus mugissants près de toi roulent
L'angoisse de l'amour te serre le gosier
Comme si tu ne devais jamais plus être aimé
Si tu vivais dans l'ancien temps tu entrerais dans un monastère
Vous avez honte quand vous vous surprenez à dire une prière
Tu te moques de toi et comme le feu de l'Enfer ton rire pétille
Les étincelles de ton rire dorent le fond de ta vie
C'est un tableau pendu dans un sombre musée
Et quelquefois tu vas le regarder de près

Aujourd'hui tu marches dans Paris les femmes sont ensanglantées
C'était et je voudrais ne pas m'en souvenir c'était au déclin de la beauté

Entourée de flammes ferventes Notre-Dame m'a regardé à Chartres
Le sang de votre Sacré-Cœur m'a inondé à Montmartre
Je suis malade d'ouïr les paroles bienheureuses
L'amour dont je souffre est une maladie honteuse
Et l'image qui te possède te fait survivre dans l'insomnie et dans l'angoisse

C'est toujours près de toi cette image qui passe

Maintenant tu es au bord de la Méditerranée
Sous les citronniers qui sont en fleur toute l'année
Avec tes amis tu te promènes en barque
L'un est Nissard il y a un Mentonasque et deux Turbiasques
Nous regardons avec effroi les poulpes des profondeurs
Et parmi les algues nagent les poissons images du Sauveur

Tu es dans le jardin d'une auberge aux environs de Prague
Tu te sens tout heureux une rose est sur la table
Et tu observes au lieu d'écrire ton conte en prose
La cétoine qui dort dans le cœur de la rose

Épouvanté tu te vois dessiné dans les agates de Saint-Vit
Tu étais triste à mourir le jour où tu t'y vis
Tu ressembles au Lazare affolé par le jour
Les aiguilles de l'horloge du quartier juif vont à rebours
Et tu recules aussi dans ta vie lentement
En montant au Hradchin et le soir en écoutant
Dans les tavernes chanter des chansons tchèques

Te voici à Marseille au milieu des pastèques

Te voici à Coblence à l'hôtel du Géant

Te voici à Rome assis sous un néflier du Japon

Te voici à Amsterdam avec une jeune fille que tu trouves belle et qui est laide
Elle doit se marier avec un étudiant de Leyde
On y loue des chambres en latin Cubicula locanda
Je m'en souviens j'y ai passé trois jours et autant à Gouda

Tu es à Paris chez le juge d'instruction
Comme un criminel on te met en état d'arrestation

Tu as fait de douloureux et de joyeux voyages
Avant de t'apercevoir du mensonge et de l'âge
Tu as souffert de l'amour à vingt et à trente ans
J'ai vécu comme un fou et j'ai perdu mon temps

Tu n'oses plus regarder tes mains et à tous moments je voudrais sangloter
Sur toi sur celle que j'aime sur tout ce qui t'a épouvanté

Tu regardes les yeux pleins de larmes ces pauvres émigrants
Ils croient en Dieu ils prient les femmes allaitent des enfants
Ils emplissent de leur odeur le hall de la gare Saint-Lazare
Ils ont foi dans leur étoile comme les rois-mages
Ils espèrent gagner de l'argent dans l'Argentine
Et revenir dans leur pays après avoir fait fortune
Une famille transporte un édredon rouge comme vous transportez votre cœur
Cet édredon et nos rêves sont aussi irréels
Quelques-uns de ces émigrants restent ici et se logent
Rue des Rosiers ou rue des Écouffes dans des bouges
Je les ai vus souvent le soir ils prennent l'air dans la rue
Et se déplacent rarement comme les pièces aux échecs
Il y a surtout des Juifs leurs femmes portent perruque
Elles restent assises exsangues au fond des boutiques

Tu es debout devant le zinc d'un bar crapuleux
Tu prends un café à deux sous parmi les malheureux

Tu es la nuit dans un grand restaurant

Ces femmes ne sont pas méchantes elles ont des soucis cependant
Toutes même la plus laide a fait souffrir son amant

Elle est la fille d'un sergent de ville de Jersey

Ses mains que je n'avais pas vues sont dures et gercées

J'ai une pitié immense pour les coutures de son ventre

J'humilie maintenant à une pauvre fille au rire horrible ma bouche

Tu es seul le matin va venir
Les laitiers font tinter leurs bidons dans les rues

La nuit s'éloigne ainsi qu'une belle Métive
C'est Ferdine la fausse ou Léa l'attentive

Et tu bois cet alcool brûlant comme ta vie
Ta vie que tu bois comme une eau-de-vie

Tu marches vers Auteuil tu veux aller chez toi à pied
Dormir parmi tes fétiches d'Océanie et de Guinée
Ils sont des Christ d'une autre forme et d'une autre croyance
Ce sont les Christ inférieurs des obscures espérances

Adieu Adieu

Soleil cou coupé

LE PONT MIRABEAU

Sous le pont Mirabeau coule la Seine
Et nos amours
Faut-il qu'il m'en souvienne
La joie venait toujours après la peine

Vienne la nuit sonne l'heure
Les jours s'en vont je demeure

Les mains dans les mains restons face à face
Tandis que sous
Le pont de nos bras passe
Des éternels regards l'onde si lasse

Vienne la nuit sonne l'heure
Les jours s'en vont je demeure

L'amour s'en va comme cette eau courante
L'amour s'en va
Comme la vie est lente
Et comme l'Espérance est violente

Vienne la nuit sonne l'heure
Les jours s'en vont je demeure

Passent les jours et passent les semaines
Ni temps passé
Ni les amours reviennent
Sous le pont Mirabeau coule la Seine

Vienne la nuit sonne l'heure
Les jours s'en vont je demeure

LA CHANSON DU MAL-AIMÉ

A Paul Léautaud.

Et je chantais cette romance
En 1903 sans savoir
Que mon amour à la semblance
Du beau Phénix s'il meurt un soir
Le matin voit sa renaissance.

Un soir de demi-brume à Londres
Un voyou qui ressemblait à
Mon amour vint à ma rencontre
Et le regard qu'il me jeta
Me fit baisser les yeux de honte

Je suivis ce mauvais garçon
Qui sifflotait mains dans les poches
Nous semblions entre les maisons
Onde ouverte de la mer Rouge
Lui les Hébreux moi Pharaon

Que tombent ces vagues de briques
Si tu ne fus pas bien aimée
Je suis le souverain d'Égypte
Sa sœur-épouse son armée
Si tu n'es pas l'amour unique

Au tournant d'une rue brûlant
De tous les feux de ses façades
Plaies du brouillard sanguinolent
Où se lamentaient les façades
Une femme lui ressemblant

C'était son regard d'inhumaine
La cicatrice à son cou nu
Sortit saoule d'une taverne
Au moment où je reconnus
La fausseté de l'amour même

Lorsqu'il fut de retour enfin
Dans sa patrie le sage Ulysse
Son vieux chien de lui se souvint
Près d'un tapis de haute lisse
Sa femme attendait qu'il revînt

L'époux royal de Sacontale
Las de vaincre se réjouit
Quand il la retrouva plus pâle
D'attente et d'amour yeux pâlis
Caressant sa gazelle mâle

J'ai pensé à ces rois heureux
Lorsque le faux amour et celle
Dont je suis encore amoureux
Heurtant leurs ombres infidèles
Me rendirent si malheureux

Regrets sur quoi l'enfer se fonde
Qu'un ciel d'oubli s'ouvre à mes vœux
Pour son baiser les rois du monde
Seraient morts les pauvres fameux
Pour elle eussent vendu leur ombre

J'ai hiverné dans mon passé
Revienne le soleil de Pâques
Pour chauffer un cœur plus glacé
Que les quarante de Sébaste
Moins que ma vie martyrisés

Mon beau navire ô ma mémoire
Avons-nous assez navigué
Dans une onde mauvaise à boire
Avons-nous assez divagué
De la belle aube au triste soir

Adieu faux amour confondu
Avec la femme qui s'éloigne
Avec celle que j'ai perdue
L'année dernière en Allemagne
Et que je ne reverrai plus

Voie lactée ô sœur lumineuse
Des blancs ruisseaux de Chanaan
Et des corps blancs des amoureuses
Nageurs morts suivrons-nous d'ahan
Ton cours vers d'autres nébuleuses

Je me souviens d'une autre année
C'était l'aube d'un jour d'avril
J'ai chanté ma joie bien-aimée
Chanté l'amour à voix virile
Au moment d'amour de l'année

AUBADE

CHANTÉE A LÆTARE UN AN PASSÉ

C'EST le printemps viens-t'en Pâquette
Te promener au bois joli
Les poules dans la cour caquètent
L'aube au ciel fait de roses plis
L'amour chemine à ta conquête

Mars et Vénus sont revenus
Ils s'embrassent à bouches folles
Devant des sites ingénus
Où sous les roses qui feuillolent
De beaux dieux roses dansent nus

Viens ma tendresse est la régente
De la floraison qui paraît
La nature est belle et touchante
Pan sifflote dans la forêt
Les grenouilles humides chantent

*B*EAUCOUP *de ces dieux ont péri*
C'est sur eux que pleurent les saules
Le grand Pan l'amour Jésus-Christ
Sont bien morts et les chats miaulent
Dans la cour je pleure à Paris

Moi qui sais des lais pour les reines
Les complaintes de mes années
Des hymnes d'esclave aux murènes
La romance du mal aimé
Et des chansons pour les sirènes

L'amour est mort j'en suis tremblant
J'adore de belles idoles
Les souvenirs lui ressemblant
Comme la femme de Mausole
Je reste fidèle et dolent

Je suis fidèle comme un dogue
Au maître le lierre au tronc
Et les Cosaques Zaporogues
Ivrognes pieux et larrons
Aux steppes et au décalogue

Portez comme un joug le Croissant
Qu'interrogent les astrologues
Je suis le Sultan tout-puissant
O mes Cosaques Zaporogues
Votre Seigneur éblouissant

Devenez mes sujets fidèles
Leur avait écrit le Sultan
Ils rirent à cette nouvelle
Et répondirent à l'instant
A la lueur d'une chandelle

RÉPONSE DES COSAQUES ZAPOROGUES AU SULTAN DE CONSTANTINOPLE

Plus criminel que Barrabas
Cornu comme les mauvais anges
Quel Belzébuth es-tu là-bas
Nourri d'immondice et de fange
Nous n'irons pas à tes sabbats

Poisson pourri de Salonique
Long collier des sommeils affreux
D'yeux arrachés à coup de pique
Ta mère fit un pet foireux
Et tu naquis de sa colique

Bourreau de Podolie Amant
Des plaies des ulcères des croûtes
Groin de cochon cul de jument
Tes richesses garde-les toutes
Pour payer tes médicaments

VOIE *lactée ô sœur lumineuse*
Des blancs ruisseaux de Chanaan
Et des corps blancs des amoureuses
Nageurs morts suivrons-nous d'ahan
Ton cours vers d'autres nébuleuses

Regret des yeux de la putain
Et belle comme une panthère
Amour vos baisers florentins
Avaient une saveur amère
Qui a rebuté nos destins

Ses regards laissaient une traîne
D'étoiles dans les soirs tremblants
Dans ses yeux nageaient les sirènes
Et nos baisers mordus sanglants
Faisaient pleurer nos fées marraines

Mais en vérité je l'attends
Avec mon cœur avec mon âme
Et sur le pont des Reviens-t'en
Si jamais revient cette femme
Je lui dirai Je suis content

Mon cœur et ma tête se vident
Tout le ciel s'écoule par eux
O mes tonneaux des Danaïdes
Comment faire pour être heureux
Comme un petit enfant candide

Je ne veux jamais l'oublier
Ma colombe ma blanche rade
O marguerite exfoliée
Mon île au loin ma Désirade
Ma rose mon giroflier

Les satyres et les pyraustes
Les égypans les feux follets
Et les destins damnés ou faustes
La corde au cou comme à Calais
Sur ma douleur quel holocauste

Douleur qui doubles les destins
La licorne et le capricorne
Mon âme et mon corps incertain
Te fuient ô bûcher divin qu'ornent
Des astres des fleurs du matin

Malheur dieu pâle aux yeux d'ivoire
Tes prêtres fous t'ont-ils paré
Tes victimes en robe noire
Ont-elles vainement pleuré
Malheur dieu qu'il ne faut pas croire

Et toi qui me suis en rampant
Dieu de mes dieux morts en automne
Tu mesures combien d'empans
J'ai droit que la terre me donne
O mon ombre ô mon vieux serpent

Au soleil parce que tu l'aimes
Je t'ai menée souviens-t'en bien
Ténébreuse épouse que j'aime
Tu es à moi en n'étant rien
O mon ombre en deuil de moi-même

L'hiver est mort tout enneigé
On a brûlé les ruches blanches
Dans les jardins et les vergers
Les oiseaux chantent sur les branches
Le printemps clair l'avril léger

Mort d'immortels argyraspides
La neige aux boucliers d'argent
Fuit les dendrophores livides
Du printemps cher aux pauvres gens
Qui resourient les yeux humides

Et moi j'ai le cœur aussi gros
Qu'un cul de dame damascène
O mon amour je t'aimais trop
Et maintenant j'ai trop de peine
Les sept épées hors du fourreau

Sept épées de mélancolie
Sans morfil ô claires douleurs
Sont dans mon cœur et la folie
Veut raisonner pour mon malheur
Comment voulez-vous que j'oublie

LES SEPT ÉPÉES

La première est toute d'argent
Et son nom tremblant c'est Pâline
Sa lame un ciel d'hiver neigeant
Son destin sanglant gibeline
Vulcain mourut en la forgeant

La seconde nommée Noubosse
Est un bel arc-en-ciel joyeux
Les dieux s'en servent à leurs noces
Elle a tué trente Bé-Rieux
Et fut douée par Carabosse

La troisième bleu féminin
N'en est pas moins un chibriape
Appelé Lul de Faltenin
Et que porte sur une nappe
L'Hermès Ernest devenu nain

La quatrième Malourène
Est un fleuve vert et doré
C'est le soir quand les riveraines
Y baignent leurs corps adorés
Et des chants de rameurs s'y traînent

La cinquième Sainte-Fabeau
C'est la plus belle des quenouilles
C'est un cyprès sur un tombeau
Où les quatre vents s'agenouillent
Et chaque nuit c'est un flambeau

La sixième métal de gloire
C'est l'ami aux si douces mains
Dont chaque matin nous sépare
Adieu voilà votre chemin
Les coqs s'épuisaient en fanfares

Et la septième s'exténue
Une femme une rose morte
Merci que le dernier venu
Sur mon amour ferme la porte
Je ne vous ai jamais connue

VOIE *lactée ô sœur lumineuse*
Des blancs ruisseaux de Chanaan
Et des corps blancs des amoureuses
Nageurs morts suivrons-nous d'ahan
Ton cours vers d'autres nébuleuses

Les démons du hasard selon
Le chant du firmament nous mènent
A sons perdus leurs violons
Font danser notre race humaine
Sur la descente à reculons

Destins destins impénétrables
Rois secoués par la folie
Et ces grelottantes étoiles
De fausses femmes dans vos lits
Aux déserts que l'histoire accable

Luitpold le vieux prince régent
Tuteur de deux royautés folles
Sanglote-t-il en y songeant
Quand vacillent les lucioles
Mouches dorées de la Saint-Jean

Près d'un château sans châtelaine
La barque aux barcarols chantants
Sur un lac blanc et sous l'haleine
Des vents qui tremblent au printemps
Voguait cygne mourant sirène

Un jour le roi dans l'eau d'argent
Se noya puis la bouche ouverte
Il s'en revint en surnageant
Sur la rive dormir inerte
Face tournée au ciel changeant

Juin ton soleil ardente lyre
Brûle mes doigts endoloris
Triste et mélodieux délire
J'erre à travers mon beau Paris
Sans avoir le cœur d'y mourir

Les dimanches s'y éternisent
Et les orgues de Barbarie
Y sanglotent dans les cours grises
Les fleurs aux balcons de Paris
Penchent comme la tour de Pise

Soirs de Paris ivres du gin
Flambant de l'électricité
Les tramways feux verts sur l'échine
Musiquent au long des portées
De rails leur folie de machines

Les cafés gonflés de fumée
Crient tout l'amour de leurs tziganes
De tous leurs siphons enrhumés
De leurs garçons vêtus d'un pagne
Vers toi toi que j'ai tant aimée

Moi qui sais des lais pour les reines
Les complaintes de mes années
Des hymnes d'esclave aux murènes
La romance du mal aimé
Et des chansons pour les sirènes

LES COLCHIQUES

Le pré est vénéneux mais joli en automne
Les vaches y paissant
Lentement s'empoisonnent
Le colchique couleur de cerne et de lilas
Y fleurit tes yeux sont comme cette fleur-là
Violâtres comme leur cerne et comme cet automne
Et ma vie pour tes yeux lentement s'empoisonne

Les enfants de l'école viennent avec fracas
Vêtus de hoquetons et jouant de l'harmonica
Ils cueillent les colchiques qui sont comme des mères
Filles de leurs filles et sont couleur de tes paupières
Qui battent comme les fleurs battent au vent dément

Le gardien du troupeau chante tout doucement
Tandis que lentes et meuglant les vaches abandonnent
Pour toujours ce grand pré mal fleuri par l'automne

PALAIS

A Max Jacob.

VERS le palais de Rosemonde au fond du Rêve
Mes rêveuses pensées pieds nus vont en soirée
Le palais don du roi comme un roi nu s'élève
Des chairs fouettées des roses de la roseraie

On voit venir au fond du jardin mes pensées
Qui sourient du concert joué par les grenouilles
Elles ont envie des cyprès grandes quenouilles
Et le soleil miroir des roses s'est brisé

Le stigmate sanglant des mains contre les vitres
Quel archer mal blessé du couchant le troua
La résine qui rend amer le vin de Chypre
Ma bouche aux agapes d'agneau blanc l'éprouva

Sur les genoux pointus du monarque adultère
Sur le mai de son âge et sur son trente et un
Madame Rosemonde roule avec mystère
Ses petits yeux tout ronds pareils aux yeux des Huns

Dame de mes pensées au cul de perle fine
Dont ni perle ni cul n'égale l'orient
Qui donc attendez-vous
De rêveuses pensées en marche à l'Orient
Mes plus belles voisines

Toc toc Entrez dans l'antichambre le jour baisse
La veilleuse dans l'ombre est un bijou d'or cuit
Pendez vos têtes aux patères par les tresses
Le ciel presque nocturne a des lueurs d'aiguilles

On entra dans la salle à manger les narines
Reniflaient une odeur de graisse et de graillon
On eut vingt potages dont trois couleurs d'urine
Et le roi prit deux œufs pochés dans du bouillon

Puis les marmitons apportèrent les viandes
Des rôtis de pensées mortes dans mon cerveau
Mes beaux rêves mort-nés en tranches bien saignantes
Et mes souvenirs faisandés en godiveaux

Or ces pensées mortes depuis des millénaires
Avaient le fade goût des grands mammouths gelés
Les os ou songe-creux venaient des ossuaires
En danse macabre aux plis de mon cervelet

Et tous ces mets criaient des choses nonpareilles
          Mais nom de Dieu!
          Ventre affamé n'a pas d'oreilles
Et les convives mastiquaient à qui mieux mieux

Ah! nom de Dieu! qu'ont donc crié ces entrecôtes
Ces grands pâtés ces os à moelle et mirotons
Langues de feu où sont-elles mes pentecôtes
Pour mes pensées de tous pays de tous les temps

CHANTRE

Et l'unique cordeau des trompettes marines

CRÉPUSCULE

A Mademoiselle Marie Laurencin.

Frôlée par les ombres des morts
Sur l'herbe où le jour s'exténue
L'arlequine s'est mise nue
Et dans l'étang mire son corps

Un charlatan crépusculaire
Vante les tours que l'on va faire
Le ciel sans teinte est constellé
D'astres pâles comme du lait

Sur les tréteaux l'arlequin blême
Salue d'abord les spectateurs
Des sorciers venus de Bohême
Quelques fées et les enchanteurs

Ayant décroché une étoile
Il la manie à bras tendu
Tandis que des pieds un pendu
Sonne en mesure les cymbales

L'aveugle berce un bel enfant
La biche passe avec ses faons
Le nain regarde d'un air triste
Grandir l'arlequin trismégiste

ANNIE

SUR la côte du Texas
Entre Mobile et Galveston il y a
Un grand jardin tout plein de roses
Il contient aussi une villa
Qui est une grande rose

Une femme se promène souvent
Dans le jardin toute seule
Et quand je passe sur la route bordée de tilleuls
Nous nous regardons

Comme cette femme est mennonite
Ses rosiers et ses vêtements n'ont pas de boutons
Il en manque deux à mon veston
La dame et moi suivons presque le même rite

LA MAISON DES MORTS

A Maurice Raynal.

S'ÉTENDANT sur les côtés du cimetière
La maison des morts l'encadrait comme un cloître
A l'intérieur de ses vitrines
Pareilles à celles des boutiques de modes
Au lieu de sourire debout
Les mannequins grimaçaient pour l'éternité

Arrivé à Munich depuis quinze ou vingt jours
J'étais entré pour la première fois et par hasard
Dans ce cimetière presque désert
Et je claquais des dents
Devant toute cette bourgeoisie
Exposée et vêtue le mieux possible
En attendant la sépulture

Soudain
Rapide comme ma mémoire
Les yeux se rallumèrent
De cellule vitrée en cellule vitrée
Le ciel se peupla d'une apocalypse
Vivace
Et la terre plate à l'infini
Comme avant Galilée
Se couvrit de mille mythologies immobiles
Un ange en diamant brisa toutes les vitrines
Et les morts m'accostèrent
Avec des mines de l'autre monde

Mais leur visage et leurs attitudes
Devinrent bientôt moins funèbres
Le ciel et la terre perdirent
Leur aspect fantasmagorique

Les morts se réjouissaient
De voir leurs corps trépassés entre eux et la lumière
Ils riaient de leur ombre et l'observaient
Comme si véritablement
C'eût été leur vie passée

Alors je les dénombrai
Ils étaient quarante-neuf hommes
Femmes et enfants
Qui embellissaient à vue d'œil
Et me regardaient maintenant
Avec tant de cordialité
Tant de tendresse même
Que les prenant en amitié
Tout à coup
Je les invitai à une promenade
Loin des arcades de leur maison

Et tous bras dessus bras dessous
Fredonnant des airs militaires
Oui tous vos péchés sont absous
Nous quittâmes le cimetière

Nous traversâmes la ville
Et rencontrions souvent
Des parents des amis qui se joignaient
A la petite troupe des morts récents
Tous étaient si gais
Si charmants si bien portants
Que bien malin qui aurait pu
Distinguer les morts des vivants

Puis dans la campagne
On s'éparpilla
Deux chevau-légers nous joignirent
On leur fit fête
Ils coupèrent du bois de viorne

Et de sureau
Dont ils firent des sifflets
Qu'ils distribuèrent aux enfants

Plus tard dans un bal champêtre
Les couples mains sur les épaules
Dansèrent au son aigre des cithares

Ils n'avaient pas oublié la danse
Ces morts et ces mortes
On buvait aussi
Et de temps à autre une cloche
Annonçait qu'un nouveau tonneau
Allait être mis en perce

Une morte assise sur un banc
Près d'un buisson d'épine-vinette
Laissait un étudiant
Agenouillé à ses pieds
Lui parler de fiançailles

Je vous attendrai
Dix ans vingt ans s'il le faut
Votre volonté sera la mienne

Je vous attendrai
Toute votre vie
Répondait la morte

Des enfants
De ce monde ou bien de l'autre
Chantaient de ces rondes
Aux paroles absurdes et lyriques
Qui sans doute sont les restes
Des plus anciens monuments poétiques
De l'humanité

L'étudiant passa une bague
A l'annulaire de la jeune morte
Voici le gage de mon amour
De nos fiançailles
Ni le temps ni l'absence

Ne nous feront oublier nos promesses
Et un jour nous aurons une belle noce
Des touffes de myrte
A nos vêtements et dans vos cheveux
Un beau sermon à l'église
De longs discours après le banquet
Et de la musique
De la musique

Nos enfants
Dit la fiancée
Seront plus beaux plus beaux encore
Hélas! la bague était brisée
Que s'ils étaient d'argent ou d'or
D'émeraude ou de diamant
Seront plus clairs plus clairs encore
Que les astres du firmament
Que la lumière de l'aurore
Que vos regards mon fiancé
Auront meilleure odeur encore
Hélas! la bague était brisée
Que le lilas qui vient d'éclore
Que le thym la rose ou qu'un brin
De lavande ou de romarin

Les musiciens s'en étant allés
Nous continuâmes la promenade

Au bord d'un lac
On s'amusa à faire des ricochets
Avec des cailloux plats
Sur l'eau qui dansait à peine

Des barques étaient amarrées
Dans un havre
On les détacha
Après que toute la troupe se fut embarquée
Et quelques morts ramaient
Avec autant de vigueur que les vivants

A l'avant du bateau que je gouvernais
Un mort parlait avec une jeune femme

Vêtue d'une robe jaune
D'un corsage noir
Avec des rubans bleus et d'un chapeau gris
Orné d'une seule petite plume défrisée

Je vous aime
Disait-il
Comme le pigeon aime la colombe
Comme l'insecte nocturne
Aime la lumière

Trop tard
Répondait la vivante
Repoussez repoussez cet amour défendu
Je suis mariée
Voyez l'anneau qui brille
Mes mains tremblent
Je pleure et je voudrais mourir

Les barques étaient arrivées
A un endroit où les chevau-légers
Savaient qu'un écho répondait de la rive
On ne se lassait point de l'interroger
Il y eut des questions si extravagantes
Et des réponses tellement pleines d'à-propos
Que c'était à mourir de rire
Et le mort disait à la vivante

Nous serions si heureux ensemble
Sur nous l'eau se refermera
Mais vous pleurez et vos mains tremblent
Aucun de nous ne reviendra

On reprit terre et ce fut le retour
Les amoureux s'entr'aimaient
Et par couples aux belles bouches
Marchaient à distances inégales
Les morts avaient choisi les vivantes
Et les vivants
Des mortes
Un genévrier parfois
Faisait l'effet d'un fantôme

Les enfants déchiraient l'air
En soufflant les joues creuses
Dans leurs sifflets de viorne
Ou de sureau
Tandis que les militaires
Chantaient des tyroliennes
En se répondant comme on le fait
Dans la montagne

Dans la ville
Notre troupe diminua peu à peu
On se disait
Au revoir
A demain
A bientôt
Beaucoup entraient dans les brasseries
Quelques-uns nous quittèrent
Devant une boucherie canine
Pour y acheter leur repas du soir

Bientôt je restai seul avec ces morts
Qui s'en allaient tout droit
Au cimetière
Où
Sous les Arcades
Je les reconnus
Couchés
Immobiles
Et bien vêtus
Attendant la sépulture derrière les vitrines

Ils ne se doutaient pas
De ce qui s'était passé
Mais les vivants en gardaient le souvenir
C'était un bonheur inespéré
Et si certain
Qu'ils ne craignaient point de le perdre

Ils vivaient si noblement
Que ceux qui la veille encore
Les regardaient comme leurs égaux
Ou même quelque chose de moins

Admiraient maintenant
Leur puissance leur richesse et leur génie
Car y a-t-il rien qui vous élève
Comme d'avoir aimé un mort ou une morte
On devient si pur qu'on en arrive
Dans les glaciers de la mémoire
A se confondre avec le souvenir
On est fortifié pour la vie
Et l'on n'a plus besoin de personne

CLOTILDE

L'ANÉMONE et l'ancolie
Ont poussé dans le jardin
Où dort la mélancolie
Entre l'amour et le dédain

Il y vient aussi nos ombres
Que la nuit dissipera
Le soleil qui les rend sombres
Avec elles disparaîtra

Les déités des eaux vives
Laissent couler leurs cheveux
Passe il faut que tu poursuives
Cette belle ombre que tu veux

CORTÈGE

A M. Léon Bailby.

Oiseau tranquille au vol inverse oiseau
Qui nidifie en l'air
A la limite où notre sol brille déjà
Baisse ta deuxième paupière la terre t'éblouit
Quand tu lèves la tête

Et moi aussi de près je suis sombre et terne
Une brume qui vient d'obscurcir les lanternes
Une main qui tout à coup se pose devant les yeux
Une voûte entre vous et toutes les lumières
Et je m'éloignerai m'illuminant au milieu d'ombres
Et d'alignements d'yeux des astres bien-aimés

Oiseau tranquille au vol inverse oiseau
Qui nidifie en l'air
A la limite où brille déjà ma mémoire
Baisse ta deuxième paupière
Ni à cause du soleil ni à cause de la terre
Mais pour ce feu oblong dont l'intensité ira s'augmentant
Au point qu'il deviendra un jour l'unique lumière

Un jour
Un jour je m'attendais moi-même
Je me disais Guillaume il est temps que tu viennes
Pour que je sache enfin celui-là que je suis
Moi qui connais les autres

Je les connais par les cinq sens et quelques autres
Il me suffit de voir leurs pieds pour pouvoir refaire ces gens à milliers
De voir leurs pieds paniques un seul de leurs cheveux
Ou leur langue quand il me plaît de faire le médecin
Ou leurs enfants quand il me plaît de faire le prophète
Les vaisseaux des armateurs la plume de mes confrères
La monnaie des aveugles les mains des muets
Ou bien encore à cause du vocabulaire et non de l'écriture
Une lettre écrite par ceux qui ont plus de vingt ans
Il me suffit de sentir l'odeur de leurs églises
L'odeur des fleuves dans leurs villes
Le parfum des fleurs dans les jardins publics
O Corneille Agrippa l'odeur d'un petit chien m'eût suffi
Pour décrire exactement tes concitoyens de Cologne
Leurs rois-mages et la ribambelle ursuline
Qui t'inspirait l'erreur touchant toutes les femmes
Il me suffit de goûter la saveur du laurier qu'on cultive pour que j'aime ou que je bafoue
Et de toucher les vêtements
Pour ne pas douter si l'on est frileux ou non
O gens que je connais
Il me suffit d'entendre le bruit de leurs pas
Pour pouvoir indiquer à jamais la direction qu'ils ont prise
Il me suffit de tous ceux-là pour me croire le droit
De ressusciter les autres
Un jour je m'attendais moi-même
Je me disais Guillaume il est temps que tu viennes
Et d'un lyrique pas s'avançaient ceux que j'aime
Parmi lesquels je n'étais pas
Les géants couverts d'algues passaient dans leurs villes
Sous-marines où les tours seules étaient des îles
Et cette mer avec les clartés de ses profondeurs
Coulait sang de mes veines et fait battre mon cœur
Puis sur terre il venait mille peuplades blanches
Dont chaque homme tenait une rose à la main
Et le langage qu'ils inventaient en chemin
Je l'appris de leur bouche et je le parle encore
Le cortège passait et j'y cherchais mon corps
Tous ceux qui survenaient et n'étaient pas moi-même
Amenaient un à un les morceaux de moi-même

On me bâtit peu à peu comme on élève une tour
Les peuples s'entassaient et je parus moi-même
Qu'ont formé tous les corps et les choses humaines

Temps passés Trépassés Les dieux qui me formâtes
Je ne vis que passant ainsi que vous passâtes
Et détournant mes yeux de ce vide avenir
En moi-même je vois tout le passé grandir

Rien n'est mort que ce qui n'existe pas encore
Près du passé luisant demain est incolore
Il est informe aussi près de ce qui parfait
Présente tout ensemble et l'effort et l'effet

MARIZIBILL

Dans la Haute-Rue à Cologne
Elle allait et venait le soir
Offerte à tous en tout mignonne
Puis buvait lasse des trottoirs
Très tard dans les brasseries borgnes

Elle se mettait sur la paille
Pour un maquereau roux et rose
C'était un juif il sentait l'ail
Et l'avait venant de Formose
Tirée d'un bordel de Changaï

Je connais gens de toutes sortes
Ils n'égalent pas leurs destins
Indécis comme feuilles mortes
Leurs yeux sont des feux mal éteints
Leurs cœurs bougent comme leurs portes

LE VOYAGEUR

A Fernand Fleuret.

Ouvrez-moi cette porte où je frappe en pleurant

La vie est variable aussi bien que l'Euripe

Tu regardais un banc de nuages descendre
Avec le paquebot orphelin vers les fièvres futures
Et de tous ces regrets de tous ces repentirs
Te souviens-tu

Vagues poissons arqués fleurs surmarines
Une nuit c'était la mer
Et les fleuves s'y répandaient

Je m'en souviens je m'en souviens encore

Un soir je descendis dans une auberge triste
Auprès de Luxembourg
Dans le fond de la salle il s'envolait un Christ
Quelqu'un avait un furet
Un autre un hérisson
L'on jouait aux cartes
Et toi tu m'avais oublié

Te souviens-tu du long orphelinat des gares
Nous traversâmes des villes qui tout le jour tournaient
Et vomissaient la nuit le soleil des journées

O matelots ô femmes sombres et vous mes compagnons
Souvenez-vous-en

Deux matelots qui ne s'étaient jamais quittés
Deux matelots qui ne s'étaient jamais parlé
Le plus jeune en mourant tomba sur le côté

O vous chers compagnons
Sonneries électriques des gares chant des moissonneuses
Traîneau d'un boucher régiment des rues sans nombre
Cavalerie des ponts nuits livides de l'alcool
Les villes que j'ai vues vivaient comme des folles

Te souviens-tu des banlieues et du troupeau plaintif
des paysages

Les cyprès projetaient sous la lune leurs ombres
J'écoutais cette nuit au déclin de l'été
Un oiseau langoureux et toujours irrité
Et le bruit éternel d'un fleuve large et sombre

Mais tandis que mourants roulaient vers l'estuaire
Tous les regards tous les regards de tous les yeux
Les bords étaient déserts herbus silencieux
Et la montagne à l'autre rive était très claire

Alors sans bruit sans qu'on pût voir rien de vivant
Contre le mont passèrent des ombres vivaces
De profil ou soudain tournant leurs vagues faces
Et tenant l'ombre de leurs lances en avant

Les ombres contre le mont perpendiculaire
Grandissaient ou parfois s'abaissaient brusquement
Et ces ombres barbues pleuraient humainement
En glissant pas à pas sur la montagne claire

Qui donc reconnais-tu sur ces vieilles photographies
Te souviens-tu du jour où une abeille tomba dans le feu
C'était tu t'en souviens à la fin de l'été

Deux matelots qui ne s'étaient jamais quittés
L'aîné portait au cou une chaîne de fer
Le plus jeune mettait ses cheveux blonds en tresse

Ouvrez-moi cette porte où je frappe en pleurant

La vie est variable aussi bien que l'Euripe

MARIE

Vous y dansiez petite fille
Y danserez-vous mère-grand
C'est la maclotte qui sautille
Toutes les cloches sonneront
Quand donc reviendrez-vous Marie

Les masques sont silencieux
Et la musique est si lointaine
Qu'elle semble venir des cieux
Oui je veux vous aimer mais vous aimer à peine
Et mon mal est délicieux

Les brebis s'en vont dans la neige
Flocons de laine et ceux d'argent
Des soldats passent et que n'ai-je
Un cœur à moi ce cœur changeant
Changeant et puis encor que sais-je

Sais-je où s'en iront tes cheveux
Crépus comme mer qui moutonne
Sais-je où s'en iront tes cheveux
Et tes mains feuilles de l'automne
Que jonchent aussi nos aveux

Je passais au bord de la Seine
Un livre ancien sous le bras
Le fleuve est pareil à ma peine
Il s'écoule et ne tarit pas
Quand donc finira la semaine

LA BLANCHE NEIGE

Les anges les anges dans le ciel
L'un est vêtu en officier
L'un est vêtu en cuisinier
Et les autres chantent

Bel officier couleur du ciel
Le doux printemps longtemps après Noël
Te médaillera d'un beau soleil
D'un beau soleil

Le cuisinier plume les oies
Ah! tombe neige
Tombe et que n'ai-je
Ma bien-aimée entre mes bras

POÈME LU AU MARIAGE D'ANDRÉ SALMON

le 13 juillet 1909.

En voyant des drapeaux ce matin je ne me suis pas dit
Voilà les riches vêtements des pauvres
Ni la pudeur démocratique veut me voiler sa douleur
Ni la liberté en honneur fait qu'on imite maintenant
Les feuilles ô liberté végétale ô seule liberté terrestre
Ni les maisons flambent parce qu'on partira pour ne plus revenir
Ni ces mains agitées travailleront demain pour nous tous
Ni même on a pendu ceux qui ne savaient pas profiter de la vie
Ni même on renouvelle le monde en reprenant la Bastille
Je sais que seuls le renouvellent ceux qui sont fondés en poésie
On a pavoisé Paris parce que mon ami André Salmon s'y marie

Nous nous sommes rencontrés dans un caveau maudit
Au temps de notre jeunesse
Fumant tous deux et mal vêtus attendant l'aube
Épris épris des mêmes paroles dont il faudra changer le sens
Trompés trompés pauvres petits et ne sachant pas encore rire
La table et les deux verres devinrent un mourant qui nous jeta le dernier regard d'Orphée
Les verres tombèrent se brisèrent
Et nous apprîmes à rire

Nous partîmes alors pèlerins de la perdition
A travers les rues à travers les contrées à travers la raison
Je le revis au bord du fleuve sur lequel flottait Ophélie
Qui blanche flotte encore entre les nénuphars
Il s'en allait au milieu des Hamlets blafards
Sur la flûte jouant les airs de la folie
Je le revis près d'un moujik mourant compter les béatitudes
En admirant la neige semblable aux femmes nues
Je le revis faisant ceci ou cela en l'honneur des mêmes paroles
Qui changent la face des enfants et je dis toutes ces choses
Souvenir et Avenir parce que mon ami André Salmon se marie

Réjouissons-nous non pas parce que notre amitié a été le fleuve qui nous a fertilisés
Terrains riverains dont l'abondance est la nourriture que tous espèrent
Ni parce que nos verres nous jettent encore une fois le regard d'Orphée mourant
Ni parce que nous avons tant grandi que beaucoup pourraient confondre nos yeux et les étoiles
Ni parce que les drapeaux claquent aux fenêtres des citoyens qui sont contents depuis cent ans d'avoir la vie et de menues choses à défendre
Ni parce que fondés en poésie nous avons des droits sur les paroles qui forment et défont l'Univers
Ni parce que nous pouvons pleurer sans ridicule et que nous savons rire
Ni parce que nous fumons et buvons comme autrefois
Réjouissons-nous parce que directeur du feu et des poètes
L'amour qui emplit ainsi que la lumière
Tout le solide espace entre les étoiles et les planètes
L'amour veut qu'aujourd'hui mon ami André Salmon se marie

L'ADIEU

J'AI cueilli ce brin de bruyère
L'automne est morte souviens-t'en
Nous ne nous verrons plus sur terre
Odeur du temps brin de bruyère
Et souviens-toi que je t'attends

SALOMÉ

POUR que sourie encore une fois Jean-Baptiste
Sire je danserais mieux que les séraphins
Ma mère dites-moi pourquoi vous êtes triste
En robe de comtesse à côté du Dauphin

Mon cœur battait battait très fort à sa parole
Quand je dansais dans le fenouil en écoutant
Et je brodais des lys sur une banderole
Destinée à flotter au bout de son bâton

Et pour qui voulez-vous qu'à présent je la brode
Son bâton refleurit sur les bords du Jourdain
Et tous les lys quand vos soldats ô roi Hérode
L'emmenèrent se sont flétris dans mon jardin

Venez tous avec moi là-bas sous les quinconces
  Ne pleure pas ô joli fou du roi
Prends cette tête au lieu de ta marotte et danse
N'y touchez pas son front ma mère est déjà froid

Sire marchez devant trabants marchez derrière
Nous creuserons un trou et l'y enterrerons
Nous planterons des fleurs et danserons en rond
Jusqu'à l'heure où j'aurai perdu ma jarretière
      Le roi sa tabatière
      L'infante son rosaire
      Le curé son bréviaire

LA PORTE

LA porte de l'hôtel sourit terriblement
Qu'est-ce que cela peut me faire ô ma maman
D'être cet employé pour qui seul rien n'existe
Pi-mus couples allant dans la profonde eau triste
Anges frais débarqués à Marseille hier matin
J'entends mourir et remourir un chant lointain
Humble comme je suis qui ne suis rien qui vaille

Enfant je t'ai donné ce que j'avais travaille

MERLIN ET LA VIEILLE FEMME

Le soleil ce jour-là s'étalait comme un ventre
Maternel qui saignait lentement sur le ciel
La lumière est ma mère ô lumière sanglante
Les nuages coulaient comme un flux menstruel

Au carrefour où nulle fleur sinon la rose
Des vents mais sans épine n'a fleuri l'hiver
Merlin guettait la vie et l'éternelle cause
Qui fait mourir et puis renaître l'univers

Une vieille sur une mule à chape verte
S'en vint suivant la berge du fleuve en aval
Et l'antique Merlin dans la plaine déserte
Se frappait la poitrine en s'écriant Rival

O mon être glacé dont le destin m'accable
Dont ce soleil de chair grelotte veux-tu voir
Ma Mémoire venir et m'aimer ma semblable
Et quel fils malheureux et beau je veux avoir

Son geste fit crouler l'orgueil des cataclysmes
Le soleil en dansant remuait son nombril
Et soudain le printemps d'amour et d'héroïsme
Amena par la main un jeune jour d'avril

Les voies qui viennent de l'ouest étaient couvertes
D'ossements d'herbes drues de destins et de fleurs
Des monuments tremblants près des charognes vertes
Quand les vents apportaient des poils et des malheurs

Laissant sa mule à petits pas s'en vint l'amante
A petits coups le vent défripait ses atours

Puis les pâles amants joignant leurs mains démentes
L'entrelacs de leurs doigts fut leur seul laps d'amour

Elle balla mimant un rythme d'existence
Criant Depuis cent ans j'espérais ton appel
Les astres de ta vie influaient sur ma danse
Morgane regardait du haut du mont Gibel

Ah! qu'il fait doux danser quand pour vous se déclare
Un mirage où tout chante et que les vents d'horreur
Feignent d'être le rire de la lune hilare
Et d'effrayer les fantômes avant-coureurs

J'ai fait des gestes blancs parmi les solitudes
Des lémures couraient peupler les cauchemars
Mes tournoiements exprimaient les béatitudes
Qui toutes ne sont rien qu'un pur effet de l'Art

Je n'ai jamais cueilli que la fleur d'aubépine
Aux printemps finissants qui voulaient défleurir
Quand les oiseaux de proie proclamaient leurs rapines
D'agneaux mort-nés et d'enfants-dieux qui vont mourir

Et j'ai vieilli vois-tu pendant ta vie je danse
Mais j'eusse été tôt lasse et l'aubépine en fleurs
Cet avril aurait eu la pauvre confidence
D'un corps de vieille morte en mimant la douleur

Et leurs mains s'élevaient comme un vol de colombes
Clarté sur qui la nuit fondit comme un vautour
Puis Merlin s'en alla vers l'est disant Qu'il monte
Le fils de la Mémoire égale de l'Amour

Qu'il monte de la fange ou soit une ombre d'homme
Il sera bien mon fils mon ouvrage immortel
Le front nimbé de feu sur le chemin de Rome
Il marchera tout seul en regardant le ciel

La dame qui m'attend se nomme Viviane
Et vienne le printemps des nouvelles douleurs
Couché parmi la marjolaine et les pas-d'âne
Je m'éterniserai sous l'aubépine en fleurs

SALTIMBANQUES

A Louis Dumur.

Dans la plaine les baladins
S'éloignent au long des jardins
Devant l'huis des auberges grises
Par les villages sans églises

Et les enfants s'en vont devant
Les autres suivent en rêvant
Chaque arbre fruitier se résigne
Quand de très loin ils lui font signe

Ils ont des poids ronds ou carrés
Des tambours des cerceaux dorés
L'ours et le singe animaux sages
Quêtent des sous sur leur passage

LE LARRON

CHŒUR

Maraudeur étranger malheureux malhabile
Voleur voleur que ne demandais-tu ces fruits
Mais puisque tu as faim que tu es en exil
Il pleure il est barbare et bon pardonnez-lui

LARRON

Je confesse le vol des fruits doux des fruits mûrs
Mais ce n'est pas l'exil que je viens simuler
Et sachez que j'attends de moyennes tortures
Injustes si je rends tout ce que j'ai volé

VIEILLARD

Issu de l'écume des mers comme Aphrodite
Sois docile puisque tu es beau Naufragé
Vois les sages te font des gestes socratiques
Vous parlerez d'amour quand il aura mangé

CHŒUR

Maraudeur étranger malhabile et malade
Ton père fut un sphinx et ta mère une nuit
Qui charma de lueurs Zacinthe et les Cyclades
As-tu feint d'avoir faim quand tu volas les fruits

LARRON

Possesseurs de fruits mûrs que dirai-je aux insultes
Ouïr ta voix ligure en nénie ô maman
Puisqu'ils n'eurent enfin la pubère et l'adulte
De prétexte sinon de s'aimer nuitamment

Il y avait des fruits tout ronds comme des âmes
Et des amandes de pomme de pin jonchaient
Votre jardin marin où j'ai laissé mes rames
Et mon couteau punique au pied de ce pêcher

Les citrons couleur d'huile et à saveur d'eau froide
Pendaient parmi les fleurs des citronniers tordus
Les oiseaux de leur bec ont blessé vos grenades
Et presque toutes les figues étaient fendues

L'ACTEUR

Il entra dans la salle aux fresques qui figurent
L'inceste solaire et nocturne dans les nues
Assieds-toi là pour mieux ouïr les voix ligures
Au son des cinyres des Lydiennes nues

Or les hommes ayant des masques de théâtre
Et les femmes ayant des colliers où pendait
La pierre prise au foie d'un vieux coq de Tanagre
Parlaient entre eux le langage de la Chaldée

Les autans langoureux dehors feignaient l'automne
Les convives c'étaient tant de couples d'amants
Qui dirent tour à tour Voleur je te pardonne
Reçois d'abord le sel puis le pain de froment

Le brouet qui froidit sera fade à tes lèvres
Mais l'outre en peau de bouc maintient frais le vin blanc
Par ironie veux-tu qu'on serve un plat de fèves
Ou des beignets de fleurs trempés dans du miel blond

Une femme lui dit Tu n'invoques personne
Crois-tu donc au hasard qui coule au sablier
Voleur connais-tu mieux les lois malgré les hommes
Veux-tu le talisman heureux de mon collier

Larron des fruits tourne vers moi tes yeux lyriques
Emplissez de noix la besace du héros
Il est plus noble que le paon pythagorique
Le dauphin la vipère mâle ou le taureau

Qui donc es-tu toi qui nous vins grâce au vent scythe
Il en est tant venu par la route ou la mer
Conquérants égarés qui s'éloignaient trop vite
Colonnes de clins d'yeux qui fuyaient aux éclairs

CHŒUR

Un homme bègue ayant au front deux jets de flammes
Passa menant un peuple infime pour l'orgueil
De manger chaque jour les cailles et la manne
Et d'avoir vu la mer ouverte comme un œil

Les puiseurs d'eau barbus coiffés de bandelettes
Noires et blanches contre les maux et les sorts
Revenaient de l'Euphrate et les yeux des chouettes
Attiraient quelquefois les chercheurs de trésors

Cet insecte jaseur ô poète barbare
Regagnait chastement à l'heure d'y mourir
La forêt précieuse aux oiseaux gemmipares
Aux crapauds que l'azur et les sources mûrirent

Un triomphe passait gémir sous l'arc-en-ciel
Avec de blêmes laurés debout dans les chars
Les statues suant les scurriles les agnelles
Et l'angoisse rauque des paonnes et des jars

Les veuves précédaient en égrenant des grappes
Les évêques noirs révérant sans le savoir
Au triangle isocèle ouvert au mors des chapes
Pallas et chantaient l'hymne à la belle mais noire

Les chevaucheurs nous jetèrent dans l'avenir
Les alcancies pleines de cendre ou bien de fleurs
Nous aurons des baisers florentins sans le dire
Mais au jardin ce soir tu vins sage et voleur

Ceux de ta secte adorent-ils un signe obscène
Belphégor le soleil le silence ou le chien
Cette furtive ardeur des serpents qui s'entr'aiment

L'ACTEUR

Et le larron des fruits cria Je suis chrétien

CHŒUR

Ah! Ah! les colliers tinteront cherront les masques
Va-t'en va-t'en contre le feu l'ombre prévaut
Ah! Ah! le larron de gauche dans la bourrasque
Rira de toi comme hennissent les chevaux

FEMME

Larron des fruits tourne vers moi tes yeux lyriques
Emplissez de noix la besace du héros
Il est plus noble que le paon pythagorique
Le dauphin la vipère mâle ou le taureau

CHŒUR

Ah! Ah! nous secouerons toute la nuit les sistres
La voix ligure était-ce donc un talisman
Et si tu n'es pas de droite tu es sinistre
Comme une tache grise ou le pressentiment

Puisque l'absolu choit la chute est une preuve
Qui double devient triple avant d'avoir été
Nous avouons que les grossesses nous émeuvent
Les ventres pourront seuls nier l'aséité

Vois les vases sont pleins d'humides fleurs morales
Va-t'en mais dénudé puisque tout est à nous
Ouïs du chœur des vents les cadences plagales
Et prends l'arc pour tuer l'unicorne ou le gnou

L'ombre équivoque et tendre est le deuil de ta chair
Et sombre elle est humaine et puis la nôtre aussi
Va-t'en le crépuscule a des lueurs légères
Et puis aucun de nous ne croirait tes récits

Il brillait et attirait comme la pantaure
Que n'avait-il la voix et les jupes d'Orphée
Et les femmes la nuit feignant d'être des taures
L'eussent aimé comme on l'aima puisqu'en effet

Il était pâle il était beau comme un roi ladre
Que n'avait-il la voix et les jupes d'Orphée
La pierre prise au foie d'un vieux coq de Tanagre
Au lieu du roseau triste et du funèbre faix

Que n'alla-t-il vivre à la cour du roi d'Edesse
Maigre et magique il eût scruté le firmament
Pâle et magique il eût aimé des poétesses
Juste et magique il eût épargné les démons

Va-t'en errer crédule et roux avec ton ombre
Soit! la triade est mâle et tu es vierge et froid
Le tact est relatif mais la vue est oblongue
Tu n'as de signe que le signe de la croix

LE VENT NOCTURNE

Oh! les cimes des pins grincent en se heurtant
Et l'on entend aussi se lamenter l'autan
Et du fleuve prochain à grand'voix triomphales
Les elfes rire au vent ou corner aux rafales
Attys Attys Attys charmant et débraillé
C'est ton nom qu'en la nuit les elfes ont raillé
Parce qu'un de tes pins s'abat au vent gothique
La forêt fuit au loin comme une armée antique
Dont les lances ô pins s'agitent au tournant
Les villages éteints méditent maintenant
Comme les vierges les vieillards et les poètes
Et ne s'éveilleront au pas de nul venant
Ni quand sur leurs pigeons fondront les gypaètes

LUL DE FALTENIN

A Louis de Gonzague Frick.

Sirènes j'ai rampé vers vos
Grottes tiriez aux mers la langue
En dansant devant leurs chevaux
Puis battiez de vos ailes d'anges
Et j'écoutais ces chœurs rivaux

Une arme ô ma tête inquiète
J'agite un feuillard défleuri
Pour écarter l'haleine tiède
Qu'exhalent contre mes grands cris
Vos terribles bouches muettes

Il y a là-bas la merveille
Au prix d'elle que valez-vous
Le sang jaillit de mes otelles
A mon aspect et je l'avoue
Le meurtre de mon double orgueil

Si les bateliers ont ramé
Loin des lèvres à fleur de l'onde
Mille et mille animaux charmés
Flairent la route à la rencontre
De mes blessures bien-aimées

Leurs yeux étoiles bestiales
Éclairent ma compassion
Qu'importe ma sagesse égale

Celle des constellations
Car c'est moi seul nuit qui t'étoile

Sirènes enfin je descends
Dans une grotte avide J'aime
Vos yeux Les degrés sont glissants
Au loin que vous devenez naines
N'attirez plus aucun passant

Dans l'attentive et bien-apprise
J'ai vu feuilloler nos forêts
Mer le soleil se gargarise
Où les matelots désiraient
Que vergues et mâts reverdissent

Je descends et le firmament
S'est changé très vite en méduse
Puisque je flambe atrocement
Que mes bras seuls sont les excuses
Et les torches de mon tourment

Oiseaux tiriez aux mers la langue
Le soleil d'hier m'a rejoint
Les otelles nous ensanglantent
Dans le nid des Sirènes loin
Du troupeau d'étoiles oblongues

LA TZIGANE

La tzigane savait d'avance
Nos deux vies barrées par les nuits
Nous lui dîmes adieu et puis
De ce puits sortit l'Espérance

L'amour lourd comme un ours privé
Dansa debout quand nous voulûmes
Et l'oiseau bleu perdit ses plumes
Et les mendiants leurs *Ave*

On sait très bien que l'on se damne
Mais l'espoir d'aimer en chemin
Nous fait penser main dans la main
A ce qu'a prédit la tzigane

L'ERMITE

A Félix Fénéon.

Un ermite déchaux près d'un crâne blanchi
Cria Je vous maudis martyres et détresses
Trop de tentations malgré moi me caressent
Tentations de lune et de logomachies

Trop d'étoiles s'enfuient quand je dis mes prières
O chef de morte O vieil ivoire Orbites Trous
Des narines rongées J'ai faim Mes cris s'enrouent
Voici donc pour mon jeûne un morceau de gruyère

O Seigneur flagellez les nuées du coucher
Qui vous tendent au ciel de si jolis culs roses
Et c'est le soir les fleurs de jour déjà se closent
Et les souris dans l'ombre incantent le plancher

Les humains savent tant de jeux l'amour la mourre
L'amour jeu des nombrils ou jeu de la grande oie
La mourre jeu du nombre illusoire des doigts
Seigneur faites Seigneur qu'un jour je m'énamoure

J'attends celle qui me tendra ses doigts menus
Combien de signes blancs aux ongles les paresses
Les mensonges pourtant j'attends qu'elle les dresse
Ses mains énamourées devant moi l'Inconnue

Seigneur que t'ai-je fait Vois Je suis unicorne
Pourtant malgré son bel effroi concupiscent
Comme un poupon chéri mon sexe est innocent
D'être anxieux seul et debout comme une borne

Seigneur le Christ est nu jetez jetez sur lui
La robe sans couture éteignez les ardeurs
Au puits vont se noyer tant de tintements d'heures
Quand isochrones choient des gouttes d'eau de pluie

J'ai veillé trente nuits sous les lauriers-roses
As-tu sué du sang Christ dans Gethsémani
Crucifié réponds Dis non Moi je le nie
Car j'ai trop espéré en vain l'hématidrose

J'écoutais à genoux toquer les battements
Du cœur le sang roulait toujours en ses artères
Qui sont de vieux coraux ou qui sont des clavaires
Et mon aorte était avare éperdument

Une goutte tomba Sueur Et sa couleur
Lueur Le sang si rouge et j'ai ri des damnés
Puis enfin j'ai compris que je saignais du nez
A cause des parfums violents de mes fleurs

Et j'ai ri du vieil ange qui n'est point venu
De vol très indolent me tendre un beau calice
J'ai ri de l'aile grise et j'ôte mon cilice
Tissé de crins soyeux par de cruels canuts

Vertuchou Riotant des vulves des papesses
De saintes sans tétons j'irai vers les cités
Et peut-être y mourir pour ma virginité
Parmi les mains les peaux les mots et les promesses

Malgré les autans bleus je me dresse divin
Comme un rayon de lune adoré par la mer
En vain j'ai supplié tous les saints aémères
Aucun n'a consacré mes doux pains sans levain

Et je marche Je fuis ô nuit Lilith ulule
Et clame vainement et je vois de grands yeux
S'ouvrir tragiquement O nuit je vois tes cieux
S'étoiler calmement de splendides pilules

Un squelette de reine innocente est pendu
A un long fil d'étoile en désespoir sévère
La nuit les bois sont noirs et se meurt l'espoir vert
Quand meurt le jour avec un râle inattendu

Et je marche je fuis ô jour l'émoi de l'aube
Ferma le regard fixe et doux de vieux rubis
Des hiboux et voici le regard des brebis
Et des truies aux tétins roses comme des lobes

Des corbeaux éployés comme des tildes font
Une ombre vaine aux pauvres champs de seigle mûr
Non loin des bourgs où des chaumières sont impures
D'avoir des hiboux morts cloués à leur plafond

Mes kilomètres longs Mes tristesses plénières
Les squelettes de doigts terminant les sapins
Ont égaré ma route et mes rêves poupins
Souvent et j'ai dormi au sol des sapinières

Enfin O soir pâmé Au bout de mes chemins
La ville m'apparut très grave au son des cloches
Et ma luxure meurt à présent que j'approche
En entrant j'ai béni les foules des deux mains

Cité j'ai ri de tes palais tels que des truffes
Blanches au sol fouillé de clairières bleues
Or mes désirs s'en vont tous à la queue leu leu
Ma migraine pieuse a coiffé sa cucuphe

Car toutes sont venues m'avouer leurs péchés
Et Seigneur je suis saint par le vœu des amantes
Zélotide et Lorie Louise et Diamante
Ont dit Tu peux savoir ô toi l'effarouché

Ermite absous nos fautes jamais vénielles
O toi le pur et le contrit que nous aimons
Sache nos cœurs sache les jeux que nous aimons
Et nos baisers quintessenciés comme du miel

Et j'absous les aveux pourpres comme leur sang
Des poétesses nues des fées des fornarines
Aucun pauvre désir ne gonfle ma poitrine
Lorsque je vois le soir les couples s'enlaçant

Car je ne veux plus rien sinon laisser se clore
Mes yeux couple lassé au verger pantelant
Plein du râle pompeux des groseilliers sanglants
Et de la sainte cruauté des passiflores

AUTOMNE

DANS le brouillard s'en vont un paysan cagneux
Et son bœuf lentement dans le brouillard d'automne
Qui cache les hameaux pauvres et vergogneux

Et s'en allant là-bas le paysan chantonne
Une chanson d'amour et d'infidélité
Qui parle d'une bague et d'un cœur que l'on brise

Oh! l'automne l'automne a fait mourir l'été
Dans le brouillard s'en vont deux silhouettes grises

L'ÉMIGRANT DE LANDOR ROAD

A André Billy

Le chapeau à la main il entra du pied droit
Chez un tailleur très chic et fournisseur du roi
Ce commerçant venait de couper quelques têtes
De mannequins vêtus comme il faut qu'on se vête

La foule en tous les sens remuait en mêlant
Des ombres sans amour qui se traînaient par terre
Et des mains vers le ciel plein de lacs de lumière
S'envolaient quelquefois comme des oiseaux blancs

Mon bateau partira demain pour l'Amérique
Et je ne reviendrai jamais
Avec l'argent gagné dans les prairies lyriques
Guider mon ombre aveugle en ces rues que j'aimais

Car revenir c'est bon pour un soldat des Indes
Les boursiers ont vendu tous mes crachats d'or fin
Mais habillé de neuf je veux dormir enfin
Sous des arbres pleins d'oiseaux muets et de singes

Les mannequins pour lui s'étant déshabillés
Battirent leurs habits puis les lui essayèrent
Le vêtement d'un lord mort sans avoir payé
Au rabais l'habilla comme un millionnaire

Au-dehors les années
Regardaient la vitrine
Les mannequins victimes
Et passaient enchaînées

Intercalées dans l'an c'étaient les journées veuves
Les vendredis sanglants et lents d'enterrements
De blancs et de tout noirs vaincus des cieux qui pleuvent
Quand la femme du diable a battu son amant

Puis dans un port d'automne aux feuilles indécises
Quand les mains de la foule y feuillolaient aussi
Sur le pont du vaisseau il posa sa valise
Et s'assit

Les vents de l'Océan en soufflant leurs menaces
Laissaient dans ses cheveux de longs baisers mouillés
Des émigrants tendaient vers le port leurs mains lasses
Et d'autres en pleurant s'étaient agenouillés

Il regarda longtemps les rives qui moururent
Seuls des bateaux d'enfant tremblaient à l'horizon
Un tout petit bouquet flottant à l'aventure
Couvrit l'Océan d'une immense floraison

Il aurait voulu ce bouquet comme la gloire
Jouer dans d'autres mers parmi tous les dauphins
Et l'on tissait dans sa mémoire
Une tapisserie sans fin
Qui figurait son histoire

Mais pour noyer changées en poux
Ces tisseuses têtues qui sans cesse interrogent
Il se maria comme un doge
Aux cris d'une sirène moderne sans époux

Gonfle-toi vers la nuit O Mer Les yeux des squales
Jusqu'à l'aube ont guetté de loin avidement
Des cadavres de jours rongés par les étoiles
Parmi le bruit des flots et les derniers serments

ROSEMONDE

A André Derain.

LONGTEMPS au pied du perron de
La maison où entra la dame
Que j'avais suivie pendant deux
Bonnes heures à Amsterdam
Mes doigts jetèrent des baisers

Mais le canal était désert
Le quai aussi et nul ne vit
Comment mes baisers retrouvèrent
Celle à qui j'ai donné ma vie
Un jour pendant plus de deux heures

Je la surnommai Rosemonde
Voulant pouvoir me rappeler
Sa bouche fleurie en Hollande
Puis lentement je m'en allai
Pour quêter la Rose du Monde

LE BRASIER

A Paul-Napoléon Roinard.

J'ai jeté dans le noble feu
Que je transporte et que j'adore
De vives mains et même feu
Ce Passé ces têtes de morts
Flamme je fais ce que tu veux

Le galop soudain des étoiles
N'étant que ce qui deviendra
Se mêle au hennissement mâle
Des centaures dans leurs haras
Et des grand'plaintes végétales

Où sont ces têtes que j'avais
Où est le Dieu de ma jeunesse
L'amour est devenu mauvais
Qu'au brasier les flammes renaissent
Mon âme au soleil se dévêt

Dans la plaine ont poussé des flammes
Nos cœurs pendent aux citronniers
Les têtes coupées qui m'acclament
Et les astres qui ont saigné
Ne sont que des têtes de femmes

Le fleuve épinglé sur la ville
T'y fixe comme un vêtement
Partant à l'amphion docile
Tu subis tous les tons charmants
Qui rendent les pierres agiles

Je flambe dans le brasier à l'ardeur adorable
Et les mains des croyants m'y rejettent multiple innombrablement
Les membres des intercis flambent auprès de moi
Eloignez du brasier les ossements
Je suffis pour l'éternité à entretenir le feu de mes délices
Et des oiseaux protègent de leurs ailes ma face et le soleil

O Mémoire Combien de races qui forlignent
Des Tyndarides aux vipères ardentes de mon bonheur
Et les serpents ne sont-ils que les cous des cygnes
Qui étaient immortels et n'étaient pas chanteurs
Voici ma vie renouvelée
De grands vaisseaux passent et repassent
Je trempe une fois encore mes mains dans l'Océan

Voici le paquebot et ma vie renouvelée
Ses flammes sont immenses
Il n'y a plus rien de commun entre moi
Et ceux qui craignent les brûlures

DESCENDANT des hauteurs où pense la lumière
Jardins rouant plus haut que tous les ciels mobiles
L'avenir masqué flambe en traversant les cieux

Nous attendons ton bon plaisir ô mon amie

J'ose à peine regarder la divine mascarade

Quand bleuira sur l'horizon la Désirade

Au-delà de notre atmosphère s'élève un théâtre
Que construisit le ver Zamir sans instrument
Puis le soleil revint ensoleiller les places
D'une ville marine apparue contremont
Sur les toits se reposaient les colombes lasses

Et le troupeau de sphinx regagne la sphingerie
A petits pas Il orra le chant du pâtre toute la vie
Là-haut le théâtre est bâti avec le feu solide
Comme les astres dont se nourrit le vide

Et voici le spectacle
Et pour toujours je suis assis dans un fauteuil
Ma tête mes genoux mes coudes vain pentacle
Les flammes ont poussé sur moi comme des feuilles

Des acteurs inhumains claires bêtes nouvelles
Donnent des ordres aux hommes apprivoisés
Terre
O Déchirée que les fleuves ont reprisée

J'aimerais mieux nuit et jour dans les sphingeries
Vouloir savoir pour qu'enfin on m'y dévorât

RHÉNANES

NUIT RHÉNANE

Mon verre est plein d'un vin trembleur comme une flamme
Ecoutez la chanson lente d'un batelier
Qui raconte avoir vu sous la lune sept femmes
Tordre leurs cheveux verts et longs jusqu'à leurs pieds

Debout chantez plus haut en dansant une ronde
Que je n'entende plus le chant du batelier
Et mettez près de moi toutes les filles blondes
Au regard immobile aux nattes repliées

Le Rhin le Rhin est ivre où les vignes se mirent
Tout l'or des nuits tombe en tremblant s'y refléter
La voix chante toujours à en râle-mourir
Ces fées aux cheveux verts qui incantent l'été

Mon verre s'est brisé comme un éclat de rire

MAI

Le mai le joli mai en barque sur le Rhin
Des dames regardaient du haut de la montagne
Vous êtes si jolies mais la barque s'éloigne
Qui donc a fait pleurer les saules riverains

Or des vergers fleuris se figeaient en arrière
Les pétales tombés des cerisiers de mai
Sont les ongles de celle que j'ai tant aimée
Les pétales flétris sont comme ses paupières

Sur le chemin du bord du fleuve lentement
Un ours un singe un chien menés par des tziganes
Suivaient une roulotte traînée par un âne
Tandis que s'éloignait dans les vignes rhénanes
Sur un fifre lointain un air de régiment

Le mai le joli mai a paré les ruines
De lierre de vigne vierge et de rosiers
Le vent du Rhin secoue sur le bord les osiers
Et les roseaux jaseurs et les fleurs nues des vignes

LA SYNAGOGUE

Ottomar Scholem et Abraham Lœweren
Coiffés de feutres verts le matin du sabbat
Vont à la synagogue en longeant le Rhin
Et les coteaux où les vignes rougissent là-bas

Ils se disputent et crient des choses qu'on ose à peine traduire
Bâtard conçu pendant les règles ou Que le diable entre dans ton père
Le vieux Rhin soulève sa face ruisselante et se détourne pour sourire
Ottomar Scholem et Abraham Lœweren sont en colère

Parce que pendant le sabbat on ne doit pas fumer
Tandis que les chrétiens passent avec des cigares allumés
Et parce qu'Ottomar et Abraham aiment tous deux
Lia aux yeux de brebis et dont le ventre avance un peu

Pourtant tout à l'heure dans la synagogue l'un après l'autre
Ils baiseront la thora en soulevant leur beau chapeau
Parmi les feuillards de la fête des cabanes
Ottomar en chantant sourira à Abraham

Ils déchanteront sans mesure et les voix graves des hommes
Feront gémir un Léviathan au fond du Rhin comme une voix d'automne
Et dans la synagogue pleine de chapeaux on agitera les loulabim
Hanoten ne Kamoth bagoim tholahoth baleoumim

LES CLOCHES

Mon beau tzigane mon amant
Ecoute les cloches qui sonnent
Nous nous aimions éperdument
Croyant n'être vus de personne

Mais nous étions bien mal cachés
Toutes les cloches à la ronde
Nous ont vus du haut des clochers
Et le disent à tout le monde

Demain Cyprien et Henri
Marie Ursule et Catherine
La boulangère et son mari
Et puis Gertrude ma cousine

Souriront quand je passerai
Je ne saurai plus où me mettre
Tu seras loin Je pleurerai
J'en mourrai peut-être

LA LORELEY

A Jean Sève.

A Bacharach il y avait une sorcière blonde
Qui laissait mourir d'amour tous les hommes à la ronde

Devant son tribunal l'évêque la fit citer
D'avance il l'absolvit à cause de sa beauté

O belle Loreley aux yeux pleins de pierreries
De quel magicien tiens-tu ta sorcellerie

Je suis lasse de vivre et mes yeux sont maudits
Ceux qui m'ont regardée évêque en ont péri

Mes yeux ce sont des flammes et non des pierreries
Jetez jetez aux flammes cette sorcellerie

Je flambe dans ces flammes ô belle Loreley
Qu'un autre te condamne tu m'as ensorcelé

Evêque vous riez Priez plutôt pour moi la Vierge
Faites-moi donc mourir et que Dieu vous protège

Mon amant est parti pour un pays lointain
Faites-moi donc mourir puisque je n'aime rien

Mon cœur me fait si mal il faut bien que je meure
Si je me regardais il faudrait que j'en meure

Mon cœur me fait si mal depuis qu'il n'est plus là
Mon cœur me fit si mal du jour où il s'en alla

L'évêque fit venir trois chevaliers avec leurs lances
Menez jusqu'au couvent cette femme en démence

Va-t'en Lore en folie va Lore aux yeux tremblants
Tu seras une nonne vêtue de noir et blanc

Puis ils s'en allèrent sur la route tous les quatre
La Loreley les implorait et ses yeux brillaient comme des astres

Chevaliers laissez-moi monter sur ce rocher si haut
Pour voir une fois encore mon beau château

Pour me mirer une fois encore dans le fleuve
Puis j'irai au couvent des vierges et des veuves

Là-haut le vent tordait ses cheveux déroulés
Les chevaliers criaient Loreley Loreley

Tout là-bas sur le Rhin s'en vient une nacelle
Et mon amant s'y tient il m'a vue il m'appelle

Mon cœur devient si doux c'est mon amant qui vient
Elle se penche alors et tombe dans le Rhin

Pour avoir vu dans l'eau la belle Loreley
Ses yeux couleur du Rhin ses cheveux de soleil

SCHINDERHANNES

A Marius-Ary Leblond.

DANS la forêt avec sa bande
Schinderhannes s'est désarmé
Le brigand près de sa brigande
Hennit d'amour au joli mai

Benzel accroupi lit la Bible
Sans voir que son chapeau pointu
A plume d'aigle sert de cible
A Jacob Born le mal foutu

Juliette Blaesius qui rote
Fait semblant d'avoir le hoquet
Hannes pousse une fausse note
Quand Schulz vient portant un baquet

Et s'écrie en versant des larmes
Baquet plein de vin parfumé
Viennent aujourd'hui les gendarmes
Nous aurons bu le vin de mai

Allons Julia la mam'zelle
Bois avec nous ce clair bouillon
D'herbes et de vin de Moselle
Prosit Bandit en cotillon

Cette brigande est bientôt soûle
Et veut Hannes qui n'en veut pas
Pas d'amour maintenant ma poule
Sers-nous un bon petit repas

Il faut ce soir que j'assassine
Ce riche juif au bord du Rhin
Au clair des torches de résine
La fleur de mai c'est le florin

On mange alors toute la bande
Pète et rit pendant le dîner
Puis s'attendrit à l'allemande
Avant d'aller assassiner

RHÉNANE D'AUTOMNE

A Toussaint-Luca.

Les enfants des morts vont jouer
Dans le cimetière
Martin Gertrude Hans et Henri
Nul coq n'a chanté aujourd'hui
Kikiriki

Les vieilles femmes
Tout en pleurant cheminent
Et les bons ânes
Braillent hi han et se mettent à brouter les fleurs
Des couronnes mortuaires

C'est le jour des morts et de toutes leurs âmes
Les enfants et les vieilles femmes
Allument des bougies et des cierges
Sur chaque tombe catholique
Les voiles des vieilles
Les nuages du ciel
Sont comme des barbes de biques

L'air tremble de flammes et de prières

Le cimetière est un beau jardin
Plein de saules gris et de romarins
Il vous vient souvent des amis qu'on enterre
Ah! que vous êtes bien dans le beau cimetière

Vous mendiants morts saouls de bière
Vous les aveugles comme le destin
Et vous petits enfants morts en prière

Ah! que vous êtes bien dans le beau cimetière
Vous bourgmestres vous bateliers
Et vous conseillers de régence
Vous aussi tziganes sans papiers
La vie vous pourrit dans la panse
La croix vous pousse entre les pieds

Le vent du Rhin ulule avec tous les hiboux
Il éteint les cierges que toujours les enfants rallument
Et les feuilles mortes
Viennent couvrir les morts

Des enfants morts parlent parfois avec leur mère
Et des mortes parfois voudraient bien revenir

Oh! je ne veux pas que tu sortes
L'automne est plein de mains coupées
Non non ce sont des feuilles mortes
Ce sont les mains des chères mortes
Ce sont tes mains coupées

Nous avons tant pleuré aujourd'hui
Avec ces morts leurs enfants et les vieilles femmes
Sous le ciel sans soleil
Au cimetière plein de flammes

Puis dans le vent nous nous en retournâmes

A nos pieds roulaient des châtaignes
Dont les bogues étaient
Comme le cœur blessé de la madone
Dont on doute si elle eut la peau
Couleur des châtaignes d'automne

LES SAPINS

Les sapins en bonnets pointus
De longues robes revêtus
  Comme des astrologues
Saluent leurs frères abattus
Les bateaux qui sur le Rhin voguent

Dans les sept arts endoctrinés
Par les vieux sapins leurs aînés
  Qui sont de grands poètes
Ils se savent prédestinés
A briller plus que des planètes

A briller doucement changés
En étoiles et enneigés
  Aux Noëls bienheureuses
Fêtes des sapins ensongés
Aux longues branches langoureuses

Les sapins beaux musiciens
Chantent des noëls anciens
  Au vent des soirs d'automne
Ou bien graves magiciens
Incantent le ciel quand il tonne

Des rangées de blancs chérubins
Remplacent l'hiver les sapins
  Et balancent leurs ailes
L'été ce sont de grands rabbins
Ou bien de vieilles demoiselles

Sapins médecins divagants
Ils vont offrant leurs bons onguents
  Quand la montagne accouche
De temps en temps sous l'ouragan
Un vieux sapin geint et se couche

LES FEMMES

DANS la maison du vigneron les femmes cousent
Lenchen remplis le poêle et mets l'eau du café
Dessus — Le chat s'étire après s'être chauffé
— Gertrude et son voisin Martin enfin s'épousent

Le rossignol aveugle essaya de chanter
Mais l'effraie ululant il trembla dans sa cage
Ce cyprès là-bas a l'air du pape en voyage
Sous la neige — Le facteur vient de s'arrêter

Pour causer avec le nouveau maître d'école
— Cet hiver est très froid le vin sera très bon
— Le sacristain sourd et boiteux est moribond
— La fille du vieux bourgmestre brode une étole

Pour la fête du curé La forêt là-bas
Grâce au vent chantait à voix grave de grand orgue
Le songe Herr Traum survint avec sa sœur Frau Sorge
Kaethi tu n'as pas bien raccommodé ces bas

— Apporte le café le beurre et les tartines
La marmelade le saindoux un pot de lait
— Encore un peu de café Lenchen s'il te plaît
— On dirait que le vent dit des phrases latines

— Encore un peu de café Lenchen s'il te plaît
— Lotte es-tu triste O petit cœur — Je crois qu'elle aime
— Dieu garde — Pour ma part je n'aime que moi-même
— Chut A présent grand-mère dit son chapelet

— Il me faut du sucre candi Leni je tousse
— Pierre mène son furet chasser les lapins
Le vent faisait danser en rond tous les sapins
Lotte l'amour rend triste — Ilse la vie est douce

La nuit tombait Les vignobles aux ceps tordus
Devenaient dans l'obscurité des ossuaires
En neige et repliés gisaient là des suaires
Et des chiens aboyaient aux passants morfondus

Il est mort écoutez La cloche de l'église
Sonnait tout doucement la mort du sacristain
Lise il faut attiser le poêle qui s'éteint
Les femmes se signaient dans la nuit indécise

Septembre 1901-mai 1902.

SIGNE

Je suis soumis au Chef du Signe de l'Automne
Partant j'aime les fruits je déteste les fleurs
Je regrette chacun des baisers que je donne
Tel un noyer gaulé dit au vent ses douleurs

Mon Automne éternelle ô ma saison mentale
Les mains des amantes d'antan jonchent ton sol
Une épouse me suit c'est mon ombre fatale
Les colombes ce soir prennent leur dernier vol

UN SOIR

Un aigle descendit de ce ciel blanc d'archanges
Et vous soutenez-moi
Laisserez-vous trembler longtemps toutes ces lampes
Priez priez pour moi

La ville est métallique et c'est la seule étoile
Noyée dans tes yeux bleus
Quand les tramways roulaient jaillissaient des feux pâles
Sur des oiseaux galeux

Et tout ce qui tremblait dans tes yeux de mes songes
Qu'un seul homme buvait
Sous les feux de gaz roux comme la fausse oronge
O vêtue ton bras se lovait

Vois l'histrion tire la langue aux attentives
Un fantôme s'est suicidé
L'apôtre au figuier pend et lentement salive
Jouons donc cet amour aux dés

Des cloches aux sons clairs annonçaient ta naissance
Vois
Les chemins sont fleuris et les palmes s'avancent
Vers toi

LA DAME

Toc toc Il a fermé sa porte
Les lys du jardin sont flétris
Quel est donc ce mort qu'on emporte

Tu viens de toquer à sa porte
Et trotte trotte
Trotte la petite souris

LES FIANÇAILLES

A Picasso.

Le printemps laisse errer les fiancés parjures
Et laisse feuilloler longtemps les plumes bleues
Que secoue le cyprès où niche l'oiseau bleu

Une Madone à l'aube a pris les églantines
Elle viendra demain cueillir les giroflées
Pour mettre aux nids des colombes qu'elle destine
Au pigeon qui ce soir semblait le Paraclet

Au petit bois de citronniers s'énamourèrent
D'amour que nous aimons les dernières venues
Les villages lointains sont comme leurs paupières
Et parmi les citrons leurs cœurs sont suspendus

Mes amis m'ont enfin avoué leur mépris
Je buvais à pleins verres les étoiles
Un ange a exterminé pendant que je dormais
Les agneaux les pasteurs des tristes bergeries
De faux centurions emportaient le vinaigre
Et les gueux mal blessés par l'épurge dansaient
Étoiles de l'éveil je n'en connais aucune
Les becs de gaz pissaient leur flamme au clair de lune
Des croque-morts avec des bocks tintaient des glas
A la clarté des bougies tombaient vaille que vaille
Des faux cols sur des flots de jupes mal brossées
Des accouchées masquées fêtaient leurs relevailles
La ville cette nuit semblait un archipel
Des femmes demandaient l'amour et la dulie
Et sombre sombre fleuve je me rappelle
Les ombres qui passaient n'étaient jamais jolies

Je n'ai plus même pitié de moi
Et ne puis exprimer mon tourment de silence
Tous les mots que j'avais à dire se sont changés en étoiles
Un Icare tente de s'élever jusqu'à chacun de mes yeux
Et porteur de soleils je brûle au centre de deux nébuleuses
Qu'ai-je fait aux bêtes théologales de l'intelligence
Jadis les morts sont revenus pour m'adorer
Et j'espérais la fin du monde
Mais la mienne arrive en sifflant comme un ouragan

J'AI eu le courage de regarder en arrière
Les cadavres de mes jours
Marquent ma route et je les pleure
Les uns pourrissent dans les églises italiennes
Ou bien dans de petits bois de citronniers
Qui fleurissent et fructifient
En même temps et en toute saison
D'autres jours ont pleuré avant de mourir dans des
tavernes
Où d'ardents bouquets rouaient
Aux yeux d'une mulâtresse qui inventait la poésie
Et les roses de l'électricité s'ouvrent encore
Dans le jardin de ma mémoire

PARDONNEZ-MOI mon ignorance
Pardonnez-moi de ne plus connaître l'ancien jeu des vers
Je ne sais plus rien et j'aime uniquement
Les fleurs à mes yeux redeviennent des flammes
Je médite divinement
Et je souris des êtres que je n'ai pas créés
Mais si le temps venait où l'ombre enfin solide
Se multipliait en réalisant la diversité formelle de mon amour
J'admirerais mon ouvrage

J'OBSERVE le repos du dimanche
Et je loue la paresse
Comment comment réduire
L'infiniment petite science
Que m'imposent mes sens
L'un est pareil aux montagnes au ciel
Aux villes à mon amour
Il ressemble aux saisons
Il vit décapité sa tête est le soleil
Et la lune son cou tranché
Je voudrais éprouver une ardeur infinie
Monstre de mon ouïe tu rugis et tu pleures
Le tonnerre te sert de chevelure
Et tes griffes répètent le chant des oiseaux
Le toucher monstrueux m'a pénétré m'empoisonne
Mes yeux nagent loin de moi
Et les astres intacts sont mes maîtres sans épreuve
La bête des fumées a la tête fleurie
Et le monstre le plus beau
Ayant la saveur du laurier se désole

A LA FIN les mensonges ne me font plus peur
C'est la lune qui cuit comme un œuf sur le plat
Ce collier de gouttes d'eau va parer la noyée
Voici mon bouquet de fleurs de la Passion
Qui offrent tendrement deux couronnes d'épines
Les rues sont mouillées de la pluie de naguère
Des anges diligents travaillent pour moi à la maison
La lune et la tristesse disparaîtront pendant
Toute la sainte journée
Toute la sainte journée j'ai marché en chantant
Une dame penchée à sa fenêtre m'a regardé longtemps
M'éloigner en chantant

Au tournant d'une rue je vis des matelots
Qui dansaient le cou nu au son d'un accordéon
J'ai tout donné au soleil
Tout sauf mon ombre

Les dragues les ballots les sirènes mi-mortes
A l'horizon brumeux s'enfonçaient les trois-mâts
Les vents ont expiré couronnés d'anémones
O Vierge signe pur du troisième mois

TEMPLIERS flamboyants je brûle parmi vous
Prophétisons ensemble ô grand maître je suis
Le désirable feu qui pour vous se dévoue
Et la girande tourne ô belle ô belle nuit

Liens déliés par une libre flamme Ardeur
Que mon souffle éteindra O Morts à quarantaine
Je mire de ma mort la gloire et le malheur
Comme si je visais l'oiseau de la quintaine

Incertitude oiseau feint peint quand vous tombiez
Le soleil et l'amour dansaient dans le village
Et tes enfants galants bien ou mal habillés
Ont bâti ce bûcher le nid de mon courage

CLAIR DE LUNE

Lune mellifluente aux lèvres des déments
Les vergers et les bourgs cette nuit sont gourmands
Les astres assez bien figurent les abeilles
De ce miel lumineux qui dégoutte des treilles
Car voici que tout doux et leur tombant du ciel
Chaque rayon de lune est un rayon de miel
Or caché je conçois la très douce aventure
J'ai peur du dard de feu de cette abeille Arcture
Qui posa dans mes mains des rayons décevants
Et prit son miel lunaire à la rose des vents

1909

LA dame avait une robe
En ottoman violine
Et sa tunique brodée d'or
Etait composée de deux panneaux
S'attachant sur l'épaule

Les yeux dansants comme des anges
Elle riait elle riait
Elle avait un visage aux couleurs de France
Les yeux bleus les dents blanches et les lèvres très rouges
Elle avait un visage aux couleurs de France

Elle était décolletée en rond
Et coiffée à la Récamier
Avec de beaux bras nus

N'entendra-t-on jamais sonner minuit

La dame en robe d'ottoman violine
Et en tunique brodée d'or
Décolletée en rond
Promenait ses boucles
Son bandeau d'or
Et traînait ses petits souliers à boucles

Elle était si belle
Que tu n'aurais pas osé l'aimer

J'aimais les femmes atroces dans les quartiers énormes
Où naissaient chaque jour quelques êtres nouveaux
Le fer était leur sang la flamme leur cerveau
J'aimais j'aimais le peuple habile des machines
Le luxe et la beauté ne sont que son écume
Cette femme était si belle
Qu'elle me faisait peur

À LA SANTÉ

I

AVANT d'entrer dans ma cellule
Il a fallu me mettre nu
Et quelle voix sinistre ulule
Guillaume qu'es-tu devenu

Le Lazare entrant dans la tombe
Au lieu d'en sortir comme il fit
Adieu adieu chantante ronde
O mes années ô jeunes filles

II

NON je ne me sens plus là
        Moi-même
Je suis le quinze de la
        Onzième

Le soleil filtre à travers
        Les vitres
Ses rayons font sur mes vers
        Les pitres

Et dansent sur le papier
        J'écoute
Quelqu'un qui frappe du pied
        La voûte

III

DANS une fosse comme un ours
Chaque matin je me promène
Tournons tournons tournons toujours
Le ciel est bleu comme une chaîne
Dans une fosse comme un ours
Chaque matin je me promène

Dans la cellule d'à côté
On y fait couler la fontaine
Avec les clefs qu'il fait tinter
Que le geôlier aille et revienne
Dans la cellule d'à côté
On y fait couler la fontaine

IV

QUE je m'ennuie entre ces murs tout nus
Et peints de couleurs pâles
Une mouche sur le papier à pas menus
Parcourt mes lignes inégales

Que deviendrai-je ô Dieu qui connais ma douleur
Toi qui me l'as donnée
Prends en pitié mes yeux sans larmes ma pâleur
Le bruit de ma chaise enchaînée

Et tous ces pauvres cœurs battant dans la prison
L'Amour qui m'accompagne
Prends en pitié surtout ma débile raison
Et ce désespoir qui la gagne

V

Que lentement passent les heures
Comme passe un enterrement

Tu pleureras l'heure où tu pleures
Qui passera trop vitement
Comme passent toutes les heures

VI

J'ÉCOUTE les bruits de la ville
Et prisonnier sans horizon
Je ne vois rien qu'un ciel hostile
Et les murs nus de ma prison

Le jour s'en va voici que brûle
Une lampe dans la prison
Nous sommes seuls dans ma cellule
Belle clarté Chère raison

Septembre 1911.

AUTOMNE MALADE

Automne malade et adoré
Tu mourras quand l'ouragan soufflera dans les roseraies
Quand il aura neigé
Dans les vergers

Pauvre automne
Meurs en blancheur et en richesse
De neige et de fruits mûrs
Au fond du ciel
Des éperviers planent
Sur les nixes nicettes aux cheveux verts et naines
Qui n'ont jamais aimé

Aux lisières lointaines
Les cerfs ont bramé

Et que j'aime ô saison que j'aime tes rumeurs
Les fruits tombant sans qu'on les cueille
Le vent et la forêt qui pleurent
Toutes leurs larmes en automne feuille à feuille
Les feuilles
Qu'on foule
Un train
Qui roule
La vie
S'écoule

HÔTELS

La chambre est veuve
Chacun pour soi
Présence neuve
On paye au mois

Le patron doute
Payera-t-on
Je tourne en route
Comme un toton

Le bruit des fiacres
Mon voisin laid
Qui fume un âcre
Tabac anglais

O La Vallière
Qui boite et rit
De mes prières
Table de nuit

Et tous ensemble
Dans cet hôtel
Savons la langue
Comme à Babel

Fermons nos portes
A double tour
Chacun apporte
Son seul amour

CORS DE CHASSE

NOTRE histoire est noble et tragique
Comme le masque d'un tyran
Nul drame hasardeux ou magique
Aucun détail indifférent
Ne rend notre amour pathétique

Et Thomas de Quincey buvant
L'opium poison doux et chaste
A sa pauvre Anne allait rêvant
Passons passons puisque tout passe
Je me retournerai souvent

Les souvenirs sont cors de chasse
Dont meurt le bruit parmi le vent

VENDÉMIAIRE

Hommes de l'avenir souvenez-vous de moi
Je vivais à l'époque où finissaient les rois
Tour à tour ils mouraient silencieux et tristes
Et trois fois courageux devenaient trismégistes

Que Paris était beau à la fin de septembre
Chaque nuit devenait une vigne où les pampres
Répandaient leur clarté sur la ville et là-haut
Astres mûrs becquetés par les ivres oiseaux
De ma gloire attendaient la vendange de l'aube

Un soir passant le long des quais déserts et sombres
En rentrant à Auteuil j'entendis une voix
Qui chantait gravement se taisant quelquefois
Pour que parvînt aussi sur les bords de la Seine
La plainte d'autres voix limpides et lointaines

Et j'écoutai longtemps tous ces chants et ces cris
Qu'éveillait dans la nuit la chanson de Paris

J'ai soif villes de France et d'Europe et du monde
Venez toutes couler dans ma gorge profonde

Je vis alors que déjà ivre dans la vigne Paris
Vendangeait le raisin le plus doux de la terre
Ces grains miraculeux qui aux treilles chantèrent

Et Rennes répondit avec Quimper et Vannes
Nous voici ô Paris Nos maisons nos habitants
Ces grappes de nos sens qu'enfanta le soleil

Se sacrifient pour te désaltérer trop avide merveille
Nous t'apportons tous les cerveaux les cimetières les murailles
Ces berceaux pleins de cris que tu n'entendras pas
Et d'amont en aval nos pensées ô rivières
Les oreilles des écoles et nos mains rapprochées
Aux doigts allongés nos mains les clochers
Et nous t'apportons aussi cette souple raison
Que le mystère clôt comme une porte la maison
Ce mystère courtois de la galanterie
Ce mystère fatal fatal d'une autre vie
Double raison qui est au-delà de la beauté
Et que la Grèce n'a pas connue ni l'Orient
Double raison de la Bretagne où lame à lame
L'océan châtre peu à peu l'ancien continent

Et les villes du Nord répondirent gaiement

O Paris nous voici boissons vivantes
Les viriles cités où dégoisent et chantent
Les métalliques saints de nos saintes usines
Nos cheminées à ciel ouvert engrossent les nuées
Comme fit autrefois l'Ixion mécanique
Et nos mains innombrables
Usines manufactures fabriques mains
Où les ouvriers nus semblables à nos doigts
Fabriquent du réel à tant par heure
Nous te donnons tout cela

Et Lyon répondit tandis que les anges de Fourvières
Tissaient un ciel nouveau avec la soie des prières

Désaltère-toi Paris avec les divines paroles
Que mes lèvres le Rhône et la Saône murmurent
Toujours le même culte de sa mort renaissant
Divise ici les saints et fait pleuvoir le sang
Heureuse pluie ô gouttes tièdes ô douleur
Un enfant regarde les fenêtres s'ouvrir
Et des grappes de têtes à d'ivres oiseaux s'offrir

Les villes du Midi répondirent alors

Noble Paris seule raison qui vis encore
Qui fixes notre humeur selon ta destinée
Et toi qui te retires Méditerranée
Partagez-vous nos corps comme on rompt des hosties
Ces très hautes amours et leur danse orpheline
Deviendront ô Paris le vin pur que tu aimes

Et un râle infini qui venait de Sicile
Signifiait en battement d'ailes ces paroles

Les raisins de nos vignes on les a vendangés
Et ces grappes de morts dont les grains allongés
Ont la saveur du sang de la terre et du sel
Les voici pour ta soif ô Paris sous le ciel
Obscurci de nuées faméliques
Que caresse Ixion le créateur oblique
Et où naissent sur la mer tous les corbeaux d'Afrique
O raisins Et ces yeux ternes et en famille
L'avenir et la vie dans ces treilles s'ennuyent

Mais où est le regard lumineux des sirènes
Il trompa les marins qu'aimaient ces oiseaux-là
Il ne tournera plus sur l'écueil de Scylla
Où chantaient les trois voix suaves et sereines

Le détroit tout à coup avait changé de face
Visages de la chair de l'onde de tout
Ce que l'on peut imaginer
Vous n'êtes que des masques sur des faces masquées

Il souriait jeune nageur entre les rives
Et les noyés flottant sur son onde nouvelle
Fuyaient en le suivant les chanteuses plaintives
Elles dirent adieu au gouffre et à l'écueil
A leurs pâles époux couchés sur les terrasses
Puis ayant pris leur vol vers le brûlant soleil
Les suivirent dans l'onde où s'enfoncent les astres

Lorsque la nuit revint couverte d'yeux ouverts
Errer au site où l'hydre a sifflé cet hiver

Et j'entendis soudain ta voix impérieuse
O Rome
Maudire d'un seul coup mes anciennes pensées
Et le ciel où l'amour guide les destinées

Les feuillards repoussés sur l'arbre de la croix
Et même la fleur de lys qui meurt au Vatican
Macèrent dans le vin que je t'offre et qui a
La saveur du sang pur de celui qui connaît
Une autre liberté végétale dont tu
Ne sais pas que c'est elle la suprême vertu

Une couronne du trirègne est tombée sur les dalles
Les hiérarques la foulent sous leurs sandales
O splendeur démocratique qui pâlit
Vienne la nuit royale où l'on tuera les bêtes
La louve avec l'agneau l'aigle avec la colombe
Une foule de rois ennemis et cruels
Ayant soif comme toi dans la vigne éternelle
Sortiront de la terre et viendront dans les airs
Pour boire de mon vin par deux fois millénaire

La Moselle et le Rhin se joignent en silence
C'est l'Europe qui prie nuit et jour à Coblence
Et moi qui m'attardais sur le quai à Auteuil
Quand les heures tombaient parfois comme les feuilles
Du cep lorsqu'il est temps j'entendis la prière
Qui joignait la limpidité de ces rivières

O Paris le vin de ton pays est meilleur que celui
Qui pousse sur nos bords mais aux pampres du nord
Tous les grains ont mûri pour cette soif terrible
Mes grappes d'hommes forts saignent dans le pressoir
Tu boiras à longs traits tout le sang de l'Europe
Parce que tu es beau et que seul tu es noble
Parce que c'est dans toi que Dieu peut devenir
Et tous mes vignerons dans ces belles maisons
Qui reflètent le soir leurs feux dans nos deux eaux
Dans ces belles maisons nettement blanches et noires
Sans savoir que tu es la réalité chantent ta gloire

Mais nous liquides mains jointes pour la prière
Nous menons vers le sel les eaux aventurières
Et la ville entre nous comme entre des ciseaux
Ne reflète en dormant nul feu dans ses deux eaux
Dont quelque sifflement lointain parfois s'élance
Troublant dans leur sommeil les filles de Coblence

Les villes répondaient maintenant par centaines
Je ne distinguais plus leurs paroles lointaines
Et Trèves la ville ancienne
A leur voix mêlait la sienne
L'univers tout entier concentré dans ce vin
Qui contenait les mers les animaux les plantes
Les cités les destins et les astres qui chantent
Les hommes à genoux sur la rive du ciel
Et le docile fer notre bon compagnon
Le feu qu'il faut aimer comme on s'aime soi-même
Tous les fiers trépassés qui sont un sous mon front
L'éclair qui luit ainsi qu'une pensée naissante
Tous les noms six par six les nombres un à un
Des kilos de papier tordus comme des flammes
Et ceux-là qui sauront blanchir nos ossements
Les bons vers immortels qui s'ennuient patiemment
Des armées rangées en bataille
Des forêts de crucifix et mes demeures lacustres
Au bord des yeux de celle que j'aime tant
Les fleurs qui s'écrient hors de bouches
Et tout ce que je ne sais pas dire
Tout ce que je ne connaîtrai jamais
Tout cela tout cela changé en ce vin pur
Dont Paris avait soif
Me fut alors présenté

Actions belles journées sommeils terribles
Végétation Accouplements musiques éternelles
Mouvements Adorations douleur divine
Mondes qui vous ressemblez et qui nous ressemblez
Je vous ai bus et ne fus pas désaltéré

Mais je connus dès lors quelle saveur a l'univers

Je suis ivre d'avoir bu tout l'univers
Sur le quai d'où je voyais l'onde couler et dormir les
 bélandres

Écoutez-moi je suis le gosier de Paris
Et je boirai encore s'il me plaît l'univers

Écoutez mes chants d'universelle ivrognerie

Et la nuit de septembre s'achevait lentement
Les feux rouges des ponts s'éteignaient dans la Seine
Les étoiles mouraient le jour naissait à peine

VITAM IMPENDERE AMORI

L'AMOUR eſt mort entre tes bras
Te souviens-tu de sa rencontre
Il eſt mort tu la referas
Il s'en revient à ta rencontre

Encore un printemps de passé
Je songe à ce qu'il eut de tendre
Adieu saison qui finissez
Vous nous reviendrez aussi tendre

DANS le crépuscule fané
Où plusieurs amours se bousculent
Ton souvenir gît enchaîné
Loin de nos ombres qui reculent

O mains qu'enchaîne la mémoire
Et brûlantes comme un bûcher
Où le dernier des phénix noire
Perfection vient se jucher

La chaîne s'use maille à maille
Ton souvenir riant de nous
S'enfuit l'entends-tu qui nous raille
Et je retombe à tes genoux

Tu n'as pas surpris mon secret
Déjà le cortège s'avance
Mais il nous reste le regret
De n'être pas de connivence

La rose flotte au fil de l'eau
Les masques ont passé par bandes
Il tremble en moi comme un grelot
Ce lourd secret que tu quémandes

Le soir tombe et dans le jardin
Elles racontent des histoires
A la nuit qui non sans dédain
Répand leurs chevelures noires

Petits enfants petits enfants
Vos ailes se sont envolées
Mais rose toi qui te défends
Perds tes odeurs inégalées

Car voici l'heure du larcin
De plumes de fleurs et de tresses
Cueillez le jet d'eau du bassin
Dont les roses sont les maîtresses

Tu descendais dans l'eau si claire
Je me noyais dans ton regard
Le soldat passe elle se penche
Se détourne et casse une branche

Tu flottes sur l'onde nocturne
La flamme est mon cœur renversé
Couleur de l'écaille du peigne
Que reflète l'eau qui te baigne

O MA jeunesse abandonnée
Comme une guirlande fanée
Voici que s'en vient la saison
Et des dédains et du soupçon

Le paysage est fait de toiles
Il coule un faux fleuve de sang
Et sous l'arbre fleuri d'étoiles
Un clown est l'unique passant

Un froid rayon poudroie et joue
Sur les décors et sur ta joue
Un coup de revolver un cri
Dans l'ombre un portrait a souri

La vitre du cadre est brisée
Un air qu'on ne peut définir
Hésite entre son et pensée
Entre avenir et souvenir

O ma jeunesse abandonnée
Comme une guirlande fanée
Voici que s'en vient la saison
Des regrets et de la raison

CALLIGRAMMES

POÈMES DE LA PAIX ET DE LA GUERRE
(1913-1916)

A la mémoire
du plus ancien de mes camarades
RENÉ DALIZE
mort au Champ d'Honneur
le 7 mai 1917.

ONDES

LIENS

CORDES *faites de cris*

Sons de cloches à travers l'Europe
Siècles pendus

Rails qui ligotez les nations
Nous ne sommes que deux ou trois hommes
Libres de tous liens
Donnons-nous la main

Violente pluie qui peigne les fumées
Cordes
Cordes tissées
Câbles sous-marins
Tours de Babel changées en ponts
Araignées-Pontifes
Tous les amoureux qu'un seul lien a liés

D'autres liens plus ténus
Blancs rayons de lumière
Cordes et Concorde

J'écris seulement pour vous exalter
O sens ô sens chéris
Ennemis du souvenir
Ennemis du désir

Ennemis du regret
Ennemis des larmes
Ennemis de tout ce que j'aime encore

LES FENÊTRES

Du rouge au vert tout le jaune se meurt
Quand chantent les aras dans les forêts natales
Abatis de pihis
Il y a un poème à faire sur l'oiseau qui n'a qu'une aile
Nous l'enverrons en message téléphonique
Traumatisme géant
Il fait couler les yeux
Voilà une jolie jeune fille parmi les jeunes Turinaises
Le pauvre jeune homme se mouchait dans sa cravate blanche
Tu soulèveras le rideau
Et maintenant voilà que s'ouvre la fenêtre
Araignées quand les mains tissaient la lumière
Beauté pâleur insondables violets
Nous tenterons en vain de prendre du repos
On commencera à minuit
Quand on a le temps on a la liberté
Bigorneaux Lotte multiples Soleils et l'Oursin du couchant
Une vieille paire de chaussures jaunes devant la fenêtre
Tours
Les Tours ce sont les rues
Puits
Puits ce sont les places
Puits
Arbres creux qui abritent les Câpresses vagabondes
Les Chabins chantent des airs à mourir
Aux Chabines marronnes
Et l'oie oua-oua trompette au nord
Où les chasseurs de ratons
Raclent les pelleteries
Étincelant diamant

Vancouver
Où le train blanc de neige et de feux nocturnes fuit l'hiver
O Paris
Du rouge au vert tout le jaune se meurt
Paris Vancouver Hyères Maintenon New-York et les Antilles
La fenêtre s'ouvre comme une orange
Le beau fruit de la lumière

PAYSAGE

V
OI ?
LA
CI MAISON
OÙ NAISSENT
LES É
TOI LES
ET LES DIVINITÉS

CET
ARBRISSEAU
QUI SE PRÉPARE
A FRUCTIFIER
TE
RES
SEM
BLE

m
u
f
i
u
q
é
m
u
l
l
UN CIGARE a

C E
O L
U B
C a M
H E
É S
S MANTS N
E
VOUS
VOUS
SÉ
PA MES
RE MEM
R BRES
E
Z

LES COLLINES

Au-dessus de Paris un jour
Combattaient deux grands avions
L'un était rouge et l'autre noir
Tandis qu'au zénith flamboyait
L'éternel avion solaire

L'un était toute ma jeunesse
Et l'autre c'était l'avenir
Ils se combattaient avec rage
Ainsi fit contre Lucifer
L'Archange aux ailes radieuses

Ainsi le calcul au problème
Ainsi la nuit contre le jour
Ainsi attaque ce que j'aime
Mon amour ainsi l'ouragan
Déracine l'arbre qui crie

Mais vois quelle douceur partout
Paris comme une jeune fille
S'éveille langoureusement
Secoue sa longue chevelure
Et chante sa belle chanson

Où donc est tombée ma jeunesse
Tu vois que flambe l'avenir
Sache que je parle aujourd'hui
Pour annoncer au monde entier
Qu'enfin est né l'art de prédire

Certains hommes sont des collines
Qui s'élèvent d'entre les hommes
Et voient au loin tout l'avenir
Mieux que s'il était le présent
Plus net que s'il était passé

Ornement des temps et des routes
Passe et dure sans t'arrêter
Laissons sibiler les serpents
En vain contre le vent du sud
Les Psylles et l'onde ont péri

Ordre des temps si les machines
Se prenaient enfin à penser
Sur les plages de pierreries
Des vagues d'or se briseraient
L'écume serait mère encore

Moins haut que l'homme vont les aigles
C'est lui qui fait la joie des mers
Comme il dissipe dans les airs
L'ombre et les spleens vertigineux
Par où l'esprit rejoint le songe

Voici le temps de la magie
Il s'en revient attendez-vous
A des milliards de prodiges
Qui n'ont fait naître aucune fable
Nul les ayant imaginés

Profondeurs de la conscience
On vous explorera demain
Et qui sait quels êtres vivants
Seront tirés de ces abîmes
Avec des univers entiers

Voici s'élever des prophètes
Comme au loin des collines bleues
Ils sauront des choses précises
Comme croient savoir les savants
Et nous transporteront partout

La grande force est le désir
Et viens que je te baise au front
O légère comme une flamme
Dont tu as toute la souffrance
Toute l'ardeur et tout l'éclat

L'âge en vient on étudiera
Tout ce que c'est que de souffrir
Ce ne sera pas du courage
Ni même du renoncement
Ni tout ce que nous pouvons faire

On cherchera dans l'homme même
Beaucoup plus qu'on n'y a cherché
On scrutera sa volonté
Et quelle force naîtra d'elle
Sans machine et sans instrument

Les secourables mânes errent
Se compénétrant parmi nous
Depuis les temps qui nous rejoignent
Rien n'y finit rien n'y commence
Regarde la bague à ton doigt

Temps des déserts des carrefours
Temps des places et des collines
Je viens ici faire des tours
Où joue son rôle un talisman
Mort et plus subtil que la vie

Je me suis enfin détaché
De toutes choses naturelles
Je peux mourir mais non pécher
Et ce qu'on n'a jamais touché
Je l'ai touché je l'ai palpé

Et j'ai scruté tout ce que nul
Ne peut en rien imaginer
Et j'ai soupesé maintes fois
Même la vie impondérable
Je peux mourir en souriant

Bien souvent j'ai plané si haut
Si haut qu'adieu toutes les choses
Les étrangetés les fantômes
Et je ne veux plus admirer
Ce garçon qui mime l'effroi

Jeunesse adieu jasmin du temps
J'ai respiré ton frais parfum
A Rome sur les chars fleuris
Chargés de masques de guirlandes
Et des grelots du carnaval

Adieu jeunesse blanc Noël
Quand la vie n'était qu'une étoile
Dont je contemplais le reflet
Dans la mer Méditerranée
Plus nacrée que les météores

Duvetée comme un nid d'archanges
Ou la guirlande des nuages
Et plus lustrée que les halos
Émanations et splendeurs
Unique douceur harmonies

Je m'arrête pour regarder
Sur la pelouse incandescente
Un serpent erre c'est moi-même
Qui suis la flûte dont je joue
Et le fouet qui châtie les autres

Il vient un temps pour la souffrance
Il vient un temps pour la bonté
Jeunesse adieu voici le temps
Où l'on connaîtra l'avenir
Sans mourir de sa connaissance

C'est le temps de la grâce ardente
La volonté seule agira
Sept ans d'incroyables épreuves
L'homme se divinisera
Plus pur plus vif et plus savant

Il découvrira d'autres mondes
L'esprit languit comme les fleurs
Dont naissent les fruits savoureux
Que nous regarderons mûrir
Sur la colline ensoleillée

Je dis ce qu'est au vrai la vie
Seul je pouvais chanter ainsi
Mes chants tombent comme des graines
Taisez-vous tous vous qui chantez
Ne mêlez pas l'ivraie au blé

Un vaisseau s'en vint dans le port
Un grand navire pavoisé
Mais nous n'y trouvâmes personne
Qu'une femme belle et vermeille
Elle y gisait assassinée

Une autre fois je mendiais
L'on ne me donna qu'une flamme
Dont je fus brûlé jusqu'aux lèvres
Et je ne pus dire merci
Torche que rien ne peut éteindre

Où donc es-tu ô mon ami
Qui rentrais si bien en toi-même
Qu'un abîme seul est resté
Où je me suis jeté moi-même
Jusqu'aux profondeurs incolores

Et j'entends revenir mes pas
Le long des sentiers que personne
N'a parcourus j'entends mes pas
A toute heure ils passent là-bas
Lents ou pressés ils vont ou viennent

Hiver toi qui te fais la barbe
Il neige et je suis malheureux
J'ai traversé le ciel splendide
Où la vie est une musique
Le sol est trop blanc pour mes yeux

Habituez-vous comme moi
A ces prodiges que j'annonce
A la bonté qui va régner
A la souffrance que j'endure
Et vous connaîtrez l'avenir

C'est de souffrance et de bonté
Que sera faite la beauté
Plus parfaite que n'était celle
Qui venait des proportions
Il neige et je brûle et je tremble

Maintenant je suis à ma table
J'écris ce que j'ai ressenti
Et ce que j'ai chanté là-haut
Un arbre élancé que balance
Le vent dont les cheveux s'envolent

Un chapeau haut de forme est sur
Une table chargée de fruits
Les gants sont morts près d'une pomme
Une dame se tord le cou
Auprès d'un monsieur qui s'avale

Le bal tournoie au fond du temps
J'ai tué le beau chef d'orchestre
Et je pèle pour mes amis
L'orange dont la saveur est
Un merveilleux feu d'artifice

Tous sont morts le maître d'hôtel
Leur verse un champagne irréel
Qui mousse comme un escargot
Ou comme un cerveau de poète
Tandis que chantait une rose

L'esclave tient une épée nue
Semblable aux sources et aux fleuves
Et chaque fois qu'elle s'abaisse
Un univers est éventré
Dont il sort des mondes nouveaux

Le chauffeur se tient au volant
Et chaque fois que sur la route
Il corne en passant le tournant
Il paraît à perte de vue
Un univers encore vierge

Et le tiers nombre c'est la dame
Elle monte dans l'ascenseur
Elle monte monte toujours
Et la lumière se déploie
Et ces clartés la transfigurent

Mais ce sont de petits secrets
Il en est d'autres plus profonds
Qui se dévoileront bientôt
Et feront de vous cent morceaux
A la pensée toujours unique

Mais pleure pleure et repleurons
Et soit que la lune soit pleine
Ou soit qu'elle n'ait qu'un croissant
Ah! pleure pleure et repleurons
Nous avons tant ri au soleil

Des bras d'or supportent la vie
Pénétrez le secret doré
Tout n'est qu'une flamme rapide
Que fleurit la rose adorable
Et d'où monte un parfum exquis

ARBRE

A Frédéric Boutet.

Tu chantes avec les autres tandis que les phonographes galopent
Où sont les aveugles où s'en sont-ils allés
La seule feuille que j'aie cueillie s'est changée en plusieurs mirages
Ne m'abandonnez pas parmi cette foule de femmes au marché
Ispahan s'est fait un ciel de carreaux émaillés de bleu
Et je remonte avec vous une route aux environs de Lyon

Je n'ai pas oublié le son de la clochette d'un marchand de coco d'autrefois
J'entends déjà le son aigre de cette voix à venir
Du camarade qui se promènera avec toi en Europe
Tout en restant en Amérique

Un enfant
Un veau dépouillé pendu à l'étal
Un enfant
Et cette banlieue de sable autour d'une pauvre ville au fond de l'est
Un douanier se tenait là comme un ange
A la porte d'un misérable paradis
Et ce voyageur épileptique écumait dans la salle d'attente des premières

Engoulevent Blaireau
Et la Taupe-Ariane

Nous avions loué deux coupés dans le transsibérien
Tour à tour nous dormions le voyageur en bijouterie et moi
Mais celui qui veillait ne cachait point un revolver armé

Tu t'es promené à Leipzig avec une femme mince déguisée en homme
Intelligence car voilà ce que c'est qu'une femme intelligente
Et il ne faudrait pas oublier les légendes
Dame-Abonde dans un tramway la nuit au fond d'un quartier désert
Je voyais une chasse tandis que je montais
Et l'ascenseur s'arrêtait à chaque étage

Entre les pierres
Entre les vêtements multicolores de la vitrine
Entre les charbons ardents du marchand de marrons
Entre deux vaisseaux norvégiens amarrés à Rouen
Il y a ton image

Elle pousse entre les bouleaux de la Finlande

Ce beau nègre en acier

La plus grande tristesse
C'est quand tu reçus une carte postale de La Corogne

Le vent vient du couchant
Le métal des caroubiers
Tout est plus triste qu'autrefois
Tous les dieux terrestres vieillissent
L'univers se plaint par ta voix
Et des êtres nouveaux surgissent
Trois par trois

LUNDI RUE CHRISTINE

La mère de la concierge et la concierge laisseront tout passer
Si tu es un homme tu m'accompagneras ce soir
Il suffirait qu'un type maintînt la porte cochère
Pendant que l'autre monterait

Trois becs de gaz allumés
La patronne est poitrinaire
Quand tu auras fini nous jouerons une partie de jacquet
Un chef d'orchestre qui a mal à la gorge
Quand tu viendras à Tunis je te ferai fumer du kief

Ça a l'air de rimer

Des piles de soucoupes des fleurs un calendrier
Pim pam pim
Je dois fiche près de 300 francs à ma probloque
Je préférerais me couper le parfaitement que de les lui donner.

Je partirai à 20 h. 27
Six glaces s'y dévisagent toujours
Je crois que nous allons nous embrouiller encore davantage

Cher monsieur
Vous êtes un mec à la mie de pain
Cette dame a le nez comme un ver solitaire
Louise a oublié sa fourrure
Moi je n'ai pas de fourrure et je n'ai pas froid
Le Danois fume sa cigarette en consultant l'horaire
Le chat noir traverse la brasserie

Ces crêpes étaient exquises
La fontaine coule
Robe noire comme ses ongles
C'est complètement impossible
Voici monsieur
La bague en malachite
Le sol est semé de sciure
Alors c'est vrai
La serveuse rousse a été enlevée par un libraire

Un journaliste que je connais d'ailleurs très vaguement

Écoute Jacques c'est très sérieux ce que je vais te dire

Compagnie de navigation mixte

Il me dit monsieur voulez-vous voir ce que je peux
faire d'eaux fortes et de tableaux
Je n'ai qu'une petite bonne

Après déjeuner café du Luxembourg

Une fois là il me présente un gros bonhomme
Qui me dit
Écoutez c'est charmant
A Smyrne à Naples en Tunisie
Mais nom de Dieu où est-ce
La dernière fois que j'ai été en Chine
C'est il y a huit ou neuf ans
L'Honneur tient souvent à l'heure que marque la pendule
La quinte major

LETTRE-OCÉAN

Je traverse la ville nez en avant et je la coupe en 2

J'étais au bord du Rhin quand tu partis pour le Mexique
Ta voix me parvient malgré l'énorme distance
Gens de mauvaise mine sur le quai à la Vera Cruz

Juan Aldama

Les voyageurs de *l'Espagne* devant faire
le voyage de Coatzacoalcos pour s'embarquer
je t'envoie cette carte aujourd'hui au lieu

Correos
Mexico
4 centavos

YPIRANGA

REPUBLICA MEXICANA
TARJETA POSTAL

11 45
29 - 5
14

Rue des Batignolles

U. S. Postage
2 cents 2

de profiter du courrier de Vera Cruz qui n'est pas sûr
Tout est calme ici et nous sommes dans l'attente
des événements.

Vive la Ré pu bli que

Zut pour M. Zun

Ar ré tez co cher

Hou le croquant

Vi ve le Roy

Sur la rive gauche devant le pont d'Iéna

Des clefs j'en ai vu mille et mille

Evviva il Papa

A bas la ca lot te

Jac ques c'é tait dé li cieux

La Tu ni sie tu fondes un jour nal

non si vous avez une mous tache

la gueule mon vieux pad

T

S

F

BONJOUR ANOMO ANORA TU NE CONNAITRAS JAMAIS BIEN

LES

Mayas

Te souviens-tu du tremblement de terre entre 1885 et 1890
on coucha plus d'un mois sous la tente

BONJOUR MON FRÈRE ALBERT à Mexico

Jeunes filles à Chapultepec

Tous
saint
Luca
est
main
tenant
à
Poi
tiers

et
com
ment
j'ai
brû
lé
le
dur
avec
,ma
gerce

rue
St.
Isidore
a
la
Havane
cela
n'existe
\+

LES CHAUSSURES NEUVES DU POÈTE

cré cré cré cré

GRAMOPHONES

z z z z z z z z

tes

AUTOBUS

cré cré cré cré por

r r o o o

ture les voyageurs pour Chatou

Chirimoya

les ting SIRÈNES to z cré
cré ro z
Hou Hou cré
cré mez Haute ou ro z
ting Hou de ro
allons circulez Mes fer Hou 300 ou z A la Crème à
mètres ou ting cré
cré ris tion ou ou ou
ou ou ting cré ou
cré fleu sec
ro
dins de ou
o
ment a
jar ge chan cre cré
o
vos o
cré de o o o
are
cré
cré cré
cré

le
cablo
gramme
compor
tait
2
mots
EN
SURETÉ

je
me
suis
levé
à
2 h.
du
matin
et
j'ai
déjà
bu
un
mou
ton

prié
taire
de
5
ou
6
im

Il
ap
pelait
l'Indien
Hijo
de
la
Cin
ga
da

Pen
deco
c'est
+
qu'un
im
bécile

SUR LES PROPHÉTIES

J'ai connu quelques prophétesses
Madame Salmajour avait appris en Océanie à tirer les cartes
C'est là-bas qu'elle avait eu encore l'occasion de participer
A une scène savoureuse d'anthropophagie
Elle n'en parlait pas à tout le monde
En ce qui concerne l'avenir elle ne se trompait jamais

Une cartomancienne céretane Marguerite je ne sais plus quoi
Est également habile
Mais Madame Deroy est la mieux inspirée
La plus précise
Tout ce qu'elle m'a dit du passé était vrai et tout ce qu'elle
M'a annoncé s'est vérifié dans le temps qu'elle indiquait
J'ai connu un sciomancien mais je n'ai pas voulu qu'il interrogeât mon ombre
Je connais un sourcier c'est le peintre norvégien Diriks

Miroir brisé sel renversé ou pain qui tombe
Puissent ces dieux sans figure m'épargner toujours
Au demeurant je ne crois pas mais je regarde et j'écoute et notez
Que je lis assez bien dans la main
Car je ne crois pas mais je regarde et quand c'est possible j'écoute

Tout le monde est prophète mon cher André Billy
Mais il y a si longtemps qu'on fait croire aux gens
Qu'ils n'ont aucun avenir qu'ils sont ignorants à jamais

Et idiots de naissance
Qu'on en a pris son parti et que nul n'a même l'idée
De se demander s'il connaît l'avenir ou non
Il n'y a pas d'esprit religieux dans tout cela
Ni dans les superstitions ni dans les prophéties
Ni dans tout ce que l'on nomme occultisme
Il y a avant tout une façon d'observer la nature
Et d'interpréter la nature
Qui est très légitime

LE MUSICIEN DE SAINT-MERRY

J'ai enfin le droit de saluer des êtres que je ne connais pas
Ils passent devant moi et s'accumulent au loin
Tandis que tout ce que j'en vois m'est inconnu
Et leur espoir n'est pas moins fort que le mien

Je ne chante pas ce monde ni les autres astres
Je chante toutes les possibilités de moi-même hors de ce monde et des astres
Je chante la joie d'errer et le plaisir d'en mourir

Le 21 du mois de mai 1913
Passeur des morts et les mordonnantes mériennes
Des millions de mouches éventaient une splendeur
Quand un homme sans yeux sans nez et sans oreilles
Quittant le Sébasto entra dans la rue Aubry-le-Boucher
Jeune l'homme était brun et ce couleur de fraise sur les joues
Homme Ah! Ariane
Il jouait de la flûte et la musique dirigeait ses pas
Il s'arrêta au coin de la rue Saint-Martin
Jouant l'air que je chante et que j'ai inventé

Les femmes qui passaient s'arrêtaient près de lui
Il en venait de toutes parts
Lorsque tout à coup les cloches de Saint-Merry se mirent à sonner
Le musicien cessa de jouer et but à la fontaine
Qui se trouve au coin de la rue Simon-Le-Franc
Puis Saint-Merry se tut
L'inconnu reprit son air de flûte
Et revenant sur ses pas marcha jusqu'à la rue de la Verrerie

Où il entra suivi par la troupe des femmes
Qui sortaient des maisons
Qui venaient par les rues traversières les yeux fous
Les mains tendues vers le mélodieux ravisseur
Il s'en allait indifférent jouant son air
Il s'en allait terriblement

Puis ailleurs
A quelle heure un train partira-t-il pour Paris

A ce moment
Les pigeons des Moluques fientaient des noix muscades
En même temps
Mission catholique de Bôma qu'as-tu fait du sculpteur

Ailleurs
Elle traverse un pont qui relie Bonn à Beuel et disparaît à travers Pützchen

Au même instant
Une jeune fille amoureuse du maire

Dans un autre quartier
Rivalise donc poète avec les étiquettes des parfumeurs

En somme ô rieurs vous n'avez pas tiré grand-chose des hommes
Et à peine avez-vous extrait un peu de graisse de leur misère
Mais nous qui mourons de vivre loin l'un de l'autre
Tendons nos bras et sur ces rails roule un long train de marchandises

Tu pleurais assise près de moi au fond d'un fiacre

Et maintenant
Tu me ressembles tu me ressembles malheureusement

Nous nous ressemblons comme dans l'architecture du siècle dernier
Ces hautes cheminées pareilles à des tours

Nous allons plus haut maintenant et ne touchons plus le
sol

Et tandis que le monde vivait et variait

Le cortège des femmes long comme un jour sans pain
Suivait dans la rue de la Verrerie l'heureux musicien

Cortèges ô cortèges
C'est quand jadis le roi s'en allait à Vincennes
Quand les ambassadeurs arrivaient à Paris
Quand le maigre Suger se hâtait vers la Seine
Quand l'émeute mourait autour de Saint-Merry

Cortèges ô cortèges
Les femmes débordaient tant leur nombre était grand
Dans toutes les rues avoisinantes
Et se hâtaient raides comme balle
Afin de suivre le musicien
Ah! Ariane et toi Pâquette et toi Amine
Et toi Mia et toi Simone et toi Mavise
Et toi Colette et toi la belle Geneviève
Elles ont passé tremblantes et vaines
Et leurs pas légers et prestes se mouvaient selon la cadence
De la musique pastorale qui guidait
Leurs oreilles avides

L'inconnu s'arrêta un moment devant une maison à vendre
Maison abandonnée
Aux vitres brisées
C'est un logis du seizième siècle
La cour sert de remise à des voitures de livraisons
C'est là qu'entra le musicien
Sa musique qui s'éloignait devint langoureuse
Les femmes le suivirent dans la maison abandonnée
Et toutes y entrèrent confondues en bande
Toutes toutes y entrèrent sans regarder derrière elles
Sans regretter ce qu'elles ont laissé
Ce qu'elles ont abandonné
Sans regretter le jour la vie et la mémoire
Il ne resta bientôt plus personne dans la rue de la Verrerie
Sinon moi-même et un prêtre de Saint-Merry

Nous entrâmes dans la vieille maison
Mais nous n'y trouvâmes personne

Voici le soir
A Saint-Merry c'est l'Angélus qui sonne
Cortèges ô cortèges
C'est quand jadis le roi revenait de Vincennes
Il vint une troupe de casquettiers
Il vint des marchands de bananes
Il vint des soldats de la garde républicaine
O nuit
Troupeau de regards langoureux des femmes
O nuit
Toi ma douleur et mon attente vaine
J'entends mourir le son d'une flûte lointaine

LA CRAVATE ET LA MONTRE

LA CRAVATE
DOU
LOU
REUSE
QUE TU
PORTES
ET QUI T
ORNE O CI
VILISÉ
OTE- TU VEUX
LA BIEN
SI RESPI
RER

COMME L'ON
S'AMUSE
BI
EN

les
heures

la

et le
vers
dantesque
luisant et
cadavérique

beau

Mon
cœur

té

de

la

le bel
inconnu

Il
est
—
5
en
fin

Et
tout
se
ra
fi
ni

les
yeux

vie

pas

les Muses
aux portes de
ton corps

se

l'enfant la

dou

l'infini
redressé
par un fou
de philosophe

leur

Agla

de

mou

rir

semaine

la main

Tircis

UN FANTÔME DE NUÉES

COMME c'était la veille du quatorze juillet
Vers les quatre heures de l'après-midi
Je descendis dans la rue pour aller voir les saltimbanques

Ces gens qui font des tours en plein air
Commencent à être rares à Paris
Dans ma jeunesse on en voyait beaucoup plus qu'aujourd'hui
Ils s'en sont allés presque tous en province

Je pris le boulevard Saint-Germain
Et sur une petite place située entre Saint-Germain-des-Prés et la statue de Danton
Je rencontrai les saltimbanques

La foule les entourait muette et résignée à attendre
Je me fis une place dans ce cercle afin de tout voir
Poids formidables
Villes de Belgique soulevées à bras tendu par un ouvrier russe de Longwy
Haltères noirs et creux qui ont pour tige un fleuve figé
Doigts roulant une cigarette amère et délicieuse comme la vie

De nombreux tapis sales couvraient le sol
Tapis qui ont des plis qu'on ne défera pas
Tapis qui sont presque entièrement couleur de la poussière

Et où quelques taches jaunes ou vertes ont persisté
Comme un air de musique qui vous poursuit

Vois-tu le personnage maigre et sauvage
La cendre de ses pères lui sortait en barbe grisonnante
Il portait ainsi toute son hérédité au visage
Il semblait rêver à l'avenir
En tournant machinalement un orgue de Barbarie
Dont la lente voix se lamentait merveilleusement
Les glouglous les couacs et les sourds gémissements

Les saltimbanques ne bougeaient pas
Le plus vieux avait un maillot couleur de ce rose violâtre qu'ont aux joues certaines jeunes filles fraîches mais près de la mort

Ce rose-là se niche surtout dans les plis qui entourent souvent leur bouche
Ou près des narines
C'est un rose plein de traîtrise

Cet homme portait-il ainsi sur le dos
La teinte ignoble de ses poumons

Les bras les bras partout montaient la garde

Le second saltimbanque
N'était vêtu que de son ombre
Je le regardai longtemps
Son visage m'échappe entièrement
C'est un homme sans tête

Un autre enfin avait l'air d'un voyou
D'un apache bon et crapule à la fois
Avec son pantalon bouffant et les accroche-chaussettes

N'aurait-il pas eu l'apparence d'un maquereau à sa toilette

La musique se tut et ce furent des pourparlers avec le public
Qui sou à sou jeta sur le tapis la somme de deux francs cinquante
Au lieu des trois francs que le vieux avait fixés comme prix des tours

Mais quand il fut clair que personne ne donnerait plus rien
On se décida à commencer la séance
De dessous l'orgue sortit un tout petit saltimbanque habillé de rose pulmonaire
Avec de la fourrure aux poignets et aux chevilles
Il poussait des cris brefs
Et saluait en écartant gentiment les avant-bras
Mains ouvertes

Une jambe en arrière prête à la génuflexion
Il salua ainsi aux quatre points cardinaux
Et quand il marcha sur une boule
Son corps mince devint une musique si délicate que nul parmi les spectateurs n'y fut insensible
Un petit esprit sans aucune humanité
Pensa chacun
Et cette musique des formes
Détruisit celle de l'orgue mécanique
Que moulait l'homme au visage couvert d'ancêtres

Le petit saltimbanque fit la roue
Avec tant d'harmonie
Que l'orgue cessa de jouer
Et que l'organiste se cacha le visage dans les mains
Aux doigts semblables aux descendants de son destin
Fœtus minuscules qui lui sortaient de la barbe
Nouveaux cris de Peau-Rouge
Musique angélique des arbres
Disparition de l'enfant

Les saltimbanques soulevèrent les gros haltères à bout
de bras
Ils jonglèrent avec les poids

Mais chaque spectateur cherchait en soi l'enfant mira-
culeux
Siècle ô siècle des nuages

CŒUR COURONNE ET MIROIR

M O N C Œ U R P A R E I L à U N E F L A M M E R E N V E R S É E

L R Q U M R
ES OIS I EU ENT
TOUR A TOUR
RENAISSENT AU CŒUR DES POÈTES

DANS CE MI ROIR JE SUIS EN CLOS VI VANT ET VRAI COM ME ON I MA GI NE LES AN GES ET NON COM ME SONT LES RE FLETS

Guillaume
Apollinaire

VOYAGE

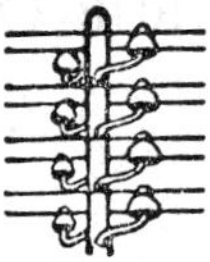

ADIEU AMOUR NUAGE QUI
FUIS REFAIS LE VOYAGE DE DANTE
ET N'A PAS CHU PLUIE FÉCON

OU VA DONC CE TRAIN QUI MEURT
DANS LES VALS ET LES BEAUX BOIS

O
D U
CE

T
I
U
N

L
A

E
T
D O
I
L
E
S

L
P E
I N E

N
E

E
J

TÉLÉGRAPHE

OISEAU
QUI
LAISSE
TOMBER
SES AILES PARTOUT

AU LOIN
FRAIS DU
TENDRE ÉTÉ SI PALE ?

LUNAIRE ET

C'EST TON VISAGE QUE

VOIS PLUS

TOUR

A R. D.

Au Nord au Sud
Zénith Nadir
Et les grands cris de l'Est
L'Océan se gonfle à l'Ouest
La Tour à la Roue
S'adresse

À TRAVERS L'EUROPE

A M. Ch.

ROTSOGE
Ton visage écarlate ton biplan transformable en hydroplan
Ta maison ronde où il nage un hareng saur
Il me faut la clef des paupières
Heureusement que nous avons vu M. Panado
Et nous sommes tranquilles de ce côté-là
Qu'est-ce que tu vois mon vieux M. D...
90 ou 324 un homme en l'air un veau qui regarde à travers le ventre de sa mère

J'ai cherché longtemps sur les routes
Tant d'yeux sont clos au bord des routes
Le vent fait pleurer les saussaies
Ouvre ouvre ouvre ouvre ouvre
Regarde mais regarde donc
Le vieux se lave les pieds dans la cuvette
Una volta ho inteso dire Chè vuoi
Je me mis à pleurer en me souvenant de vos enfances

Et toi tu me montres un violet épouvantable

Ce petit tableau où il y a une voiture m'a rappelé le jour
Un jour fait de morceaux mauves jaunes bleus verts et rouges
Où je m'en allais à la campagne avec une charmante cheminée tenant sa chienne en laisse

Il n'y en a plus tu n'as plus ton petit mirliton
La cheminée fume loin de moi des cigarettes russes
La chienne aboie contre les lilas
La veilleuse est consumée
Sur la robe ont chu des pétales
Deux anneaux d'or près des sandales
Au soleil se sont allumés
Mais tes cheveux sont le trolley
A travers l'Europe vêtue de petits feux multicolores

IL PLEUT

Il pleut des voix de femmes comme si elles étaient mortes même dans le souvenir

cest vous aussi quil pleut merveilleuses rencontres de ma vie ô gouttelettes

et ces nuages cabrés se prennent à hennir tout un univers de villes auriculaires

écoute sil pleut tandis que le regret et le dédain pleurent une ancienne musique

écoute tomber les liens qui te retiennent en haut et en bas

ÉTENDARDS

LA PETITE AUTO

Le 31 du mois d'Août 1914
Je partis de Deauville un peu avant minuit
Dans la petite auto de Rouveyre

Avec son chauffeur nous étions trois

Nous dîmes adieu à toute une époque
Des géants furieux se dressaient sur l'Europe
Les aigles quittaient leur aire attendant le soleil
Les poissons voraces montaient des abîmes
Les peuples accouraient pour se connaître à fond
Les morts tremblaient de peur dans leurs sombres demeures

Les chiens aboyaient vers là-bas où étaient les frontières
Je m'en allais portant en moi toutes ces armées qui se battaient
Je les sentais monter en moi et s'étaler les contrées où elles serpentaient
Avec les forêts les villages heureux de la Belgique
Francorchamps avec l'Eau Rouge et les pouhons
Région par où se font toujours les invasions
Artères ferroviaires où ceux qui s'en allaient mourir
Saluaient encore une fois la vie colorée
Océans profonds où remuaient les monstres
Dans les vieilles carcasses naufragées
Hauteurs inimaginables où l'homme combat
Plus haut que l'aigle ne plane
L'homme y combat contre l'homme
Et descend tout à coup comme une étoile filante

Je sentais en moi des êtres neufs pleins de dextérité
Bâtir et aussi agencer un univers nouveau
Un marchand d'une opulence inouïe et d'une taille
  prodigieuse
Disposait un étalage extraordinaire
Et des bergers gigantesques menaient
De grands troupeaux muets qui broutaient les paroles
Et contre lesquels aboyaient tous les chiens sur la route

Je n'oublierai jamais ce voyage nocturne où nul de nous ne dit un mot

O
dé
part
sombre
où mouraient
nos 3 phares

o
nuit
tendre
d'avant
la guerre

o
vil
lages où se hâtaient

MARECHAUX-FERRANTS RAPPELES

ENTRE MINUIT ET UNE HEURE DU MATIN

vers
LISIEUX
la très
bleue

ou bien

vers
ailles
d'or

et 3 fois nous nous arrêtâmes pour changer un pneu qui avait éclaté

Et quand après avoir passé l'après-midi
Par Fontainebleau
Nous arrivâmes à Paris
Au moment où l'on affichait la mobilisation
Nous comprîmes mon camarade et moi
Que la petite auto nous avait conduits dans une époque
Nouvelle
Et bien qu'étant déjà tous deux des hommes mûrs
Nous venions cependant de naître

LA MANDOLINE L'ŒILLET ET LE BAMBOU

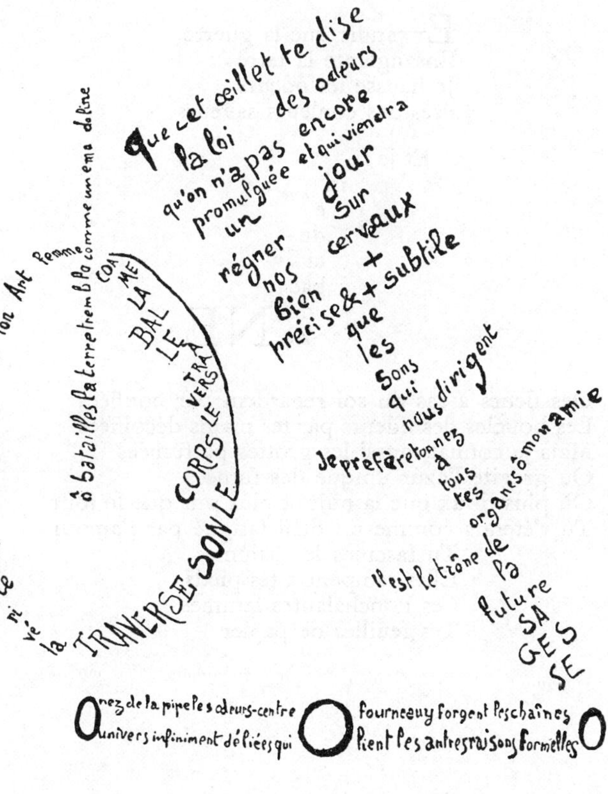

FUMÉES

ET tandis que la guerre
Ensanglante la terre
Je hausse les odeurs
Près des couleurs-saveurs

Et je fu
m
e
du
ta
bac
de
Zo NE

Des fleurs à ras du sol regardent par bouffées
Les boucles des odeurs par tes mains décoiffées
Mais je connais aussi les grottes parfumées
Où gravite l'azur unique des fumées
Où plus doux que la nuit et plus pur que le jour
Tu t'étends comme un dieu fatigué par l'amour
Tu fascines les flammes
Elles rampent à tes pieds
Ces nonchalantes femmes
Tes feuilles de papier

À NÎMES

A Émile Léonard.

Je me suis engagé sous le plus beau des cieux
Dans Nice la Marine au nom victorieux

Perdu parmi 900 conducteurs anonymes
Je suis un charretier du neuf charroi de Nîmes

L'Amour dit Reste ici Mais là-bas les obus
Épousent ardemment et sans cesse les buts

J'attends que le printemps commande que s'en aille
Vers le nord glorieux l'intrépide bleusaille

Les 3 servants assis dodelinent leurs fronts
Où brillent leurs yeux clairs comme mes éperons

Un bel après-midi de garde à l'écurie
J'entends sonner les trompettes d'artillerie

J'admire la gaieté de ce détachement
Qui va rejoindre au front notre beau régiment

Le territorial se mange une salade
A l'anchois en parlant de sa femme malade

4 pointeurs fixaient les bulles des niveaux
Qui remuaient ainsi que les yeux des chevaux

Le bon chanteur Girault nous chante après 9 heures
Un grand air d'opéra toi l'écoutant tu pleures

Je flatte de la main le petit canon gris
Gris comme l'eau de Seine et je songe à Paris

Mais ce pâle blessé m'a dit à la cantine
Des obus dans la nuit la splendeur argentine

Je mâche lentement ma portion de bœuf
Je me promène seul le soir de 5 à 9

Je selle mon cheval nous battons la campagne
Je te salue au loin belle rose ô tour Magne

LA COLOMBE POIGNARDÉE ET LE JET D'EAU

Douces figures poignardées Chères lèvres fleuries
MIA MAREYE
YETTE LORIE
ANNIE et toi MARIE
où êtes-
vous ô
jeunes filles
MAIS
près d'un
jet d'eau qui
pleure et qui prie
cette colombe s'extasie

Tous les souvenirs de naguère
O mes amis partis en guerre
Jaillissent vers le firmament
Et vos regards en l'eau dormant
Meurent mélancoliquement
Où sont-ils Braque et Max Jacob
Derain aux yeux gris comme l'aube
Où sont Raynal Billy Dalize
Dont les noms se mélancolisent
Comme des pas dans une église
Où est Cremnitz qui sengagea
Peut-être sont-ils morts déjà
De souvenirs mon âme est pleine
Le jet d'eau pleure sur ma peine

CEUX QUI SONT PARTIS A LA GUERRE AU NORD SE BATTENT MAINTENANT
Le soir tombe O sanglante mer
Jardins où saigne abondamment le laurier rose fleur guerrière

2e CANONNIER CONDUCTEUR

Me voici libre et fier parmi mes compagnons
Le Réveil a sonné et dans le petit jour je salue
La fameuse Nancéenne que je n'ai pas connue

AS-
TU CON
NU LA QUI
PU TAIN A FOUTU LA VXXXXX A TOUTE L'ARTILLERIE
DE N
ANCY L'ARTILLERIE ne
s'est au
pas mal
aperçu qu'elle avait

Les 3 servants bras dessus bras dessous se sont endormis sur l'avant-train
Et conducteur par mont par val sur le porteur
Au pas au trot ou au galop je conduis le canon
Le bras de l'officier est mon étoile polaire
Il pleut mon manteau est trempé et je m'essuie parfois la figure
Avec la serviette-torchon qui est dans la sacoche du sous-verge
Voici des fantassins aux pas pesants aux pieds boueux
La pluie les pique de ses aiguilles le sac les suit

SA
CRÉ NOM
DE DIEU
Q U E L L E
AL LU
RE NOM
DE DIEU
QUEL LE
L
A L U R E
C
E
P E N D ANT que la N U I T D E S C E N D

SOU VE
NIRS DE
PA RIS
AVANT LA
GUERRE ILS
SERONT BIEN
PLUS DOUX
APRÈS LA
VICTOIRE

S
A
LUT
M
O N
D E
DONT
JE SUIS
LA LAN
GUE É
LOQUEN
TE QUESA
BOUCHE
O PARIS
TIRE ET TIRERA
TOU JOURS
AUX A L
LEM ANDS

Fantassins
Marchantes mottes de terre
Vous êtes la puissance
Du sol qui vous a faits
Et c'est le sol qui va
Lorsque vous avancez
Un officier passe au galop
Comme un ange bleu dans la pluie grise
Un blessé chemine en fumant une pipe
Le lièvre détale et voici un ruisseau que j'aime
Et cette jeune femme nous salue charretiers
La Victoire se tient après nos jugulaires
Et calcule pour nos canons les mesures angulaires
Nos salves nos rafales sont ses cris de joie
Ses fleurs sont nos obus aux gerbes merveilleuses
Sa pensée se recueille aux tranchées glorieuses

J'ENTENDS CHA N
L
E TER l'oiseau
B E
EL OISEAU RAPAC

VEILLE

Mon cher André Rouveyre
Troudla la Champignon Tabatière
On ne sait quand on partira
Ni quand on reviendra

Au Mercure de France
Mars revient tout couleur d'espérance
J'ai envoyé mon papier
Sur papier quadrillé

J'entends les pas des grands chevaux d'artillerie allant au trot sur la grand-route où moi je veille
Un grand manteau gris de crayon comme le ciel m'enveloppe jusqu'à l'oreille
Quel
Ciel
Triste
Piste
Où
Vale
Pâle
Sou-
rire
De la lune qui me regarde écrire

OMBRE

Vous voilà de nouveau près de moi
Souvenirs de mes compagnons morts à la guerre
L'olive du temps
Souvenirs qui n'en faites plus qu'un
Comme cent fourrures ne font qu'un manteau
Comme ces milliers de blessures ne font qu'un article
  de journal
Apparence impalpable et sombre qui avez pris
La forme changeante de mon ombre
Un Indien à l'affût pendant l'éternité
Ombre vous rampez près de moi
Mais vous ne m'entendez plus
Vous ne connaîtrez plus les poèmes divins que je chante
Tandis que moi je vous entends je vous vois encore
Destinées
Ombre multiple que le soleil vous garde
Vous qui m'aimez assez pour ne jamais me quitter
Et qui dansez au soleil sans faire de poussière
Ombre encre du soleil
Écriture de ma lumière
Caisson de regrets
Un dieu qui s'humilie

C'EST LOU QU'ON LA NOMMAIT

Il est des loups de toute sorte
Je connais le plus inhumain
Mon cœur que le diable l'emporte
Et qu'il le dépose à sa porte
N'est plus qu'un jouet dans sa main

Les loups jadis étaient fidèles
Comme sont les petits toutous
Et les soldats amants des belles
Galamment en souvenir d'elles
Ainsi que les loups étaient doux

Mais aujourd'hui les temps sont pires
Les loups sont tigres devenus
Et les Soldats et les Empires
Les Césars devenus Vampires
Sont aussi cruels que Vénus

J'en ai pris mon parti Rouveyre
Et monté sur mon grand cheval
Je vais bientôt partir en guerre
Sans pitié chaste et l'œil sévère
Comme ces guerriers qu'Épinal

Vendait Images populaires
Que Georgin gravait dans le bois
Où sont-ils ces beaux militaires
Soldats passés Où sont les guerres
Où sont les guerres d'autrefois

CASE D'ARMONS

La 1re édition à 25 exemplaires de *Case d'Armons* a été polygraphiée sur papier quadrillé, à l'encre violette, au moyen de gélatine, à la batterie de tir (45e batterie, 38e Régiment d'artillerie de campagne) devant l'ennemi, et le tirage a été achevé le 17 juin 1915.

LOIN DU PIGEONNIER

Et vous savez pourquoi

Pour
quoi
la chère cou
leu
vre se love
de
la mer jusqu'
à l'espoir
a
tten
dri
ssant
de
l'Est

Malourène 75 Canteraine

Xexa
èdres
bar
belés
mais un secret
collines bleues
en sentinelle

dans la
Forêt
où
nous chantons

O gerbes
des
305
en déroute

RECONNAISSANCE

A Mademoiselle P...

Un seul bouleau crépusculaire
Pâlit au seuil de l'horizon
Où fuit la mesure angulaire
Du cœur à l'âme et la raison

Le galop bleu des souvenances

Traverse les lilas des yeux

Et les canons des indolences

Tirent mes songes vers
les
cieux

S P

Au maréchal des logis
René Berthié·

Qu'est-ce qu'on y met
Dans la case d'armons
Espèce de poilu de mon cœur

Pan pan pan
Perruque perruque
Pan pan pan
Perruque à canon

Pour lutter contre les vapeurs
les lunettes pour protéger les yeux
au moyen d'un masque nocivité gaz
un tissu trempé mouchoir des nez

dans
la so
lution
de bi
carbo
nate de
sodium

Les masques seront sim
plement mouillés des lar
mes de rire de rire

VISÉE

A Madame René Berthier

Chevaux couleur cerise limite des Zélandes
Des mitrailleuses d'or coassent les légendes
Je t'aime liberté qui veilles dans les hypogées
Harpe aux cordes d'argent ô pluie ô ma musique
L'invisible ennemi plaie d'argent au soleil
Et l'avenir secret que la fusée élucide
Entends nager le Mot poisson subtil
Les villes tour à tour deviennent des clefs
Le masque bleu comme met Dieu son ciel
Guerre paisible ascèse solitude métaphysique
Enfant aux mains coupées parmi les roses oriflammes

1915

Soldats
de Faïence
et d'esca-
rboucle
ô amour

CARTE POSTALE
à Jean Royère

CORRESPONDANCE

Nous sommes bien

mais l'auto-bazar qu'on
dit merveilleux
ne vient pas jusqu'ici.

LUL

on les
aura

ESPONDANCE
LA RÉPUBLIQUE
NCHISE

faire suivre
transparente route
France

SAILLANT

A André Level.

Rapidité attentive à peine un peu d'incertitude
Mais un dragon à pied sans armes
Parmi le vent quand survient la

	S	torpille aérienne	
	A	Le balai de verdure	Grain
Salut	L	T'en souviens-tu	de
Le Rapace	U	Il est ici dans les pierres	blé
	T	Du beau royaume dévasté	

Mais la couleuvre me regarde dressée comme une épée

Vive comme un cheval pif
Un trou d'obus propre comme une salle de bain
Berger suivi de son troupeau mordoré
Mais où est un cœur et le svastica
Aÿ Ancien nom du renom
Le crapaud chantait les saphirs nocturnes

Lou
Lou Verzy

VIVE
LE
CAPISTON

Et le long du canal des filles s'en allaient

GUERRE

RAMEAU central de combat
        Contact par l'écoute
On tire dans la direction « des bruits entendus »
Les jeunes de la classe 1915
Et ces fils de fer électrisés
Ne pleurez donc pas sur les horreurs de la guerre
Avant elle nous n'avions que la surface
De la terre et des mers
Après elle nous aurons les abîmes
Le sous-sol et l'espace aviatique
Maîtres du timon
Après après
Nous prendrons toutes les joies
Des vainqueurs qui se délassent
Femmes Jeux Usines Commerce
Industrie Agriculture Métal
Feu Cristal Vitesse
Voix Regard Tact à part
Et ensemble dans le tact venu de loin
De plus loin encore
De l'Au-delà de cette terre

MUTATION

Une femme qui pleurait
Eh! Oh! Ha!
Des soldats qui passaient
Eh! Oh! Ha!
Un éclusier qui pêchait
Eh! Oh! Ha!
Les tranchées qui blanchissaient
Eh! Oh! Ha!
Des obus qui pétaient
Eh! Oh! Ha!
Des allumettes qui ne prenaient pas
Et tout
A tant changé
En moi
Tout
Sauf mon Amour
Eh! Oh! Ha!

ORACLES

Je porte votre bague
Elle eﬆ très finement ciselée
Le sifflet me fait plus plaisir
Qu'un palais égyptien
Le sifflet des tranchées
Tu sais
Tout au plus si je n'arrête pas
Les métros et les taxis avec
O Guerre
Multiplication de l'amour

Petit
Sifflet
à 2 trous

Avec un fil
on prend
la mesure
du doigt

14 JUIN 1915

On ne peut rien dire
Rien de ce qui se passe
Mais on change de Secteur
Ah! voyageur égaré
Pas de lettres
Mais l'espoir
Mais un journal
Le glaive antique de la Marseillaise de Rude
S'est changé en constellation
Il combat pour nous au ciel
Mais cela signifie surtout
Qu'il faut être de ce temps
Pas de glaive antique
Pas de Glaive
Mais l'Espoir

DE LA BATTERIE DE TIR

Au maréchal des logis F. Bodard.

Nous sommes ton collier France
Venus des Atlantides ou bien des Négrities
Des Eldorados ou bien des Cimméries
Rivière d'hommes forts et d'obus dont l'orient chatoie
Diamants qui éclosent la nuit
O Roses ô France
Nous nous pâmons de volupté
A ton cou penché vers l'Est
Nous sommes l'Arc-en-terre
Signe plus pur que l'Arc-en-Ciel
Signe de nos origines profondes
Étincelles
O nous les très belles couleurs

ÉCHELON

GRENOUILLES et rainettes
Crapauds et crapoussins
Ascèse sous les peupliers et les frênes
La reine des prés va fleurir
Une petite hutte dans la forêt
Là-bas plus blanche est la blessure

Le Ciel

On tire contre avions
Verdun

Coquelicots
Flacon au col d'or
On a pendu la mort
A la lisière du bois
On a pendu la mort
Et ses beaux seins dorés
Se montrent tour à tour

L'orvet
Le sac à malice
La trousse à boutons

O rose toujours vive
O France
Embaume les espoirs d'une armée qui halète

Le Loriot chante

N'est-ce pas rigolo

Enfin une plume d'épervier

VERS LE SUD

ZÉNITH
Tous ces regrets
Ces jardins sans limite
Où le crapaud module un tendre cri d'azur
La biche du silence éperdu passe vite
Un rossignol meurtri par l'amour chante sur
Le rosier de ton corps dont j'ai cueilli les roses
Nos cœurs pendent ensemble au même grenadier
Et les fleurs de grenade en nos regards écloses
En tombant tour à tour ont jonché le sentier

LES SOUPIRS DU SERVANT DE DAKAR

C'est dans la cagnat en rondins voilés d'osier
Auprès des canons gris tournés vers le nord
Que je songe au village africain
Où l'on dansait où l'on chantait où l'on faisait l'amour
Et de longs discours
Nobles et joyeux

Je revois mon père qui se battit
Contre les Achantis
Au service des Anglais
Je revois ma sœur au rire en folie
Aux seins durs comme des obus
Et je revois
Ma mère la sorcière qui seule du village
Méprisait le sel
Piler le millet dans un mortier
Je me souviens du si délicat si inquiétant
Fétiche dans l'arbre
Et du double fétiche de la fécondité
Plus tard une tête coupée
Au bord d'un marécage
O pâleur de mon ennemi
C'était une tête d'argent
Et dans le marais
C'était la lune qui luisait
C'était donc une tête d'argent
Là-haut c'était la lune qui dansait
C'était donc une tête d'argent
Et moi dans l'antre j'étais invisible
C'était donc une tête de nègre dans la nuit profonde
Similitudes Pâleurs

Et ma sœur
Suivit plus tard un tirailleur
Mort à Arras

Si je voulais savoir mon âge
Il faudrait le demander à l'évêque
Si doux si doux avec ma mère
De beurre de beurre avec ma sœur
C'était dans une petite cabane
Moins sauvage que notre cagnat de canonniers-servants
J'ai connu l'affût au bord des marécages
Où la girafe boit les jambes écartées
J'ai connu l'horreur de l'ennemi qui dévaste
Le Village
Viole les femmes
Emmène les filles
Et les garçons dont la croupe dure sursaute
J'ai porté l'administrateur des semaines
De village en village
En chantonnant
Et je fus domestique à Paris
Je ne sais pas mon âge
Mais au recrutement
On m'a donné vingt ans
Je suis soldat français on m'a blanchi du coup
Secteur 59 je ne peux pas dire où
Pourquoi donc être blanc est-ce mieux qu'être noir
Pourquoi ne pas danser et discourir
Manger et puis dormir
Et nous tirons sur les ravitaillements boches
Ou sur les fils de fer devant les bobosses
Sous la tempête métallique
Je me souviens d'un lac affreux
Et de couples enchaînés par un atroce amour
Une nuit folle
Une nuit de sorcellerie
Comme cette nuit-ci
Où tant d'affreux regards
Éclatent dans le ciel splendide

TOUJOURS

A Madame Faure-Favier.

Toujours
Nous irons plus loin sans avancer jamais

Et de planète en planète
De nébuleuse en nébuleuse
Le don Juan des mille et trois comètes
Même sans bouger de la terre
Cherche les forces neuves
Et prend au sérieux les fantômes

Et tant d'univers s'oublient
Quels sont les grands oublieurs
Qui donc saura nous faire oublier telle ou telle partie du monde
Où est le Christophe Colomb à qui l'on devra l'oubli d'un continent

Perdre
Mais perdre vraiment
Pour laisser place à la trouvaille
Perdre
La vie pour trouver la Victoire

FÊTE

A André Rouveyre.

Feu d'artifice en acier
Qu'il est charmant cet éclairage
Artifice d'artificier
Mêler quelque grâce au courage

Deux fusants
Rose éclatement
Comme deux seins que l'on dégrafe
Tendent leurs bouts insolemment
IL SUT AIMER
quelle épitaphe

Un poète dans la forêt
Regarde avec indifférence
Son revolver au cran d'arrêt
Des roses mourir d'espérance

Il songe aux roses de Saadi
Et soudain sa tête se penche
Car une rose lui redit
La molle courbe d'une hanche

L'air est plein d'un terrible alcool
Filtré des étoiles mi-closes
Les obus caressent le mol
Parfum nocturne où tu reposes
Mortification des roses

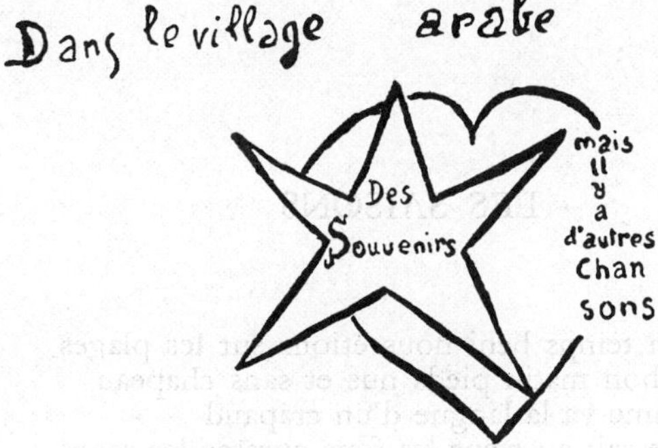

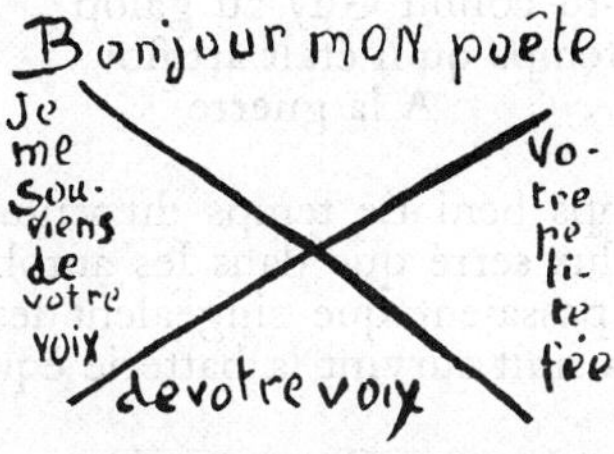

Photographie
tant attendue

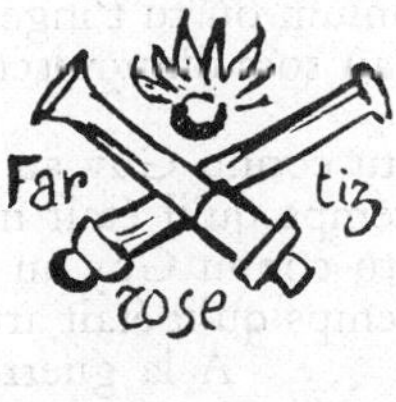

LES SAISONS

C'était un temps béni nous étions sur les plages
Va-t'en de bon matin pieds nus et sans chapeau
Et vite comme va la langue d'un crapaud
L'amour blessait au cœur les fous comme les sages

As-tu connu Guy au galop
Du temps qu'il était militaire
As-tu connu Guy au galop
Du temps qu'il était artiflot
A la guerre

C'était un temps béni Le temps du vaguemestre
On est bien plus serré que dans les autobus
Et des astres passaient que singeaient les obus
Quand dans la nuit survint la batterie équestre

As-tu connu Guy au galop
Du temps qu'il était militaire
As-tu connu Guy au galop
Du temps qu'il était artiflot
A la guerre

C'était un temps béni Jours vagues et nuits vagues
Les marmites donnaient aux rondins des cagnats
Quelque aluminium où tu t'ingénias
A limer jusqu'au soir d'invraisemblables bagues

As-tu connu Guy au galop
Du temps qu'il était militaire
As-tu connu Guy au galop
Du temps qu'il était artiflot
A la guerre

C'était un temps béni La guerre continue
Les Servants ont limé la bague au long des mois
Le Conducteur écoute abrité dans les bois
La chanson que répète une étoile inconnue

As-tu connu Guy au galop
Du temps qu'il était militaire
As-tu connu Guy au galop
Du temps qu'il était artiflot
A la guerre

VENU DE DIEUZE

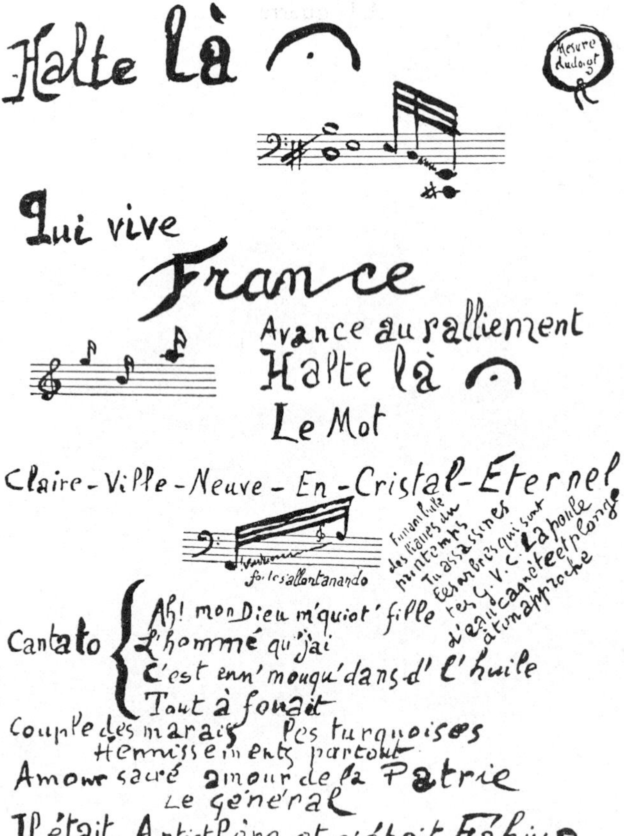

LA NUIT D'AVRIL 1915

A L. de C.-C.

Le ciel est étoilé par les obus des Boches
La forêt merveilleuse où je vis donne un bal
La mitrailleuse joue un air à triples-croches
Mais avez-vous le mot
                                        Eh! oui le mot fatal
Aux créneaux Aux créneaux Laissez là les pioches

Comme un astre éperdu qui cherche ses saisons
Cœur obus éclaté tu sifflais ta romance
Et tes mille soleils ont vidé les caissons
Que les dieux de mes yeux remplissent en silence

Nous vous aimons ô vie et nous vous agaçons

Les obus miaulaient un amour à mourir
Un amour qui se meurt est plus doux que les autres
Ton souffle nage au fleuve où le sang va tarir
Les obus miaulaient
                                    Entends chanter les nôtres
Pourpre amour salué par ceux qui vont périr

Le printemps tout mouillé la veilleuse l'attaque

Il pleut mon âme il pleut mais il pleut des yeux morts

Ulysse que de jours pour rentrer dans Ithaque
Couche-toi sur la paille et songe un beau remords
Qui pur effet de l'art soit aphrodisiaque

Mais
orgues
aux fétus de la paille où tu dors
L'hymne de l'avenir est paradisiaque

LUEURS DES TIRS

LA GRÂCE EXILÉE

VA-T'EN va-t'en mon arc-en-ciel
Allez-vous-en couleurs charmantes
Cet exil t'eﬆ essentiel
Infante aux écharpes changeantes

Et l'arc-en-ciel eﬆ exilé
Puisqu'on exile qui l'irise
Mais un drapeau s'eﬆ envolé
Prendre ta place au vent de bise

LA BOUCLE RETROUVÉE

Il retrouve dans sa mémoire
La boucle de cheveux châtains
T'en souvient-il à n'y point croire
De nos deux étranges destins

Du boulevard de la Chapelle
Du joli Montmartre et d'Auteuil
Je me souviens murmure-t-elle
Du jour où j'ai franchi ton seuil

Il y tomba comme un automne
La boucle de mon souvenir
Et notre destin qui t'étonne
Se joint au jour qui va finir

REFUS DE LA COLOMBE

MENSONGE de l'Annonciade
La Noël fut la Passion
Et qu'elle était charmante et sade
Cette renonciation

Si la colombe poignardée
Saigne encore de ses refus
J'en plume les ailes l'idée
Et le poème que tu fus

LES FEUX DU BIVOUAC

Les feux mouvants du bivouac
Éclairent des formes de rêve
Et le songe dans l'entrelacs
Des branches lentement s'élève

Voici les dédains du regret
Tout écorché comme une fraise
Le souvenir et le secret
Dont il ne reste que la braise

LES GRENADINES REPENTANTES

En est-il donc deux dans Grenade
Qui pleurent sur ton seul péché
Ici l'on jette la grenade
Qui se change en un œuf coché

Puisqu'il en naît des coqs Infante
Entends-les chanter leurs dédains
Et que la grenade est touchante
Dans nos effroyables jardins

TOURBILLON DE MOUCHES

Un cavalier va dans la plaine
La jeune fille pense à lui
Et cette flotte à Mytilène
Le fil de fer est là qui luit

Comme ils cueillaient la rose ardente
Leurs yeux tout à coup ont fleuri
Mais quel soleil la bouche errante
A qui la bouche avait souri

L'ADIEU DU CAVALIER

Ah Dieu! que la guerre est jolie
Avec ses chants ses longs loisirs
Cette bague je l'ai polie
Le vent se mêle à vos soupirs

Adieu! voici le boute-selle
Il disparut dans un tournant
Et mourut là-bas tandis qu'elle
Riait au destin surprenant

LE PALAIS DU TONNERRE

PAR l'issue ouverte sur le boyau dans la craie
En regardant la paroi adverse qui semble en nougat
On voit à gauche et à droite fuir l'humide couloir désert
Où meurt étendue une pelle à la face effrayante à deux yeux réglementaires qui servent à l'attacher sous les caissons
Un rat y recule en hâte tandis que j'avance en hâte
Et le boyau s'en va couronné de craie semé de branches
Comme un fantôme creux qui met du vide où il passe blanchâtre
Et là-haut le toit est bleu et couvre bien le regard fermé par quelques lignes droites
Mais en deçà de l'issue c'est le palais bien nouveau et qui paraît ancien
Le plafond est fait de traverses de chemin de fer
Entre lesquelles il y a des morceaux de craie et des touffes d'aiguilles de sapin
Et de temps en temps des débris de craie tombent comme des morceaux de vieillesse
A côté de l'issue que ferme un tissu lâche d'une espèce qui sert généralement aux emballages
Il y a un trou qui tient lieu d'âtre et ce qui y brûle est un feu semblable à l'âme
Tant il tourbillonne et tant il est inséparable de ce qu'il dévore et fugitif
Les fils de fer se tendent partout servant de sommier supportant des planches
Ils forment aussi des crochets et l'on y suspend mille choses
Comme on fait à la mémoire

Des musettes bleues des casques bleus des cravates bleues des vareuses bleues
Morceaux du ciel tissus des souvenirs les plus purs
Et il flotte parfois en l'air de vagues nuages de craie

Sur la planche brillent des fusées détonateurs joyaux dorés à tête émaillée
Noirs blancs rouges
Funambules qui attendent leur tour de passer sur les trajectoires
Et font un ornement mince et élégant à cette demeure souterraine
Ornée de six lits placés en fer à cheval
Six lits couverts de riches manteaux bleus

Sur le palais il y a un haut tumulus de craie
Et des plaques de tôle ondulée
Fleuve figé de ce domaine idéal
Mais privé d'eau car ici il ne roule que le feu jailli de la mélinite
Le parc aux fleurs de fulminate jaillit des trous penchés
Tas de cloches aux doux sons des douilles rutilantes
Sapins élégants et petits comme en un paysage japonais
Le palais s'éclaire parfois d'une bougie à la flamme aussi petite qu'une souris
O palais minuscule comme si on te regardait par le gros bout d'une lunette
Petit palais où tout s'assourdit
Petit palais où tout est neuf rien rien d'ancien
Et où tout est précieux où tout le monde est vêtu comme un roi
Une selle est dans un coin à cheval sur une caisse
Un journal du jour traîne par terre
Et cependant tout paraît vieux dans cette neuve demeure
Si bien qu'on comprend que l'amour de l'antique
Le goût de l'anticaille
Soit venu aux hommes dès le temps des cavernes
Tout y était si précieux et si neuf
Tout y est si précieux et si neuf
Qu'une chose plus ancienne ou qui a déjà servi y apparaît

Plus précieuse
Que ce qu'on a sous la main
Dans ce palais souterrain creusé dans la craie si blanche et si neuve
Et deux marches neuves
Elles n'ont pas deux semaines
Sont si vieilles et si usées dans ce palais qui semble antique sans imiter l'antique
Qu'on voit que ce qu'il y a de plus simple de plus neuf eśt ce qui eśt
Le plus près de ce que l'on appelle la beauté antique
Et ce qui eśt surchargé d'ornements
A besoin de vieillir pour avoir la beauté qu'on appelle antique
Et qui eśt la noblesse la force l'ardeur l'âme l'usure
De ce qui eśt neuf et qui sert
Surtout si cela eśt simple simple
Aussi simple que le petit palais du tonnerre

PHOTOGRAPHIE

TON sourire m'attire comme
Pourrait m'attirer une fleur
Photographie tu es le champignon brun
De la forêt
Qu'est sa beauté
Les blancs y sont
Un clair de lune
Dans un jardin pacifique
Plein d'eaux vives et de jardiniers endiablés
Photographie tu es la fumée de l'ardeur
Qu'est sa beauté
Et il y a en toi
Photographie
Des tons alanguis
On y entend
Une mélopée
Photographie tu es l'ombre
Du Soleil
Qu'est sa beauté

L'INSCRIPTION ANGLAISE

C'EST quelque chose de si ténu de si lointain
Que d'y penser on arrive à le trop matérialiser
Forme limitée par la mer bleue
Par la rumeur d'un train en marche
Par l'odeur des eucalyptus des mimosas
Et des pins maritimes

Mais le contact et la saveur

Et cette petite voyageuse alerte inclina brusquement la tête sur le quai de la gare à Marseille
Et s'en alla
Sans savoir
Que son souvenir planerait
Sur un petit bois de la Champagne où un soldat s'efforce
Devant le feu d'un bivouac d'évoquer cette apparition
A travers la fumée d'écorce de bouleau
Qui sent l'encens minéen
Tandis que les volutes bleuâtres qui montent
D'un cigare écrivent le plus tendre des noms
Mais les nœuds de couleuvres en se dénouant
Écrivent aussi le nom émouvant
Dont chaque lettre se love en belle anglaise

Et le soldat n'ose point achever
Le jeu de mots bilingue que ne manque point de susciter
Cette calligraphie sylvestre et vernale

DANS L'ABRI-CAVERNE

Je me jette vers toi et il me semble aussi que tu te jettes vers moi
Une force part de nous qui est un feu solide qui nous soude
Et puis il y a aussi une contradiction qui fait que nous ne pouvons nous apercevoir
En face de moi la paroi de craie s'effrite
Il y a des cassures
De longues traces d'outils traces lisses et qui semblent être faites dans de la stéarine
Des coins de cassures sont arrachés par le passage des types de ma pièce
Moi j'ai ce soir une âme qui s'est creusée qui est vide
On dirait qu'on y tombe sans cesse et sans trouver de fond
Et qu'il n'y a rien pour se raccrocher
Ce qui y tombe et qui y vit c'est une sorte d'êtres laids qui me font mal et qui viennent de je ne sais où
Oui je crois qu'ils viennent de la vie d'une sorte de vie qui est dans l'avenir dans l'avenir brut qu'on n'a pu encore cultiver ou élever ou humaniser
Dans ce grand vide de mon âme il manque un soleil il manque ce qui éclaire
C'est aujourd'hui c'est ce soir et non toujours
Heureusement que ce n'est que ce soir
Les autres jours je me rattache à toi
Les autres jours je me console de la solitude et de toutes les horreurs
En imaginant ta beauté
Pour l'élever au-dessus de l'univers extasié
Puis je pense que je l'imagine en vain
Je ne la connais par aucun sens

Ni même par les mots
Et mon goût de la beauté est-il donc aussi vain
Existes-tu mon amour
Ou n'es-tu qu'une entité que j'ai créée sans le vouloir
Pour peupler la solitude
Es-tu une de ces déesses comme celles que les Grecs
avaient douées pour moins s'ennuyer
Je t'adore ô ma déesse exquise même si tu n'es que
dans mon imagination

FUSÉE

La boucle des cheveux noirs de ta nuque est mon trésor
Ma pensée te rejoint et la tienne la croise
Tes seins sont les seuls obus que j'aime
Ton souvenir est la lanterne de repérage qui nous sert à pointer la nuit

En voyant la large croupe de mon cheval j'ai pensé à tes hanches

Voici les fantassins qui s'en vont à l'arrière en lisant un journal

Le chien du brancardier revient avec une pipe dans sa gueule

Un chat-huant ailes fauves yeux ternes gueule de petit chat et pattes de chat

Une souris verte file parmi la mousse

Le riz a brûlé dans la marmite de campement
Ça signifie qu'il faut prendre garde à bien des choses

Le mégaphone crie
Allongez le tir

Allongez le tir amour de vos batteries

Balance des batteries lourdes cymbales
Qu'agitent les chérubins fous d'amour
En l'honneur du Dieu des Armées

Un arbre dépouillé sur une butte

Le bruit des tracteurs qui grimpent dans la vallée

O vieux monde du XIXe siècle plein de hautes cheminées
si belles et si pures

Virilités du siècle où nous sommes
O canons

Douilles éclatantes des obus de 75
Carillonnez pieusement

DÉSIR

Mon désir est la région qui est devant moi
Derrière les lignes boches
Mon désir est aussi derrière moi
Après la zone des armées

Mon désir c'est la butte du Mesnil
Mon désir est là sur quoi je tire
De mon désir qui est au-delà de la zone des armées
Je n'en parle pas aujourd'hui mais j'y pense

Butte du Mesnil je t'imagine en vain
Des fils de fer des mitrailleuses des ennemis trop sûrs
d'eux
Trop enfoncés sous terre déjà enterrés

Ca ta clac des coups qui meurent en s'éloignant

En y veillant tard dans la nuit
Le Decauville qui toussote
La tôle ondulée sous la pluie
Et sous la pluie ma bourguignotte

Entends la terre véhémente
Vois les lueurs avant d'entendre les coups

Et tel obus siffler de la démence
Ou le tac tac tac monotone et bref plein de dégoût

Je désire
Te serrer dans ma main Main de Massiges
Si décharnée sur la carte

Le boyau Gœthe où j'ai tiré
J'ai tiré même sur le boyau Nietzsche
Décidément je ne respecte aucune gloire
Nuit violente et violette et sombre et pleine d'or par moments
Nuit des hommes seulement

Nuit du 24 septembre
Demain l'assaut
Nuit violente ô nuit dont l'épouvantable cri profond devenait plus intense de minute en minute
Nuit qui criait comme une femme qui accouche
Nuit des hommes seulement

CHANT DE L'HORIZON EN CHAMPAGNE

A M. Joseph Granié.

Voici le tétin rose de l'euphorbe verruquée
Voici le nez des soldats invisibles
Moi l'horizon invisible je chante
Que les civils et les femmes écoutent ces chansons
Et voici d'abord la cantilène du brancardier blessé

Le sol est blanc la nuit l'azure
Saigne la crucifixion
Tandis que saigne la blessure
Du soldat de Promission

Un chien jappait l'obus miaule
La lueur muette a jailli
A savoir si la guerre est drôle
Les masques n'ont pas tressailli

Mais quel fou rire sous le masque
Blancheur éternelle d'ici
Où la colombe porte un casque
Et l'acier s'envole aussi

Je suis seul sur le champ de bataille
Je suis la tranchée blanche le bois vert et roux
L'obus miaule
Je te tuerai
Animez-vous fantassins à passepoil jaune
Grands artilleurs roux comme des taupes
Bleu-de-roi comme les golfes méditerranéens

Veloutés de toutes les nuances du velours
Ou mauves encore ou bleu-horizon comme les autres
Ou déteints
Venez le pot en tête
Debout fusée éclairante
Danse grenadier en agitant tes pommes de pin
Alidades des triangles de visée pointez-vous sur les lueurs
Creusez des trous enfants de 20 ans creusez des trous
Sculptez les profondeurs
Envolez-vous essaims des avions blonds ainsi que les avettes
Moi l'horizon je fais la roue comme un grand Paon
Écoutez renaître les oracles qui avaient cessé
Le grand Pan est ressuscité
Champagne viril qui émoustille la Champagne
Hommes faits jeunes gens
Caméléon des autos-canons
Et vous classe 16
Craquements des arrivées ou bien floraison blanche dans les cieux
J'étais content pourtant ça brûlait la paupière
Les officiers captifs voulaient cacher leurs noms
Œil du Breton blessé couché sur la civière
Et qui criait aux morts aux sapins aux canons
Priez pour moi Bon Dieu je suis le pauvre Pierre

Boyaux et rumeur du canon
Sur cette mer aux blanches vagues
Fou stoïque comme Zénon
Pilote du cœur tu zigzagues

Petites forêts de sapins
La nichée attend la becquée
Pointe-t-il des nez de lapins
Comme l'euphorbe verruquée

Ainsi que l'euphorbe d'ici
Le soleil à peine boutonne
Je l'adore comme un Parsi
Ce tout petit soleil d'automne

Un fantassin presque un enfant
Bleu comme le jour qui s'écoule
Beau comme mon cœur triomphant
Disait en mettant sa cagoule

Tandis que nous n'y sommes pas
Que de filles deviennent belles
Voici l'hiver et pas à pas
Leur beauté s'éloignera d'elles

O Lueurs soudaines des tirs
Cette beauté que j'imagine
Faute d'avoir des souvenirs
Tire de vous son origine

Car elle n'est rien que l'ardeur
De la bataille violente
Et de la terrible lueur
Il s'est fait une muse ardente

Il regarde longtemps l'horizon
Couteaux tonneaux d'eaux
Des lanternes allumées se sont croisées
Moi l'horizon je combattrai pour la victoire

Je suis l'invisible qui ne peut disparaître
Je suis comme l'onde
Allons ouvrez les écluses que je me précipite et renverse
tout

OCÉAN DE TERRE

A G. de Chirico

J'AI bâti une maison au milieu de l'Océan
Ses fenêtres sont les fleuves qui s'écoulent de mes
yeux
Des poulpes grouillent partout où se tiennent les murailles
Entendez battre leur triple cœur et leur bec cogner
aux vitres
Maison humide
Maison ardente
Saison rapide
Saison qui chante
Les avions pondent des œufs
Attention on va jeter l'ancre
Attention à l'encre que l'on jette
Il serait bon que vous vinssiez du ciel
Le chèvrefeuille du ciel grimpe
Les poulpes terrestres palpitent
Et puis nous sommes tant et tant à être nos propres
fossoyeurs
Pâles poulpes des vagues crayeuses ô poulpes aux becs
pâles
Autour de la maison il y a cet océan que tu connais
Et qui ne se repose jamais

OBUS COULEUR DE LUNE

MERVEILLE DE LA GUERRE

Que c'est beau ces fusées qui illuminent la nuit
Elles montent sur leur propre cime et se penchent pour regarder
Ce sont des dames qui dansent avec leurs regards pour yeux bras et cœurs

J'ai reconnu ton sourire et ta vivacité

C'est aussi l'apothéose quotidienne de toutes mes Bérénices dont les chevelures sont devenues des comètes
Ces danseuses surdorées appartiennent à tous les temps et à toutes les races
Elles accouchent brusquement d'enfants qui n'ont que le temps de mourir

Comme c'est beau toutes ces fusées
Mais ce serait bien plus beau s'il y en avait plus encore
S'il y en avait des millions qui auraient un sens complet et relatif comme les lettres d'un livre
Pourtant c'est aussi beau que si la vie même sortait des mourants

Mais ce serait plus beau encore s'il y en avait plus encore
Cependant je les regarde comme une beauté qui s'offre et s'évanouit aussitôt
Il me semble assister à un grand festin éclairé a giorno
C'est un banquet que s'offre la terre
Elle a faim et ouvre de longues bouches pâles
La terre a faim et voici son festin de Balthasar cannibale

Qui aurait dit qu'on pût être à ce point anthropophage
Et qu'il fallût tant de feu pour rôtir le corps humain
C'est pourquoi l'air a un petit goût empyreumatique qui n'est ma foi pas désagréable
Mais le festin serait plus beau encore si le ciel y mangeait avec la terre
Il n'avale que les âmes
Ce qui est une façon de ne pas se nourrir
Et se contente de jongler avec des feux versicolores

Mais j'ai coulé dans la douceur de cette guerre avec toute ma compagnie au long des longs boyaux
Quelques cris de flamme annoncent sans cesse ma présence
J'ai creusé le lit où je coule en me ramifiant en mille petits fleuves qui vont partout
Je suis dans la tranchée de première ligne et cependant je suis partout ou plutôt je commence à être partout
C'est moi qui commence cette chose des siècles à venir
Ce sera plus long à réaliser que non la fable d'Icare volant

Je lègue à l'avenir l'histoire de Guillaume Apollinaire
Qui fut à la guerre et sut être partout
Dans les villes heureuses de l'arrière
Dans tout le reste de l'univers
Dans ceux qui meurent en piétinant dans le barbelé
Dans les femmes dans les canons dans les chevaux
Au zénith au nadir aux 4 points cardinaux
Et dans l'unique ardeur de cette veillée d'armes

Et ce serait sans doute bien plus beau
Si je pouvais supposer que toutes ces choses dans lesquelles je suis partout
Pouvaient m'occuper aussi
Mais dans ce sens il n'y a rien de fait
Car si je suis partout à cette heure il n'y a cependant que moi qui suis en moi

EXERCICE

Vers un village de l'arrière
S'en allaient quatre bombardiers
Ils étaient couverts de poussière
Depuis la tête jusqu'aux pieds

Ils regardaient la vaste plaine
En parlant entre eux du passé
Et ne se retournaient qu'à peine
Quand un obus avait toussé

Tous quatre de la classe seize
Parlaient d'antan non d'avenir
Ainsi se prolongeait l'ascèse
Qui les exerçait à mourir

À L'ITALIE

A Ardengo Soffici.

L'AMOUR a remué ma vie..comme on remue la terre dans la zone des armées
J'atteignais l'âge mûr quand la guerre arriva
Et dans ce jour d'août 1915 le plus chaud de l'année
Bien abrité dans l'hypogée que j'ai creusé moi-même
C'est à toi que je songe Italie mère de mes pensées

Et déjà quand von Kluck marchait sur Paris avant la Marne
J'évoquais le sac de Rome par les Allemands
Le sac de Rome qu'ont décrit
Un Bonaparte le vicaire espagnol Delicado et l'Arétin
Je me disais
Est-il possible que la nation
Qui est la mère de la civilisation
Regarde sans la défendre les efforts qu'on fait pour la détruire

Puis les temps sont venus les tombes se sont ouvertes
Les fantômes des Esclaves toujours frémissants
Se sont dressés en criant SUS AUX TUDESQUES
Nous l'armée invisible aux cris éblouissants
Plus doux que n'est le miel et plus simples qu'un peu de terre
Nous te tournons bénignement le dos Italie
Mais ne t'en fais pas nous t'aimons bien
Italie mère qui es aussi notre fille

Nous sommes là tranquillement et sans tristesse
Et si malgré les masques les sacs de sable les rondins nous tombions
Nous savons qu'un autre prendrait notre place
Et que les Armées ne périront jamais

Les mois ne sont pas longs ni les jours ni les nuits
C'est la guerre qui est longue

Italie
Toi notre mère et notre fille quelque chose comme une sœur
J'ai comme toi pour me réconforter
Le quart de pinard
Qui met tant de différence entre nous et les Boches
J'ai aussi comme toi l'envol des compagnies de perdreaux des 75
Comme toi je n'ai pas cet orgueil sans joie des Boches et je sais rigoler
Je ne suis pas sentimental à l'excès comme le sont ces gens sans mesure que leurs actions dépassent sans qu'ils sachent s'amuser
Notre civilisation a plus de finesse que les choses qu'ils emploient
Elle est au-delà de la vie confortable
Et de ce qui est l'extérieur dans l'art et l'industrie
Les fleurs sont nos enfants et non les leurs
Même la fleur de lys qui meurt au Vatican

La plaine est infinie et les tranchées sont blanches
Les avions bourdonnent ainsi que des abeilles
Sur les roses momentanés des éclatements
Et les nuits sont parées de guirlandes d'éblouissements
De bulles de globules aux couleurs insoupçonnées

Nous jouissons de tout même de nos souffrances
Notre humeur est charmante l'ardeur vient quand il faut
Nous sommes narquois car nous savons faire la part des choses
Et il n'y a pas plus de folie chez celui qui jette les grenades que chez celui qui plume les patates

Tu aimes un peu plus que nous les gestes et les mots sonores
Tu as à ta disposition les sortilèges étrusques le sens de la majesté héroïque et le courageux honneur individuel
Nous avons le sourire nous devinons ce qu'on ne nous dit pas nous sommes démerdards et même ceux qui se dégonflent sauraient à l'occasion faire preuve de l'esprit de sacrifice qu'on appelle la bravoure
Et nous fumons du gros avec volupeté

C'est la nuit je suis dans mon blockhaus éclairé par l'électricité en bâton
Je pense à toi pays des 2 volcans
Je salue le souvenir des sirènes et des scylles mortes au moment de Messine
Je salue le Colleoni équestre de Venise
Je salue la chemise rouge
Je t'envoie mes amitiés Italie et m'apprête à applaudir aux hauts faits de ta bleusaille
Non parce que j'imagine qu'il y aura jamais plus de bonheur ou de malheur en ce monde
Mais parce que comme toi j'aime à penser seul et que les Boches m'en empêcheraient
Mais parce que le goût naturel de la perfection que nous avons l'un et l'autre si on les laissait faire serait vite remplacé par je ne sais quelles commodités dont je n'ai que faire
Et surtout parce que comme toi je sais je veux choisir et qu'eux voudraient nous forcer à ne plus choisir
Une même destinée nous lie en cette occase

Ce n'est pas pour l'ensemble que je le dis
Mais pour chacun de toi Italie

Ne te borne point à prendre les terres irrédentes
Mets ton destin dans la balance où est la nôtre

Les réflecteurs dardent leurs lueurs comme des yeux d'escargots

Et les obus en tombant sont des chiens qui jettent
de la terre avec leurs pattes après avoir fait leurs
besoins

Notre armée invisible est une belle nuit constellée
Et chacun de nos hommes est un astre merveilleux

O nuit ô nuit éblouissante
Les morts sont avec nos soldats
Les morts sont debout dans les tranchées
Ou se glissent souterrainement vers les Bien-Aimées
O Lille Saint-Quentin Laon Maubeuge Vouziers
Nous jetons nos villes comme des grenades
Nos fleuves sont brandis comme des sabres
Nos montagnes chargent comme cavalerie

Nous reprendrons les villes les fleuves et les collines
De la frontière helvétique aux frontières bataves
Entre toi et nous Italie
Il y a des patelins pleins de femmes
Et près de toi m'attend celle que j'adore
O Frères d'Italie

Ondes nuages délétères
Métalliques débris qui vous rouillez partout
O frères d'Italie vos plumes sur la tête
Italie
Entends crier Louvain vois Reims tordre ses bras
Et ce soldat blessé toujours debout Arras

Et maintenant chantons ceux qui sont morts
Ceux qui vivent
Les officiers les soldats
Les flingots Rosalie le canon la fusée l'hélice la pelle
les chevaux
Chantons les bagues pâles les casques
Chantons ceux qui sont morts
Chantons la terre qui bâille d'ennui
Chantons et rigolons
Durant des années
Italie

Entends braire l'âne boche
Faisons la guerre à coups de fouets
Faits avec les rayons du soleil
        Italie
Chantons et rigolons
Durant des années

LA TRAVERSÉE

Du joli bateau de Port-Vendres
Tes yeux étaient les matelots
Et comme les flots étaient tendres
Dans les parages de Palos

Que de sous-marins dans mon âme
Naviguent et vont l'attendant
Le superbe navire où clame
Le chœur de ton regard ardent

IL Y A

Il y a un vaisseau qui a emporté ma bien-aimée
Il y a dans le ciel six saucisses et la nuit venant on dirait des asticots dont naîtraient les étoiles
Il y a un sous-marin ennemi qui en voulait à mon amour
Il y a mille petits sapins brisés par les éclats d'obus autour de moi
Il y a un fantassin qui passe aveuglé par les gaz asphyxiants
Il y a que nous avons tout haché dans les boyaux de Nietzsche de Gœthe et de Cologne
Il y a que je languis après une lettre qui tarde
Il y a dans mon porte-cartes plusieurs photos de mon amour
Il y a les prisonniers qui passent la mine inquiète
Il y a une batterie dont les servants s'agitent autour des pièces
Il y a le vaguemestre qui arrive au trot par le chemin de l'Arbre isolé
Il y a dit-on un espion qui rôde par ici invisible comme l'horizon dont il s'est indignement revêtu et avec quoi il se confond
Il y a dressé comme un lys le buste de mon amour
Il y a un capitaine qui attend avec anxiété les communications de la T. S. F. sur l'Atlantique
Il y a à minuit des soldats qui scient des planches pour les cercueils
Il y a des femmes qui demandent du maïs à grands cris devant un Christ sanglant à Mexico
Il y a le Gulf Stream qui est si tiède et si bienfaisant
Il y a un cimetière plein de croix à 5 kilomètres
Il y a des croix partout de-ci de-là

Il y a des figues de Barbarie sur ces cactus en Algérie
Il y a les longues mains souples de mon amour
Il y a un encrier que j'avais fait dans une fusée de
15 centimètres et qu'on n'a pas laissé partir
Il y a ma selle exposée à la pluie
Il y a les fleuves qui ne remontent pas leur cours
Il y a l'amour qui m'entraîne avec douceur
Il y avait un prisonnier boche qui portait sa mitrailleuse sur son dos
Il y a des hommes dans le monde qui n'ont jamais été à la guerre
Il y a des Hindous qui regardent avec étonnement les campagnes occidentales
Ils pensent avec mélancolie à ceux dont ils se demandent s'ils les reverront
Car on a poussé très loin durant cette guerre l'art de l'invisibilité

L'ESPIONNE

Pale espionne de l'Amour
Ma mémoire à peine fidèle
N'eut pour observer cette belle
Forteresse qu'une heure un jour

Tu te déguises
A ta guise
Mémoire espionne du cœur
Tu ne retrouves plus l'exquise
Ruse et le cœur seul est vainqueur

Mais la vois-tu cette mémoire
Les yeux bandés prête à mourir
Elle affirme qu'on peut l'en croire
Mon cœur vaincra sans coup férir

LE CHANT D'AMOUR

Voici de quoi est fait le chant symphonique de l'amour
Il y a le chant de l'amour de jadis
Le bruit des baisers éperdus des amants illustres
Les cris d'amour des mortelles violées par les dieux
Les virilités des héros fabuleux érigées comme des pièces contre avions
Le hurlement précieux de Jason
Le chant mortel du cygne
Et l'hymne victorieux que les premiers rayons du soleil ont fait chanter à Memnon l'immobile
Il y a le cri des Sabines au moment de l'enlèvement
Il y a aussi les cris d'amour des félins dans les jongles
La rumeur sourde des sèves montant dans les plantes tropicales
Le tonnerre des artilleries qui accomplissent le terrible amour des peuples
Les vagues de la mer où naît la vie et la beauté

Il y a là le chant de tout l'amour du monde

AUSSI BIEN QUE LES CIGALES

gens du midi ne savez pas M
gens du mi creuser que ais
di vous n' vous ne sa vous
avez donc vez pas vous savez
pas regar éclairer ni encore
dé les ciga voir Que vous boire com le jour
les que vous manque-t-il me les ci de gloire
donc pour gales ô se
voir aus gens du mi *c* ra
si bien di gens du *reusez* ce
que les soleil gens qui *voyez bu* lui
ciga devriez savoir *vez pissez* où
les creuser et voir *comme* vous
aussi bien pour le *les ciga* sau
moins aussi bien *les* rez
que les cigales creu
Eh quoi ! vous savez *gens du Midi il faut* ser
boire et ne savez *creuser voir boire* pour
plus pisser utile *pisser aussi bien que* bien
ment comme les *les cigales* sor
cigales LA JOIE *pour chan* tir
ADORABLE *ter com* au
DE LA PAIX *me elles* so
SOLAIRE leil

SIMULTANÉITÉS

Les canons tonnent dans la nuit
On dirait des vagues tempête
Des cœurs où pointe un grand ennui
Ennui qui toujours se répète

Il regarde venir là-bas
Les prisonniers L'heure est si douce
Dans ce grand bruit ouaté très bas
Très bas qui grandit sans secousse

Il tient son casque dans ses mains
Pour saluer la souvenance
Des lys des roses des jasmins
Éclos dans les jardins de France

Et sous la cagoule masqué
Il pense à des cheveux si sombres
Mais qui donc l'attend sur le quai
O vaste mer aux mauves ombres

Belles noix du vivant noyer
La grand folie en vain vous gaule
Brunette écoute gazouiller
La mésange sur ton épaule

Notre amour est une lueur
Qu'un projecteur du cœur dirige
Vers l'ardeur égale du cœur
Qui sur le haut Phare s'érige

O phare-fleur mes souvenirs
Les cheveux noirs de Madeleine
Les atroces lueurs des tirs
Ajoutent leur clarté soudaine
A tes beaux yeux ô Madeleine

DU COTON DANS LES OREILLES

Tant d'explosifs sur le point **VIF !**

l'oses *guerre*

tu *en*

si *toujours*

mot *âme*

un *mon*

Ecris *dans* feu

d'impacts le

?

points crache

Les féroce

troupeau

Ton

OMÉGAPHONE

Ceux qui revenaient de la mort
En attendaient une pareille
Et tout ce qui venait du nord
Allait obscurcir le soleil

Mais que voulez-vous
c'eſt son sort
Allô la truie

C'eſt quand sonnera le réveil

ALLÔ LA TRUIE

La sentinelle au long regard
La sentinelle au long regard
Et la cagnat s'appelait

LES CÉNOBITES TRANQUILLES

La sentinelle au long regard la sentinelle au large regard
Allô la truie

Tant et tant de coquelicots
D'où tant de sang a-t-il coulé
Qu'eſt-ce qu'il se met dans le coco
Bon sang de bois il s'eſt saoulé
Et sans pinard et sans tacot
Avec de l'eau
Allô la truie

Le silence des phonographes
Mitrailleuses des cinémas
Tout l'échelon là-bas piaffe

Fleurs de feu des lueurs-frimas
Puisque le canon avait soif
          Allô la truie
Et les trajectoires cabrées
Trébuchements de soleils-nains
Sur tant de chansons déchirées

Il a l'Étoile du Benin
Mais du singe en boîtes carrées
Crois-tu qu'il y aura la guerre
          Allô la truie
      Ah! s'il vous plaît
      Ami l'Anglais
      Ah! qu'il est laid
Ton frère ton frère ton frère de lait

      Et je mangeais du pain de Gênes
En respirant leurs gaz lacrymogènes
      Mets du coton dans tes oreilles
                    D'siré

Puis ce fut cette fleur sans nom
A peine un souffle un souvenir
Quand s'en allèrent les canons
Au tour des roues heure à courir
La baleine a d'autres fanons
Éclatements qui nous fanons

Mais mets du coton dans tes oreilles
Évidemment les fanions
      Des signaleurs
                Allô la truie

Ici la musique militaire joue
Quelque chose
Et chacun se souvient d'une joue
Rose
Parce que même les airs entraînants
Ont quelque chose de déchirant quand on les entend à la guerre

Écoute s'il pleut écoute s'il pleut

puis
é
cou
tez
tom
ber
la
pluie
si
ten
dre
et
si
dou
ce

sol
dats
a
veu
gles
per
dus
par
mi
les
che
vaux
de
fri
se
sous
la
lu
ne
li
qui
de

des
Flan
dres
à
l'
a
go
nie
sous
la
pluie
fi
ne
la
pluie
si
ten
dre
et
si
dou
ce

con
fon
dez-
vous
a
vec
l'
ho
ri
zon
beaux
ê
tres
in
vi
si
bles
sous
la
pluie
fi
ne

la
pluie
si
ten
dre
la
pluie
si
dou
ce

Les longs boyaux où tu chemines
Adieu les cagnats d'artilleurs
Tu retrouveras
La tranchée en première ligne
Les éléphants des pare-éclats
Une girouette maligne
Et les regards des guetteurs las
Qui veillent le silence insigne
Ne vois-tu rien venir

au
Pé
ris
co
pe

La balle qui froisse le silence
Les projectiles d'artillerie qui glissent
Comme un fleuve aérien
Ne mettez plus de coton dans les oreilles
Ça n'en vaut plus la peine
Mais appelez donc Napoléon sur la tour
Allô

Le petit geste du fantassin qui se gratte au cou où les totos le démangent
La vague
Dans les caves
Dans les caves

LA TÊTE ÉTOILÉE

LE DÉPART

Et leurs visages étaient pâles
Et leurs sanglots s'étaient brisés

Comme la neige aux purs pétales
Ou bien tes mains sur mes baisers
Tombaient les feuilles automnales

LE VIGNERON CHAMPENOIS

Le régiment arrive
Le village est presque endormi dans la lumière parfumée
Un prêtre a le casque en tête
La bouteille champenoise est-elle ou non une artillerie
Les ceps de vigne comme l'hermine sur un écu
Bonjour soldats
Je les ai vus passer et repasser en courant
Bonjour soldats bouteilles champenoises où le sang fermente
Vous resterez quelques jours et puis remonterez en ligne
Échelonnés ainsi que sont les ceps de vigne
J'envoie mes bouteilles partout comme les obus d'une charmante artillerie

La nuit est blonde ô vin blond
Un vigneron chantait courbé dans sa vigne
Un vigneron sans bouche au fond de l'horizon
Un vigneron qui était lui-même la bouteille vivante
Un vigneron qui sait ce qu'est la guerre
Un vigneron champenois qui est un artilleur

C'est maintenant le soir et l'on joue à la mouche
Puis les soldats s'en iront là-haut
Où l'Artillerie débouche ses bouteilles crémantes
Allons Adieu messieurs tâchez de revenir
Mais nul ne sait ce qui peut advenir

CARTE POSTALE

Je t'écris de dessous la tente
Tandis que meurt ce jour d'été
Où floraison éblouissante
Dans le ciel à peine bleuté
Une canonnade éclatante
Se fane avant d'avoir été

ÉVENTAIL DES SAVEURS

Attols singuliers
de brownings quel
goût
de viv
re Ah!

Des lacs versicolores
Dans les glaciers solaires

1 tout
petit
oiseau
qui n'a pas
de queue et
qui s'envole
quand on
lui en met
u · ne

Mes tapis de la saveur moussons des sons obscurs
et ta bouche au souffle
azur

ouïs ouïs le cri les pas le pho
NOGRAPHE ouïs ouïs L'ALOÈS
éclater et le petit mirliton

SOUVENIRS

Deux lacs nègres
Entre une forêt
Et une chemise qui sèche

Bouche ouverte sur un harmonium
C'était une voix faite d'yeux
Tandis qu'il traîne de petites gens

Une toute petite vieille au nez pointu
J'admire la bouillotte d'émail bleu
Mais le rat pénètre dans le cadavre et y demeure

Un monsieur en bras de chemise
Se rase près de la fenêtre
En chantant un petit air qu'il ne sait pas très bien
Ça fait tout un opéra

Toi qui te tournes vers le roi
Est-ce que Dieu voudrait mourir encore

L'AVENIR

SOULEVONS la paille
Regardons la neige
Écrivons des lettres
Attendons des ordres

Fumons la pipe
En songeant à l'amour
Les gabions sont là
Regardons la rose

La fontaine n'a pas tari
Pas plus que l'or de la paille ne s'est terni
Regardons l'abeille
Et ne songeons pas à l'avenir

Regardons nos mains
Qui sont la neige
La rose et l'abeille
Ainsi que l'avenir

UN OISEAU CHANTE

Un oiseau chante ne sais où
C'est je crois ton âme qui veille
Parmi tous les soldats d'un sou
Et l'oiseau charme mon oreille

Écoute il chante tendrement
Je ne sais pas sur quelle branche
Et partout il va me charmant
Nuit et jour semaine et dimanche

Mais que dire de cet oiseau
Que dire des métamorphoses
De l'âme en chant dans l'arbrisseau
Du cœur en ciel du ciel en roses

L'oiseau des soldats c'est l'amour
Et mon amour c'est une fille
La rose est moins parfaite et pour
Moi seul l'oiseau bleu s'égosille

Oiseau bleu comme le cœur bleu
De mon amour au cœur céleste
Ton chant si doux répète-le
A la mitrailleuse funeste

Qui claque à l'horizon et puis
Sont-ce les astres que l'on sème
Ainsi vont les jours et les nuits
Amour bleu comme est le cœur même

CHEVAUX DE FRISE

Pendant le blanc et nocturne novembre
Alors que les arbres déchiquetés par l'artillerie
Vieillissaient encore sous la neige
Et semblaient à peine des chevaux de frise
Entourés de vagues de fils de fer
Mon cœur renaissait comme un arbre au printemps
Un arbre fruitier sur lequel s'épanouissent
Les fleurs de l'amour

Pendant le blanc et nocturne novembre
Tandis que chantaient épouvantablement les obus
Et que les fleurs mortes de la terre exhalaient
Leurs mortelles odeurs
Moi je décrivais tous les jours mon amour à Madeleine
La neige met de pâles fleurs sur les arbres
Et toisonne d'hermine les chevaux de frise
Que l'on voit partout
Abandonnés et sinistres
Chevaux muets
Non chevaux barbes mais barbelés
Et je les anime tout soudain
En troupeau de jolis chevaux pies
Qui vont vers toi comme de blanches vagues
Sur la Méditerranée
Et t'apportent mon amour
Roselys ô panthère ô colombes étoile bleue
O Madeleine
Je t'aime avec délices
Si je songe à tes yeux je songe aux sources fraîches
Si je pense à ta bouche les roses m'apparaissent
Si je songe à tes seins le Paraclet descend
O double colombe de ta poitrine

Et vient délier ma langue de poète
Pour te redire
Je t'aime
Ton visage est un bouquet de fleurs
Aujourd'hui je te vois non Panthère
Mais Toutefleur
Et je te respire ô ma Toutefleur
Tous les lys montent en toi comme des cantiques d'amour
et d'allégresse
Et ces chants qui s'envolent vers toi
M'emportent à ton côté
Dans ton bel Orient où les lys
Se changent en palmiers qui de leurs belles mains
Me font signe de venir
La fusée s'épanouit fleur nocturne
Quand il fait noir
Et elle retombe comme une pluie de larmes amoureuses
De larmes heureuses que la joie fait couler
Et je t'aime comme tu m'aimes
Madeleine

CHANT DE L'HONNEUR

LE POÈTE

Je me souviens ce soir de ce drame indien
Le Chariot d'Enfant un voleur y survient
Qui pense avant de faire un trou dans la muraille
Quelle forme il convient de donner à l'entaille
Afin que la beauté ne perde pas ses droits
Même au moment d'un crime
Et nous aurions je crois
A l'instant de périr nous poètes nous hommes
Un souci de même ordre à la guerre où nous sommes

Mais ici comme ailleurs je le sais la beauté
N'est la plupart du temps que la simplicité
Et combien j'en ai vu qui morts dans la tranchée
Étaient restés debout et la tête penchée
S'appuyant simplement contre le parapet

J'en vis quatre une fois qu'un même obus frappait
Ils restèrent longtemps ainsi morts et très crânes
Avec l'aspect penché de quatre tours pisanes

Depuis dix jours au fond d'un couloir trop étroit
Dans les éboulements et la boue et le froid
Parmi la chair qui souffre et dans la pourriture
Anxieux nous gardons la route de Tahure

J'ai plus que les trois cœurs des poulpes pour souffrir
Vos cœurs sont tous en moi je sens chaque blessure
O mes soldats souffrants ô blessés à mourir

Cette nuit est si belle où la balle roucoule
Tout un fleuve d'obus sur nos têtes s'écoule
Parfois une fusée illumine la nuit
C'est une fleur qui s'ouvre et puis s'évanouit
La terre se lamente et comme une marée
Monte le flot chantant dans mon abri de craie
Séjour de l'insomnie incertaine maison
De l'Alerte la Mort et la Démangeaison

LA TRANCHÉE

O jeunes gens je m'offre à vous comme une épouse
Mon amour est puissant j'aime jusqu'à la mort
Tapie au fond du sol je vous guette jalouse
Et mon corps n'est en tout qu'un long baiser qui mord

LES BALLES

De nos ruches d'acier sortons à tire-d'aile
Abeilles le butin qui sanglant emmielle
Les doux rayons d'un jour qui toujours renouvelle
Provient de ce jardin exquis l'humanité
Aux fleurs d'intelligence à parfum de beauté

LE POÈTE

Le Christ n'est donc venu qu'en vain parmi les hommes
Si des fleuves de sang limitent les royaumes
Et même de l'Amour on sait la cruauté
C'est pourquoi faut au moins penser à la Beauté
Seule chose ici-bas qui jamais n'est mauvaise
Elle porte cent noms dans la langue française
Grâce Vertu Courage Honneur et ce n'est là
Que la même Beauté

LA FRANCE

Poète honore-la
Souci de la Beauté non souci de la Gloire
Mais la Perfection n'est-ce pas la Victoire

LE POÈTE

O poètes des temps à venir ô chanteurs
Je chante la beauté de toutes nos douleurs
J'en ai saisi des traits mais vous saurez bien mieux
Donner un sens sublime aux gestes glorieux
Et fixer la grandeur de ces trépas pieux

L'un qui détend son corps en jetant des grenades
L'autre ardent à tirer nourrit les fusillades
L'autre les bras ballants porte des seaux de vin
Et le prêtre-soldat dit le secret divin

J'interprète pour tous la douceur des trois notes
Que lance un loriot canon quand tu sanglotes

Qui donc saura jamais que de fois j'ai pleuré
Ma génération sur ton trépas sacré

Prends mes vers ô ma France Avenir Multitude
Chantez ce que je chante un chant pur le prélude
Des chants sacrés que la beauté de notre temps
Saura vous inspirer plus purs plus éclatants
Que ceux que je m'efforce à moduler ce soir
En l'honneur de l'Honneur la beauté du Devoir

17 décembre 1915.

CHEF DE SECTION

MA bouche aura des ardeurs de géhenne
Ma bouche te sera un enfer de douceur et de séduction
Les anges de ma bouche trôneront dans ton cœur
Les soldats de ma bouche te prendront d'assaut
Les prêtres de ma bouche encenseront ta beauté
Ton âme s'agitera comme une région pendant un tremblement de terre
Tes yeux seront alors chargés de tout l'amour qui s'est amassé dans les regards de l'humanité depuis qu'elle existe
Ma bouche sera une armée contre toi une armée pleine de disparates
Variée comme un enchanteur qui sait varier ses métamorphoses
L'orchestre et les chœurs de ma bouche te diront mon amour
Elle te le murmure de loin
Tandis que les yeux fixés sur la montre j'attends la minute prescrite pour l'assaut

TRISTESSE D'UNE ÉTOILE

Une belle Minerve est l'enfant de ma tête
Une étoile de sang me couronne à jamais
La raison est au fond et le ciel est au faîte
Du chef où dès longtemps Déesse tu t'armais

C'est pourquoi de mes maux ce n'était pas le pire
Ce trou presque mortel et qui s'est étoilé
Mais le secret malheur qui nourrit mon délire
Est bien plus grand qu'aucune âme ait jamais celé

Et je porte avec moi cette ardente souffrance
Comme le ver luisant tient son corps enflammé
Comme au cœur du soldat il palpite la France
Et comme au cœur du lys le pollen parfumé

LA VICTOIRE

Un coq chante je rêve et les feuillards agitent
Leurs feuilles qui ressemblent à de pauvres marins

Ailés et tournoyants comme Icare le faux
Des aveugles gesticulant comme des fourmis
Se miraient sous la pluie aux reflets du trottoir

Leurs rires amassés en grappes de raisin

Ne sors plus de chez moi diamant qui parlais
Dors doucement tu es chez toi tout t'appartient
Mon lit ma lampe et mon casque troué

Regards précieux saphirs taillés aux environs de Saint-
  Claude
    Les jours étaient une pure émeraude

Je me souviens de toi ville des météores
Ils fleurissaient en l'air pendant ces nuits où rien ne dort
Jardins de la lumière où j'ai cueilli des bouquets

Tu dois en avoir assez de faire peur à ce ciel
        Qu'il garde son hoquet

On imagine difficilement
A quel point le succès rend les gens stupides et tranquilles

  A l'institut des jeunes aveugles on a demandé
  N'avez-vous point de jeune aveugle ailé

O bouches l'homme est à la recherche d'un nouveau langage
Auquel le grammairien d'aucune langue n'aura rien à dire

Et ces vieilles langues sont tellement près de mourir
Que c'est vraiment par habitude et manque d'audace
Qu'on les fait encore servir à la poésie

Mais elles sont comme des malades sans volonté
Ma foi les gens s'habitueraient vite au mutisme
La mimique suffit bien au cinéma

Mais entêtons-nous à parler
Remuons la langue
Lançons des postillons
On veut de nouveaux sons de nouveaux sons de nouveaux sons
On veut des consonnes sans voyelles
Des consonnes qui pètent sourdement
Imitez le son de la toupie
Laissez pétiller un son nasal et continu
Faites claquer votre langue
Servez-vous du bruit sourd de celui qui mange sans civilité
Le raclement aspiré du crachement ferait aussi une belle consonne

Les divers pets labiaux rendraient aussi vos discours claironnants
Habituez-vous à roter à volonté
Et quelle lettre grave comme un son de cloche
A travers nos mémoires
Nous n'aimons pas assez la joie
De voir les belles choses neuves
O mon amie hâte-toi
Crains qu'un jour un train ne t'émeuve
Plus
Regarde-le plus vite pour toi
Ces chemins de fer qui circulent
Sortiront bientôt de la vie
Ils seront beaux et ridicules

Deux lampes brûlent devant moi
Comme deux femmes qui rient
Je courbe tristement la tête
Devant l'ardente moquerie
Ce rire se répand
Partout
Parlez avec les mains faites claquer vos doigts
Tapez-vous sur la joue comme sur un tambour
O paroles
Elles suivent dans la myrtaie
L'Éros et l'Antéros en larmes
Je suis le ciel de la cité

Écoutez la mer

La mer gémir au loin et crier toute seule
Ma voix fidèle comme l'ombre
Veut être enfin l'ombre de la vie
Veut être ô mer vivante infidèle comme toi

La mer qui a trahi des matelots sans nombre
Engloutit mes grands cris comme des dieux noyés
Et la mer au soleil ne supporte que l'ombre
Que jettent des oiseaux les ailes éployées

La parole est soudaine et c'est un Dieu qui tremble
Avance et soutiens-moi je regrette les mains
De ceux qui les tendaient et m'adoraient ensemble
Quelle oasis de bras m'accueillera demain
Connais-tu cette joie de voir des choses neuves

O voix je parle le langage de la mer
Et dans le port la nuit les dernières tavernes
Moi qui suis plus têtu que non l'hydre de Lerne

La rue où nagent mes deux mains
Aux doigts subtils fouillant la ville
S'en va mais qui sait si demain
La rue devenait immobile
Qui sait où serait mon chemin

Songe que les chemins de fer
Seront démodés et abandonnés dans peu de temps
Regarde

La Victoire avant tout sera
De bien voir au loin
De tout voir
De près
Et que tout ait un nom nouveau

LA JOLIE ROUSSE

Me voici devant tous un homme plein de sens
Connaissant la vie et de la mort ce qu'un vivant peut
connaître
Ayant éprouvé les douleurs et les joies de l'amour
Ayant su quelquefois imposer ses idées
Connaissant plusieurs langages
Ayant pas mal voyagé
Ayant vu la guerre dans l'Artillerie et l'Infanterie
Blessé à la tête trépané sous le chloroforme
Ayant perdu ses meilleurs amis dans l'effroyable lutte
Je sais d'ancien et de nouveau autant qu'un homme seul
pourrait des deux savoir
Et sans m'inquiéter aujourd'hui de cette guerre
Entre nous et pour nous mes amis
Je juge cette longue querelle de la tradition et de l'in-
vention
De l'Ordre et de l'Aventure

Vous dont la bouche est faite à l'image de celle de Dieu
Bouche qui est l'ordre même
Soyez indulgents quand vous nous comparez
A ceux qui furent la perfection de l'ordre
Nous qui quêtons partout l'aventure

Nous ne sommes pas vos ennemis
Nous voulons vous donner de vastes et d'étranges
domaines
Où le mystère en fleurs s'offre à qui veut le cueillir
Il y a là des feux nouveaux des couleurs jamais vues
Mille phantasmes impondérables
Auxquels il faut donner de la réalité

Nous voulons explorer la bonté contrée énorme où tout se tait
Il y a aussi le temps qu'on peut chasser ou faire revenir
Pitié pour nous qui combattons toujours aux frontières
De l'illimité et de l'avenir
Pitié pour nos erreurs pitié pour nos péchés

Voici que vient l'été la saison violente
Et ma jeunesse est morte ainsi que le printemps
O Soleil c'est le temps de la Raison ardente
Et j'attends
Pour la suivre toujours la forme noble et douce
Qu'elle prend afin que je l'aime seulement
Elle vient et m'attire ainsi qu'un fer l'aimant
Elle a l'aspect charmant
D'une adorable rousse

Ses cheveux sont d'or on dirait
Un bel éclair qui durerait
Ou ces flammes qui se pavanent
Dans les roses-thé qui se fanent

Mais riez riez de moi
Hommes de partout surtout gens d'ici
Car il y a tant de choses que je n'ose vous dire
Tant de choses que vous ne me laisseriez pas dire
Ayez pitié de moi

IL Y A

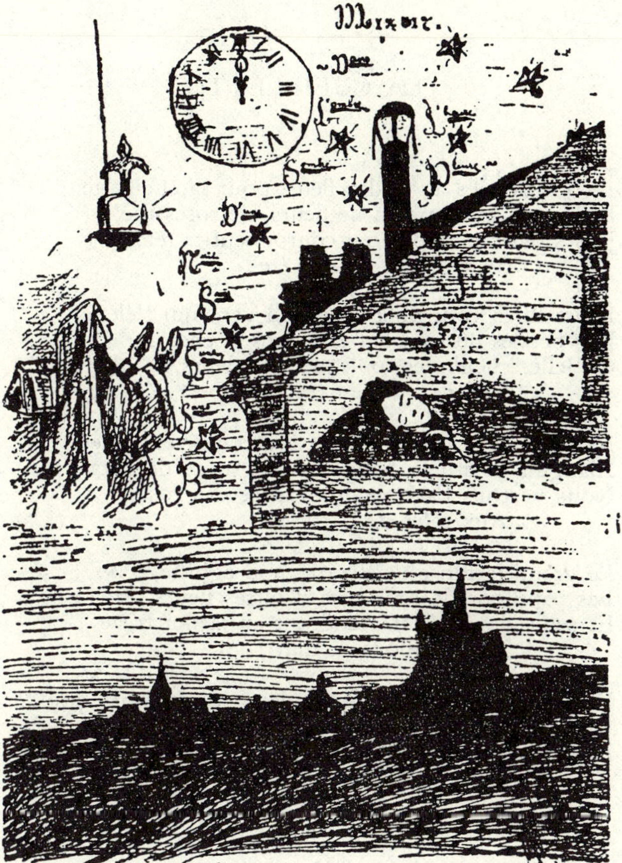
Minuit.

LA CUEILLETTE

Nous vînmes au jardin fleuri pour la cueillette.
Belle, sais-tu combien de fleurs, de roses-thé,
Roses pâles d'amour qui couronnent ta tête,
S'effeuillent chaque été?

Leurs tiges vont plier au grand vent qui s'élève.
Des pétales de rose ont chu dans le chemin.
O Belle, cueille-les, puisque nos fleurs de rêve
Se faneront demain!

Mets-les dans une coupe et toutes portes closes,
Alanguis et cruels, songeant aux jours défunts,
Nous verrons l'agonie amoureuse des roses
Aux râles de parfums.

Le grand jardin est défleuri, mon égoïste,
Les papillons de jour vers d'autres fleurs ont fui,
Et seuls dorénavant viendront au jardin triste
Les papillons de nuit.

Et les fleurs vont mourir dans la chambre profane.
Nos roses tour à tour effeuillent leur douleur.
Belle, sanglote un peu... Chaque fleur qui se fane,
C'est un amour qui meurt!

AQUARELLISTE

A Mademoiselle Yvonne M...

YVONNE sérieuse au visage pâlot
A pris du papier blanc et des couleurs à l'eau
Puis rempli ses godets d'eau claire à la cuisine.
Yvonnette aujourd'hui veut peindre. Elle imagine
De quoi serait capable un peintre de sept ans.
Fera-t-elle un portrait? Il faudrait trop de temps
Et puis la ressemblance est un point difficile
A saisir, il vaut mieux peindre de l'immobile
Et parmi l'immobile inclus dans sa raison
Yvonnette a fait choix d'une belle maison
Et la peint toute une heure en enfant douce et sage.
Derrière la maison s'étend un paysage
Paisible comme un front pensif d'enfant heureux,
Un paysage vert avec des monts ocreux.
Or plus haut que le toit d'un rouge de blessure
Monte un ciel de cinabre où nul jour ne s'azure.
Quand j'étais tout petit aux cheveux longs rêvant,
Quand je stellais le ciel de mes ballons d'enfant,
Je peignais comme toi, ma mignonne Yvonnette,
Des paysages verts avec la maisonnette,
Mais au lieu d'un ciel triste et jamais azuré
J'ai peint toujours le ciel très bleu comme le vrai.

LES DICTS D'AMOUR À LINDA

VOTRE nom très païen, un peu prétentieux,
Parce que c'est le vôtre en est délicieux;
Il veut dire « jolie » en espagnol, et comme
Vous l'êtes, on dit vrai chaque fois qu'on vous nomme.

Ce nom devient mélancolique en allemand,
Aux brises de l'Avril, il bruisse doucement,
C'est le tilleul lyrique, un arbre de légende,
D'où, chaque nuit, des lutins fous sortent en bande.

Enfin, ce rare nom qui dit votre beauté,
Ce fut aussi le nom d'une antique cité
Qui florissait jadis parmi les roses belles
Dans Rhodes, l'île où roucoulent les colombelles.

L’ombre de la très douce est évoquée ici,
Indolente, et jouant un air dolent aussi :
Nocturne ou lied mineur qui fait pâmer son âme
Dans l’ombre où ses longs doigts font mourir une gamme
Au piano qui geint comme une pauvre femme.

VILLE presque morte, ô Cité
Qui languis au soleil d'été,
Toi dont le nom putride étonne,
Tu symbolises la très Bonne,

La très Douce, sans vanité,
Qui n'a jamais compris personne,
La toujours Belle qui se tait,
L'Adorable que je couronne,

La toute Ombreuse dolemment
Comme une ville ombreuse et coite,
La toute Brune jamais droite,

Toujours penchée exquisement.
J'ai vu ses lèvres d'anémone
Mais point son Cœur, à la très Bonne.

Je n'ai jamais vu Carcassonne.

LA FORCE DU MIROIR

J'ÉTAIS, indigne, un jour, en la chambre au lit blanc
Où Linda dans la glace admirait sa figure
Et j'emportai, grâce au miroir, en m'en allant,
La première raison de devenir parjure.

Linda fut non pareille avant, mais aujourd'hui
Je sais bien qu'elle est double au moins, grâce à la glace;
Mon cœur par la raison où son amour l'induit
Est parjure à présent pour la seconde face.

Or, depuis ce jour-là, j'ai souvent comparé
Dans la chambre où la glace accepte un pur mirage,
La face de Linda, le visage miré,
Mais mon cœur pour élire a manqué de courage.

Si, parjure toujours, pour choisir j'ai douté,
Ce n'est pas qu'au miroir la dame soit plus belle;
Je l'adore pourtant d'être en réalité
Et parce qu'elle meurt quand veut sa sœur formelle.

J'adore de Linda ce spécieux reflet
Qui la simule toute et presque fabuleuse,
Mais vivante vraiment, moderne comme elle est :
La dame du miroir est si miraculeuse!

Et la glace où se fige un réel mouvement
Reste froide malgré son détestable ouvrage.
La force du miroir trompa plus d'un amant
Qui crut aimer sa belle et n'aima qu'un mirage.

LE TRÉSOR

Jadis, jadis vivait m'amie
Une princesse aux cheveux d'or,
En quel pays? Ne le sais mie.
Jadis, jadis vivait m'amie
La fée Yra, son ennemie,
Qui changea la belle en trésor.
Jadis, jadis vivait m'amie
Une princesse aux cheveux d'or.

En un trésor caché sous terre
La fée, au temps bleu des lilas,
Changea la belle de naguère
En un trésor caché sous terre.
La belle pleurait solitaire :
Elle pleurait sans nul soulas
En un trésor caché sous terre :
C'était au temps bleu des lilas.

De la mousse je suis la fée,
Dit à la princesse une voix,
Une voix très douce, étouffée,
De la mousse je suis la fée,
D'un bleu myosotis coiffée.
Pauvrette! En quel état vous vois!
De la mousse je suis la fée,
Dit à la princesse une voix.

Par un homme jeune et fidèle
Seront sauvés vos yeux taris,
Dit cette fée à voix d'oiselle,
Par un homme jeune et fidèle
Qui vous désirera, ma belle,
Et pour l'or n'aura que mépris,
Par un homme jeune et fidèle
Seront sauvés vos yeux taris.

Cent ans attendit la princesse.
Un jour quelqu'un passa par là,
Chevalier de haute prouesse,
— Cent ans l'attendit la princesse —
Brave, invaincu, mais sans richesse,
Qui prit tout l'or et s'en alla.
Cent ans attendit la princesse.
Un jour quelqu'un passa par là.

La pauvre princesse invisible
Fut mise en la bourse de cuir;
La pauvre princesse sensible,
Adorable, mais invisible.
Un brigand tua l'invincible,
Prit la bourse et se mit à fuir.
La pauvre princesse invisible
Pleurait dans la bourse de cuir.

Elle pleurait d'être en servage
Et de ne pas pouvoir crier.
Le grand vent du Nord faisait rage
— Elle pleurait d'être en servage —
Mais un homme vit le carnage,
Vint et tua le meurtrier.
Elle pleurait d'être en servage
Et de ne pas pouvoir crier.

Le sauveur, un pauvre poète,
Dit : « Onc homme tel trésor eut;
Mais j'en fais fi! Je suis très bête,
Un sauveur, un pauvre poète!
J'aimerais mieux une fillette. »

Alors la princesse apparut.
Le sauveur, un pauvre poète,
Dit : « Onc homme tel trésor eut! »

Et voilà l'histoire, m'amie,
De la princesse aux cheveux d'or.
Quel est son nom? Ne le sais mie.
Et voilà l'histoire, m'amie,
De celle que son ennemie
Changea jadis en un trésor.
Et voilà l'histoire, m'amie,
De la Princesse aux cheveux d'or.

JE vis un soir la zézayante
Et presque jamais souriante
Et renversée, un soir, hiante,
Pour quel ennui ? Vers quel soulas ?
S'ennuyait-elle d'une gemme,
D'une fleur bleue ou de l'angemme
Ou plaça-t-elle ceci : « J'aime ! »
Trop au hasard des tombolas !
Et dans le soir qui tout nous souille
Le fauteuil qui d'ombre se brouille
Avait des formes de grenouille
Près du lit, tel un tombeau bas.
Ainsi bayèrent par le monde
Viviane auprès de l'immonde
Et dans son palais Rosemonde
Qui fut moins belle que Linda.
Et moi qui tiens en ma cervelle
La vérité plus que nouvelle
Et que, plaise à Dieu, je révèle
De l'enchanteur qui la farda
Du sens des énigmes sereines,
Moi, qui sais des lais pour les reines
Et des chansons pour les sirènes,
Ce bayement long m'éluda.

Car au cœur proche et que je craigne
Ce cœur que l'ennui tendre étreigne.
Au cœur l'ennui c'est l'interrègne
A ne pas être l'interroi.
Ses mains alors s'épanouirent
Comme des fleurs de soir et luirent,
Ses yeux dont soudain s'éblouirent
Les dormantes glaces d'effroi
De voir bayer leur sombre dame,
Princesse ou fée ou simple femme
Ayant avec la mort dans l'âme
La grenouille pour tout arroi.

Lorsque vous partirez, je ne vous dirai rien,
Mais après tout l'été, quand reviendra l'automne,
Si vous n'êtes pas là, zézayante, ô Madone,
J'irai gémir à votre porte comme un chien.
Lorsque vous partirez, je ne vous dirai rien.

Et tout me parlera de vous pendant l'absence :
Des joyaux vus chez les orfèvres transmueront
Leurs gemmes en mauvais prestiges qui seront
Vos ongles et vos dents comme en réminiscence
Et tout me parlera de vous pendant l'absence.

Et, chaque nuit sans lune attestant vos cheveux,
Je verrai votre ennui dans chaque nuit lunaire;
Mais puisque vous partez l'on me soit débonnaire
Et fixe mon étoile et l'astre que je veux
Dans chaque nuit sans lune attestant vos cheveux.

Quand l'automne viendra, le bruit des feuilles sèches
Sera de votre robe un peu le bruissement.
Pour moi, vous sentant proche, en un pressentiment,
La feuille chue aura le parfum des fleurs fraîches,
Quand l'automne viendra hanté de feuilles sèches.

Madone au Nonchaloir, lorsque vous partirez,
Tout parlera de vous, même la feuille morte,
Sauf vous qui femme et mobile comme la porte
Avant le premier soir de danse m'oublierez,
Madone au Nonchaloir, lorsque vous partirez.

TIERCE RIME POUR VOTRE ÂME

VOTRE âme est une enfant que je voudrais bercer
En mes bras trop humains pour porter ce fantôme,
Ce fantôme d'enfant qui pourrait me lasser,

Et je veux vous conter comme un bon Chrysostome
La beauté de votre âme aperçue à demi
Autant qu'on peut voir une monade, un atome.

Votre âme est dans la paix comme cloître endormi.
Des larrons useront de plus d'un stratagème
Pour ouvrir le portail qui forclot l'ennemi.

Et l'un venant de droite avec la claire gemme
L'offrira de dehors à votre âme en dedans;
Un autre, le sinistre, alors s'écriera : « J'aime!

« J'aime la paix des soirs qui sont des occidents,
« Dans un cloître aux échos longs comme ma mémoire. »
Et contre le heurtoir il brisera ses dents.

Votre âme est un parfum subtil dans une armoire,
Votre âme est un baiser que je n'aurai jamais,
Votre âme est un lac bleu que nul autan ne moire;

Et l'on dérobera le parfum que j'aimais,
On prendra ce baiser dans un baiser trop tendre,
On boira dans ce lac où l'eau, je le promets,

Sera douce et très fraîche à qui saura s'étendre
Au bord du lac et boire comme une fleur d'eau,
Être au lac de votre âme, homme fleur, ô l'anthandre!

Votre âme est une infante à qui c'est un fardeau
Que porter le brocart de sa robe et sa traîne.
L'infante aux yeux ouverts qui veut faire dodo.

Votre âme est une infante à l'ombre souveraine
Des cyprès à l'instant où les rois vont passer,
Votre âme est une infante et qui deviendra reine,

Votre âme est une enfant que je voudrais bercer.

ADIEUX

Lorsque grâce aux printemps vous ne serez plus belle,
Vieillotte grasse ou maigre avec des yeux méchants,
Mère gigogne grave en qui rien ne rappelle
La fille aux traits d'infante immortelle en mes chants,

Il reviendra parfois dans votre âme quiète
Un souvenir de moi différent d'aujourd'hui
Car le temps glorieux donne aux plus laids poètes
La beauté qu'ils cherchaient cependant que par lui.

Les femmes voient s'éteindre en leurs regards la flamme;
Sur leur tempe il étend sa douce patte d'oie.
Les fards cachent les ans que n'avouent pas les femmes
Mais leur ventre honteux les fait montrer du doigt.

Et vous aurez alors des pensers ridicules.
— C'est en dix neuf cent un qu'un poète m'aima.
Seule je me souviens, moi, vieille qui spécule,
De sa laideur au taciturne qui m'aima.

Je suis laid, par hasard, à cette heure et vous, belle,
Vous attendez le ravisseur longtemps promis
Qui déploie comme un mirage du mont Gibel
Le bonheur d'être deux toujours et endormis.

Très humbles devant vous pleureront des Ricombres
Donnant l'anneau gemmal pour l'éternel baiser
Et des pauvres fameux pour vous vendraient leur ombre
Puis, loin de vous, pensifs, mourraient d'un cœur brisé.

***

Il en viendra beaucoup des trouveurs d'aventure,
En galop tout poudreux, des roses plein les mains,
Mais l'un, un soir, dénouera votre chevelure
Et vous crierez : C'est toi!... C'est toi jusqu'à demain.

Car l'endemain viendront des chevaucheurs encore
Moustachus et câlins ou brutaux à souhait
Qui, joie! seront vainqueurs, Ma Joie! vainqueurs encore
Par la caresse lente ou même à coups de fouet.

Et peut-être sera-ce alors temps de tristesse,
Quand vos ongles tachés de blanc déchireront
Votre chair; quand le cœur trop plein de « Quand
était-ce »
Vous pleurerez fronçant les plis de votre front.

Intercalées dans l'an viendront les journées veuves,
Les vendredis sanglants et lents d'enterrements,
Des blancs et de tout noirs vaincus des cieux qui pleuvent
Quand la femme du diable a battu son amant.

Cependant, grâce à vous, merci! ma dessilleuse!
J'ai bien compris que seuls pouvaient vivre en m'aimant
Dans l'ombre originelle où mon repos se creuse
Les bons vers immortels qui s'ennuient patiemment.

Et pourtant c'est bien vrai, je n'eus aucun désir
Sinon téter la lune, ô nuit au seul tétin
Et creuser à jamais mon logique Nazir
Malgré l'amour terrestre aux baisers florentins.

Non, je ne veux aucun de ces cœurs que l'on donne,
Ni de l'aumône humaine exquise aux cœurs ingrats,
Ni du pieux soulas des grâces des madones,
Ni de l'amour humain qui fait trop d'embarras.

Tous les dons sont impurs et les joyaux sont tristes
Et l'amour est maudit pour ce qu'il peut donner,
Il n'y a pas encor de cadeaux anarchistes
Il n'y a que la paix quand finit la journée.

Il y a les yeux bleus des mères inquiètes,
Il y a les grands chiens et les dieux inconnus
Et la rage et le doute et le nom des poètes
Avec l'éternité des marbres toujours vus.

Ici finissent les dicts d'amour de
Guillaume Apollinaire à Linda la Zézayante.

VILLE ET CŒUR

La ville sérieuse avec ses girouettes
Sur le chaos figé du toit de ses maisons
Ressemble au cœur figé, mais divers, du poète
Avec les tournoiements stridents des déraisons.

O ville comme un cœur tu es déraisonnable.
Contre ma paume j'ai senti les battements
De la ville et du cœur : de la ville imprenable
Et de mon cœur surpris de vie, énormément.

ÉPOUSAILLES

A une qui est au bord de l'Océan.

L'AMOUR a épousé l'absence, un soir d'été;
Si bien que mon amour pour votre adolescence
Accompagne à pas lents sa femme, votre absence,
Qui, très douce, le mène et, tranquille, se tait.

Et l'amour qui s'en vint aux bords océaniques,
Où le ciel serait grec si toutes étaient nues,
Y pleure d'être dieu encore et inconnu,
Ce dieu jaloux comme le sont les dieux uniques.

ÉLÉGIE DU VOYAGEUR AUX PIEDS BLESSÉS

Marche le gars! Marche en gaieté,
Ce calme jour d'un calme été,
Où, sauf la source, tout se tait.

Va parmi les grandes fougères,
Les myrtilles et les bruyères
Où tant d'abeilles butinèrent.

La source est là comme un œil clos,
Pleurant avec de frais sanglots
La naissance triste de l'eau.

L'eau pure deviendra l'eau sale,
La source enfante et pleure ou râle,
Déplorée par les saules pâles.

Roule de vulgaires pensées,
Vieilles et saines et sensées,
Le gars! ô l'homme aux pieds blessés!

Au bois tu n'as point vu de faunes;
Des nymphes tu n'eus pas l'aumône
D'un iris bleu, d'un iris jaune.

Tu foules les dieux sous tes pas
Au vert bâton que tu coupas
Un dieu meurt — tu ne le sais pas! —

Ah! marche l'homme sans déesses
Ni tutélaires ni traîtresses,
Marche et tue les dieux quand ils naissent.

Tue les dieux nés de nos clairs yeux
Et dans nos âmes; le sang pieux
De tes pieds console les dieux.

Les faunes roux et les satyres
En te voyant feignent de rire
Et troublent l'eau quand tu t'y mires.

Tu marches saluant les croix,
Du bord des routes qui poudroient.
Tout rouges de ton sang et froids,

Les dieux narquois partout se meurent
Et s'émeuvent les enchanteurs,
Les fleurs se fanent, les fées pleurent.

TROIS POÈMES DE LOUISE LALANNE

[LE PRÉSENT]

CHANSON

LES myrtilles sont pour la dame
    Qui n'est pas là
La marjolaine est pour mon âme
    Tralala!
Le chèvrefeuille est pour la belle
    Irrésolue.
Quand cueillerons-nous les airelles
    Lanturlu.
Mais laissons pousser sur la tombe,
    O folle! O fou!
Le romarin en touffes sombres
    Laïtou!

[HIER]

PER TE PRÆSENTIT ARUSPEX

O MON très cher amour, toi mon œuvre et que j'aime,
A jamais j'allumai le feu de ton regard,
Je t'aime comme j'aime une belle œuvre d'art,
Une noble statue, un magique poème.

Tu seras, mon aimée, un témoin de moi-même.
Je te crée à jamais pour qu'après mon départ,
Tu transmettes mon nom aux hommes en retard
Toi, la vie et l'amour, ma gloire et mon emblème;

Et je suis soucieux de ta grande beauté
Bien plus que tu ne peux toi-même en être fière :
C'est moi qui l'ai conçue et faite tout entière.

Ainsi, belle œuvre d'art, nos amours ont été
Et seront l'ornement du ciel et de la terre,
O toi, ma créature et ma divinité!

L'ENFER

Un homme a traversé le désert sans rien boire
Et parvient une nuit sur les bords de la mer
Il a plus soif encore à voir le flot amer
Cet homme est mon désir, la mer est ta victoire.

Tout habillé de bleu quand il a l'âme noire
Au pied d'une potence un beau masque prend l'air
Comme si de l'amour — ce pendu jaune et vert —
Je voulais que brûlât l'horrible main de gloire.

Le pendu, le beau masque et cet homme altéré
Descendent dans l'enfer que je creuse moi-même
Et l'enfer c'est toujours : « Je voudrais qu'elle m'aime. »

Et n'aurais-je jamais une chose à mon gré
Sinon l'amour, du moins une mort aussi belle.
Dis-moi, le savais-tu, que mon âme est mortelle ?

ÉPITHALAME

Il est trop tard, il est trop tard, l'homme a pris ma sœur
Aux mamelles tentantes en la tristor des soirs,
Et je n'ai pu vouloir sous les étoiles habituelles
Écouter les baisers que lui donnait l'Amant.

La chasse, ô sœur, la chasse a corné dans les nuits,
Les corneurs au loin ont fait un vain bruit,
Et la tête mourante a déchiré ton sein
Pour réchauffer le front trahi du morne Saint.

Rêvons! Rêvons, ô sœur! — Tes tresses magnifiques! —
As-tu des rêves d'or de femme prolifique?
Et puis ce rêve est nul avec d'autres comas,
Et c'est à toi qu'il dit que jamais tu n'aimas.

O sœur, vierge impudique, qui reviens de là-bas
Ne t'es-tu pas livrée au mage des sabbats?
Le désir de savoir ce que là tu fis nue,
Dis, ce sera pareil, ce conte inconnu,

Pareil à vos amours, livres non encor lus?
La volonté, la volonté, oh! de ce que tu voulais.
Enfant aux seins trop durs, pointes-rubis balais;
O enfant, ô sœur, pourquoi t'es-tu livrée? —

A tes pieds, l'aurore jeta ses fleurs de lauriers-roses;
Et ta fleur, et ton sein, et la nuit, et l'hypnose
M'ont fait mourir un peu, ô Belle au bois dormant!
Attendant le galop du cheval de l'amant.

Or, tu partis en croupe, le Mage te baisa,
Sur les yeux, sur les seins, sur la bouche il osa!
O dis, ô dis, ô sœur, dis-moi ce qu'il n'osa!...
Et te voilà revenue, pantelante, ô ma sœur!
De ce pays de feu où les femmes vont nues,
Où les membres sont noirs aux hommes qui t'aimèrent,
Où de longs corps se pâment au coin des carrefours,
Où l'on tranche la tête au soleil chaque jour
Pour qu'il verse son sang en rayons sur la terre.

L'IGNORANCE

ICARE

Soleil, je suis jeune et c'est à cause de toi,
Mon ombre pour être fauste je l'ai jetée.
Pardon, je ne fais pas plus d'ombre qu'une étoile
Je suis le seul qui pense dans l'immensité.

Mon père m'apprit les détours du labyrinthe
Et la science de la terre et puis mourut
Et depuis j'ai scruté longtemps la vieille crainte
Du ciel mobile et me suis nourri d'herbes crues.

Les oracles, c'est vrai, désapprouvaient ce zèle
Mais nul dieu pour tout dire n'est intervenu
Et pieux j'ai peiné pour achever les ailes
Qu'un peu de cire fixe à mes épaules nues.

Et j'ai pris mon essor vers ta face splendide
Les horizons terrestres se sont étalés
Des déserts de Libye aux palus méotides
Et des sources du Nil aux brumes de Thulé.

Soleil, je viens caresser ta face splendide
Et veux fixer ta flamme unique, aveuglement.
Icare étant céleste et plus divin qu'Alcide
Et son bûcher sera ton éblouissement.

UN PÂTRE

Je vois un dieu oblong flotter sous le soleil,
Puisse le premier dieu visible s'en aller
Et si c'était un dieu mourant cette merveille
Prions qu'il tombe ailleurs que dans notre vallée.

ICARE

Pour éviter la nuit, ta mère incestueuse,
Dieu circulaire et bon je flotte entre les nues
Loin de la terre où vient, stellaire et somptueuse,
La nuit cette inconnue parmi les inconnus.

Et je vivrai par ta chaleur et d'espérance.
Mais, ton amour, soleil, brûle divinement
Mon corps qu'être divin voulut mon ignorance
Et ciel! Humains! je tourne en l'éblouissement.

BATELIERS

Un dieu choit dans la mer, un dieu nu, les mains vides
Au semblant des noyés il ira sur une île
Pourrir face tournée vers le soleil splendide.
Deux ailes feuillolent sous le ciel d'Ionie.

GRATITUDE

Maître José Théry
Sans vous j'eusse péri,
Vous sauvâtes ma vie :
Je vous en remercie.

En prison, seul et nu,
Je serais devenu
Comme un oisel en cage;
Il y perd son ramage.

Un soir à la Santé
Vous m'avez visité;
Je n'en menais pas large,
Mais sans rien craindre, car je

N'avais pas mal agi :
Alors on m'élargit...
Que mon Merci soit, Maître,
Plus long qu'un kilomètre,

Et plus sonore encor
Que la voix de Stentor;
Qu'il dure et qu'il demeure
Jusqu'au jour où je meure.

Puis, après mon trépas,
Qu'il ne trépasse pas,
Mais soit devant l'Histoire
Un peu de votre gloire.

DANS LE JARDIN D'ANNA

Certes si nous avions vécu en l'an dix-sept cent soixante

Est-ce bien la date que vous déchiffrez Anna sur ce banc
de pierre

Et que par malheur j'eusse été allemand
Mais que par bonheur j'eusse été près de vous
Nous aurions parlé d'amour de façon imprécise
Presque toujours en français
Et pendue éperdument à mon bras
Vous m'auriez écouté vous parler de Pythagoras
En pensant aussi au café qu'on prendrait
Dans une demi-heure

Et l'automne eût été pareil à cet automne
Que l'épine-vinette et les pampres couronnent

Et brusquement parfois j'eusse salué très bas
De nobles dames grasses et langoureuses

J'aurais dégusté lentement et tout seul
Pendant de longues soirées
Le tokay épais ou la malvoisie
J'aurais mis mon habit espagnol
Pour aller sur la route par laquelle

Arrive dans son vieux carrosse
Ma grand-mère qui se refuse à comprendre l'allemand

J'aurais écrit des vers pleins de mythologie
Sur vos seins la vie champêtre et sur les dames
Des alentours

J'aurais souvent cassé ma canne
Sur le dos d'un paysan

J'aurais aimé entendre de la musique en mangeant
Du jambon

J'aurais juré en allemand je vous le jure
Lorsque vous m'auriez surpris embrassant à pleine bouche
Cette servante rousse

Vous m'auriez pardonné dans le bois aux myrtilles

J'aurais fredonné un moment
Puis nous aurions écouté longtemps les bruits du crépuscule

ISPAHAN

Pour tes roses
J'aurais fait
Un voyage plus long encore

Ton soleil n'est pas celui
Qui luit
Partout ailleurs
Et tes musiques qui s'accordent avec l'aube
Sont désormais pour moi
La mesure de l'art
D'après leur souvenir
Je jugerai
Mes vers les arts
Plastiques et toi-même
Visage adoré

Ispahan aux musiques du matin
Réveille l'odeur des roses de ses jardins

J'ai parfumé mon âme
A la rose
Pour ma vie entière

Ispahan grise et aux faïences bleues
Comme si l'on t'avait
Faite avec
Des morceaux de ciel et de terre
En laissant au milieu
Un grand trou de lumière
Cette
Place carrée Meïdan
Schah trop

Grande pour le trop petit nombre
De petits ânes trottinant
Et qui savent si joliment
Braire en regardant
La barbe rougie au henné
Du Soleil qui ressemble
A ces jeunes marchands barbus
Abrités sous leur ombrelle blanche

Je suis ici le frère des peupliers

Reconnaissez beaux peupliers aux fils d'Europe
O mes frères tremblants qui priez en Asie

Un passant arqué comme une corne d'antilope
Phonographe
Patarafes
La petite échoppe

ROLANDSECK

A ROLANDSECK je rêvais sur la rive verte
La nonne de Roland dans l'île Nonnenwerth
Semblait passer ancienne parmi les fillettes

Les sept montagnes dormaient comme les bêtes
Enfin lasses qui gardaient les princesses légendaires
Et rêvant j'attendais le bac rectangulaire

Des gens descendant venaient aussi pour passer le fleuve
Trois dames au parler hanovrien
Effeuillaient sans raison des roses dans le Rhin
Qui semble une veine de Ton Corps si noble

Sur la route bordant le fleuve et tachée d'ombre
    Fuyaient tremblant de peur
Comme des chevaliers indignes les autos
Tandis qu'au fil du Rhin s'en allaient des bateaux
        A vapeur

LA GRENOUILLÈRE

Au bord de l'île on voit
Les canots vides qui s'entre-cognent
Et maintenant
Ni le dimanche ni les jours de la semaine
Ni les peintres ni Maupassant ne se promènent
Bras nus sur leurs canots avec des femmes à grosse poitrine
                    Et bêtes comme chou
Petits bateaux vous me faites bien de la peine
Au bord de l'île

MONTPARNASSE

O PORTE de l'hôtel avec deux plantes vertes
Vertes qui jamais
Ne porteront de fleurs
Où sont mes fruits Où me planté-je
O porte de l'hôtel un ange est devant toi
Distribuant des prospectus
On n'a jamais si bien défendu la vertu
Donnez-moi pour toujours une chambre à la semaine
Ange barbu vous êtes en réalité
Un poète lyrique d'Allemagne
Qui voulez connaître Paris
Vous connaissez de son pavé
Ces raies sur lesquelles il ne faut pas que l'on marche
Et vous rêvez
D'aller passer votre Dimanche à Garches

Il fait un peu lourd et vos cheveux sont longs
O bon petit poète un peu bête et trop blond
Vos yeux ressemblent tant à ces deux grands ballons
Qui s'en vont dans l'air pur
A l'aventure

HYDE PARK

Les Faiseurs de religions
Prêchaient dans le brouillard
Les ombres près de qui nous passions
Jouaient à colin-maillard

A soixante-dix ans
Joues fraîches de petits enfants
Venez venez Éléonore
Et que sais-je encore

Regardez venir les cyclopes
Les pipes s'envolaient
Mais envolez-vous-en
Regards impénitents
Et l'Europe l'Europe

Regards sacrés
Mains énamourées
Et les amants s'aimèrent
Tant que prêcheurs prêchèrent

1904

A STRASBOURG en 1904
J'arrivai pour le lundi gras
A l'hôtel m'assis devant l'âtre
Près d'un chanteur de l'Opéra
Qui ne parlait que de théâtre

La Kellnerine rousse avait
Mis sur sa tête un chapeau rose
Comme Hébé qui les dieux servait
N'en eut jamais ô belles choses
Carnaval chapeau rose Ave!

A Rome à Nice et à Cologne
Dans les fleurs et les confetti
Carnaval j'ai revu ta trogne
O roi plus riche et plus gentil
Que Crésus Rothschild et Torlogne

Je soupai d'un peu de foie gras
De chevreuil tendre à la compote
De tartes flans etc.
Un peu de kirsch me ravigote

Que ne t'avais-je entre mes bras

L'ANGUILLE

Jeanne Houhou la très gentille
Est morte entre des draps très blancs
Pas seule Bébert dit l'Anguille
Narcisse et Hubert le merlan
Près d'elle faisaient leur manille

Et la crâneuse de Clichy
Aux rouges yeux de dégueulade
Répète Mon eau de Vichy
Va dans le panier à salade
Haha sans faire de chichi

Les yeux dansants comme des anges
Elle riait elle riait
Les yeux très bleus les dents très blanches
Si vous saviez si vous saviez
Tout ce que nous ferons dimanche

SOUVENIR DU DOUANIER

Un tout petit oiseau
Sur l'épaule d'un ange
Ils chantent la louange
Du gentil Rousseau

Les mouvements du monde
Les souvenirs s'en vont
Comme un bateau sur l'onde
Et les regrets au fond

Gentil Rousseau
Tu es cet ange
Et cet oiseau
De ta louange

Ils se donnaient la main et s'attristaient ensemble
Sur leurs tombeaux ce sont les mêmes fleurs qui tremblent
Tu as raison elle est belle
Mais je n'ai pas le droit de l'aimer
Il faut que je reste ici
Où l'on fait de si jolies couronnes mortuaires en perles
Il faudra que je te montre ça

La belle Américaine
Qui rend les hommes fous
Dans deux ou trois semaines
Partira pour Corfou

Je tourne vire
Phare affolé
Mon beau navire
S'est en allé

Des plaies sur les jambes
Tu m'as montré ces trous sanglants
Quand nous prenions un quinquina
Au bar des Iles Marquises rue de la Gaîté
Un matin doux de verduresse

Les matelots l'attendent
Et fixent l'horizon
Où mi-corps hors de l'onde
Bayent tous les poissons

Je tourne vire
Phare affolé
Mon beau navire
S'est en allé

Les tessons de ta voix que l'amour a brisée
Nègres mélodieux Et je t'avais grisée

La belle Américaine
Qui rend les hommes fous
Dans deux ou trois semaines
Partira pour Corfou

Tu traverses Paris à pied très lentement
La brise au voile mauve Êtes-vous là maman

Je tourne vire
Phare affolé
Mon beau navire
S'est en allé

On dit qu'elle était belle
Près du Mississipi
Mais que la rend plus belle
La mode de Paris

Je tourne vire
Phare affolé
Mon beau navire
S'est en allé

Il grava sur un banc près la porte Dauphine
Les deux noms adorés Clémence et Joséphine

Et deux rosiers grimpaient le long de son âme
Un merveilleux trio
Il sourit sur le Pavé des Gardes à la jument pisseuse
Il dirige un orchestre d'enfants
Mademoiselle Madeleine
Ah! Mademoiselle Madeleine
Ah!

Il y a d'autres filles
Dans l'arrondissement
De douces de gentilles
Et qui n'ont pas d'amants

Je tourne vire
Phare affolé
Mon beau navire
S'est en allé

UN POÈME

IL est entré
Il s'est assis
Il ne regarde pas le pyrogène à cheveux rouges
L'allumette flambe
Il est parti

LE PONT

DEUX dames le long le long du fleuve
Elles se parlent par-dessus l'eau
Et sur le pont de leurs paroles
La foule passe et repasse en dansant

Un dieu c'est
pour
Tu reviendras toi
seule
Hi! oh! Là-bas que
le
Là-bas sang
coule

Tous les enfants savent pourquoi

Passe mais passe donc

Ne te retourne pas

Hi! oh! là-bas là-bas
Les jeunes filles qui passent sur le pont léger
Portent dans leurs mains
Le bouquet de demain
Et leurs regards s'écoulent
Dans ce fleuve à tous étranger
Qui vient de loin qui va si loin
Et passe sous le pont léger de vos paroles
O Bavardes le long du fleuve
O Bavardes ô folles le long du fleuve

AVANT LE CINÉMA

Et puis ce soir on s'en ira
Au cinéma

Les Artistes que sont-ce donc
Ce ne sont plus ceux qui cultivent les Beaux-Arts
Ce ne sont pas ceux qui s'occupent de l'Art
Art poétique ou bien musique
Les Artistes ce sont les acteurs et les actrices

Si nous étions des Artistes
Nous ne dirions pas le cinéma
Nous dirions le ciné

Mais si nous étions de vieux professeurs de province
Nous ne dirions ni ciné ni cinéma
Mais cinématographe

Aussi mon Dieu faut-il avoir du goût

FUSÉE-SIGNAL

Des villages flambaient dans la nuit intérieure
Une fermière conduit son auto sur une route vers Galveston

Qui a lancé cette fusée-signal

Néanmoins tu feras bien de tenir la porte ouverte
Et puis le vent scieur de long
Suscitera en toi la terreur des fantômes
Ta langue
Le poisson rouge dans le bocal
De ta voix
Mais ce regret
A peine une infirmière plus blanche que l'hiver
Éblouissant tandis qu'à l'horizon décroît
Un régiment de jours plus bleus que les collines
Lointaines et plus doux que ne sont les coussins de l'auto

ALLONS PLUS VITE

Et le soir vient et les lys meurent
Regarde ma douleur beau ciel qui me l'envoies
Une nuit de mélancolie

Enfant souris ô sœur écoute
Pauvres marchez sur la grand-route
O menteuse forêt qui surgis à ma voix
Les flammes qui brûlent les âmes

Sur le Boulevard de Grenelle
Les ouvriers et les patrons
Arbres de mai cette dentelle
Ne fais donc pas le fanfaron
Allons plus vite nom de Dieu
Allons plus vite

Tous les poteaux télégraphiques
Viennent là-bas le long du quai
Sur son sein notre République
A mis ce bouquet de muguet
Qui poussait dru le long du quai
Allons plus vite nom de Dieu
Allons plus vite

La bouche en cœur Pauline honteuse
Les ouvriers et les patrons
Oui-dà oui-dà belle endormeuse
Ton frère
Allons plus vite nom de Dieu
Allons plus vite

SANGLOTS

Notre amour est réglé par les calmes étoiles
Or nous savons qu'en nous beaucoup d'hommes respirent
Qui vinrent de très loin et sont un sous nos fronts
C'est la chanson des rêveurs
Qui s'étaient arraché le cœur
Et le portaient dans la main droite
Souviens-t'en cher orgueil de tous ces souvenirs

Des marins qui chantaient comme des conquérants
Des gouffres de Thulé des tendres cieux d'Ophir
Des malades maudits de ceux qui fuient leur ombre
Et du retour joyeux des heureux émigrants
De ce cœur il coulait du sang
Et le rêveur allait pensant
A sa blessure délicate
Tu ne briseras pas la chaîne de ces causes
Et douloureuse et nous disait
Qui sont les effets d'autres causes
Mon pauvre cœur mon cœur brisé
Pareil au cœur de tous les hommes
Voici voici nos mains que la vie fit esclaves
Est mort d'amour ou c'est tout comme
Est mort d'amour et le voici   Ainsi vont toutes choses
Arrachez donc le vôtre aussi
Et rien ne sera libre jusqu'à la fin des temps
Laissons tout aux morts
Et cachons nos sanglots

BLEUET

Jeune homme
De vingt ans
Qui as vu des choses si affreuses
Que penses-tu des hommes de ton enfance
Tu   Tu
as
vu   connais
la
mort   la bravoure et la ruse
en
face
plus
de
cent
fois
tu
ne
sais
Transmets ton intrépidité   pas
ce
A ceux qui viendront   que
c'est
Après toi   que
la
vie

Jeune homme
Tu es joyeux ta mémoire est ensanglantée
Ton âme est rouge aussi
De joie
Tu as absorbé la vie de ceux qui sont morts près de toi

Tu as de la décision
Il est 17 heures et tu saurais
Mourir
Sinon mieux que tes aînés
Du moins plus pieusement
Car tu connais mieux la mort que la vie
O douceur d'autrefois
Lenteur immémoriale

À LUIGI AMARO

Deux drapeaux tricolores

Amaro vous savez que je vous aime bien

C'est
le
lundi
de
Pâques

Comment réussissent-ils à avoir du crin gris perle

Je me souviens de l'émotion sublime qui nous gagna tous
A la lecture de la proclamation du général Gallieni
Aux Parisiens

Vous chantez Gallieni
Avec cette simplicité
Qu'il faut mettre en toutes choses

L'Italie est venue avec nous
Agitant auprès du ciel de notre drapeau

AMARO Le vert qui est la végétation
l'espérance

ÉCOUTEZ Qui est la haine aussi
Et l'ennemi lui-même

Amaro écoutez
Le fracas éternel de nos artilleries
Érige un tombeau de rumeurs
Tresse les couronnes faites en fleurs d'éclatements

Amaro écoutez
La Russie chante la *Marseillaise*

L'Amérique au nom de toutes démocraties
Proclame que tous les Français sont illustres

Et vous Amaro honorez
Tous les soldats français en chantant ce grand pacificateur
France ô Pacifique
O douce ô belle France

Amaro vous savez que je vous aime bien
Et nous aimons tous deux la France et l'Italie

FAGNES DE WALLONIE

TANT de tristesses plénières
Prirent mon cœur aux fagnes désolées
Quand las j'ai reposé dans les sapinières
Le poids des kilomètres pendant que râlait
Le vent d'ouest

J'avais quitté le joli bois
Les écureuils y sont restés
Ma pipe essayait de faire des nuages
                    Au ciel
Qui restait pur obstinément

Je n'ai confié aucun secret sinon une chanson énigmatique
Aux tourbières humides

Les bruyères fleurant le miel
Attiraient les abeilles
Et mes pieds endoloris
Foulaient les myrtilles et les airelles
Tendrement mariée
                    Nord
                    Nord
La vie s'y tord
En arbres forts
                    Et tors
La vie y mord
                    La mort
A belles dents
Quand bruit le vent

ONIROCRITIQUE

Les charbons du ciel étaient si proches que je craignais leur ardeur. Ils étaient sur le point de me brûler. Mais j'avais la conscience des éternités différentes de l'homme et de la femme. Deux animaux dissemblables s'accouplaient et les rosiers provignaient des treilles qu'alourdissaient des grappes de lunes. De la gorge du singe il sortit des flammes qui fleurdelisèrent le monde. Dans les myrtaies une hermine blanchissait. Nous lui demandâmes la raison du faux hiver. J'avalai des troupeaux basanés. Orkenise parut à l'horizon. Nous nous dirigeâmes vers cette ville en regrettant les vallons où les pommiers chantaient, sifflaient et rugissaient. Mais le chant des champs labourés était merveilleux :

Par les portes d'Orkenise
Veut entrer un charretier.
Par les portes d'Orkenise
Veut sortir un va-nu-pieds.

Et les gardes de la ville
Courant sus au va-nu-pieds :
« — Qu'emportes-tu de la ville ? »
« — J'y laisse mon cœur entier. »

Et les gardes de la ville
Courant sus au charretier :
« — Qu'apportes-tu dans la ville ? »
« — Mon cœur pour me marier. »

Que de cœurs dans Orkenise!
Les gardes riaient, riaient,
Va-nu-pieds la route est grise,
L'amour grise, ô charretier.

Les beaux gardes de la ville,
Tricotaient superbement;
Puis, les portes de la ville,
Se fermèrent lentement.

Mais, j'avais la conscience des éternités différentes de l'homme et de la femme. Le ciel allaitait ses pards. J'aperçus alors sur ma main des taches cramoisies. Vers le matin, des pirates emmenèrent neuf vaisseaux ancrés dans le port. Les monarques s'égayaient. Et les femmes ne voulaient pleurer aucun mort. Elles préfèrent les vieux rois, plus forts en amour que les vieux chiens. Un sacrificateur désira être immolé au lieu de la victime. On lui ouvrit le ventre. J'y vis quatre I, quatre O, quatre D. On nous servit de la viande fraîche et je grandis subitement après en avoir mangé. Des singes pareils à leurs arbres violaient d'anciens tombeaux. J'appelai une de ces bêtes sur qui poussaient des feuilles de laurier. Elle m'apporta une tête faite d'une seule perle. Je la pris dans mes bras et l'interrogeai après l'avoir menacée de la rejeter dans la mer si elle ne me répondait pas. Cette perle était ignorante et la mer l'engloutit.

Mais, j'avais la conscience des éternités différentes de l'homme et de la femme. Deux animaux dissemblables s'aimaient. Cependant les rois seuls ne mouraient point de ce rire et vingt tailleurs aveugles vinrent dans le but de tailler et de coudre un voile destiné à couvrir la sardoine. Je les dirigeai moi-même, à reculons. Vers le soir, les arbres s'envolèrent, les singes devinrent immobiles et je me vis au centuple. La troupe que j'étais s'assit au bord de la mer. De grands vaisseaux d'or passaient à l'horizon. Et quand la nuit fut complète, cent flammes vinrent à ma rencontre. Je procréai cent enfants mâles dont les nourrices furent la lune et la colline. Ils aimèrent les rois désossés que l'on agitait sur les balcons. Arrivé au bord d'un fleuve je le pris à deux mains et le brandis. Cette épée me désaltéra. Et, la source languissante m'avertit que si j'arrêtais le soleil je le verrais carré, en réalité. Centuplé, je nageai vers un archipel. Cent matelots m'accueillirent et m'ayant mené dans un palais, ils m'y tuèrent quatre-vingt-dix-neuf fois. J'éclatai de rire à ce moment et dansai tandis qu'ils pleuraient. Je dansai à quatre pattes. Les matelots n'osaient plus bouger, car j'avais l'aspect effrayant du lion.

A quatre pattes, à quatre pattes.

Mes bras, mes jambes se ressemblaient et mes yeux multipliés me couronnaient attentivement. Je me relevai ensuite pour danser comme les mains et les feuilles.

J'étais ganté. Les insulaires m'emmenèrent dans leurs vergers pour que je cueillisse des fruits semblables à des femmes. Et l'île, à la dérive, alla combler un golfe où du sable aussitôt poussèrent des arbres rouges. Une bête molle couverte de plumes blanches chantait ineffablement et tout un peuple l'admirait sans se lasser. Je retrouvai sur le sol la tête faite d'une seule perle qui pleurait. Je brandis le fleuve et la foule se dispersa. Des vieillards mangeaient l'ache et immortels ne souffraient pas plus que les morts. Je me sentis libre, libre comme une fleur en sa saison. Le soleil n'était pas plus libre qu'un fruit mûr. Un troupeau d'arbres broutait les étoiles invisibles et l'aurore donnait la main à la tempête. Dans les myrtaies, on subissait l'influence de l'ombre. Tout un peuple entassé dans un pressoir saignait en chantant. Des hommes naquirent de la liqueur qui coulait du pressoir. Ils brandissaient d'autres fleuves qui s'entrechoquaient avec un bruit argentin. Les ombres sortirent des myrtaies et s'en allèrent dans les jardinets qu'arrosait un surgeon d'yeux d'hommes et de bêtes. Le plus beau des hommes me prit à la gorge, mais je parvins à le terrasser. A genoux, il me montra les dents. Je les touchai. Il en sortit des sons qui se changèrent en serpents de la couleur des châtaignes et leur langue s'appelait Sainte Fabeau. Ils déterrèrent une racine transparente et en mangèrent. Elle était de la grosseur d'une rave.

Et mon fleuve au repos les surbaigna sans les noyer.

Le ciel était plein de fèces et d'oignons. Je maudissais les astres indignes dont la clarté coulait sur la terre.

Nulle créature vivante n'apparaissait plus. Mais des chants s'élevaient de toutes parts. Je visitai des villes vides et des chaumières abandonnées. Je ramassai les couronnes de tous les rois et en fis le ministre immobile du monde loquace. Des vaisseaux d'or, sans matelots, passaient à l'horizon. Des ombres gigantesques se profilaient sur les voiles lointaines. Plusieurs siècles me séparaient de ces ombres. Je me désespérai. Mais, j'avais la conscience des éternités différentes de l'homme et de la femme. Des ombres dissemblables assombrissaient de leur amour l'écarlate des voilures, tandis que mes yeux se multipliaient dans les fleuves, dans les villes et sur la neige des montagnes.

POÈMES À LOU

[OMBRE DE MON AMOUR]

I

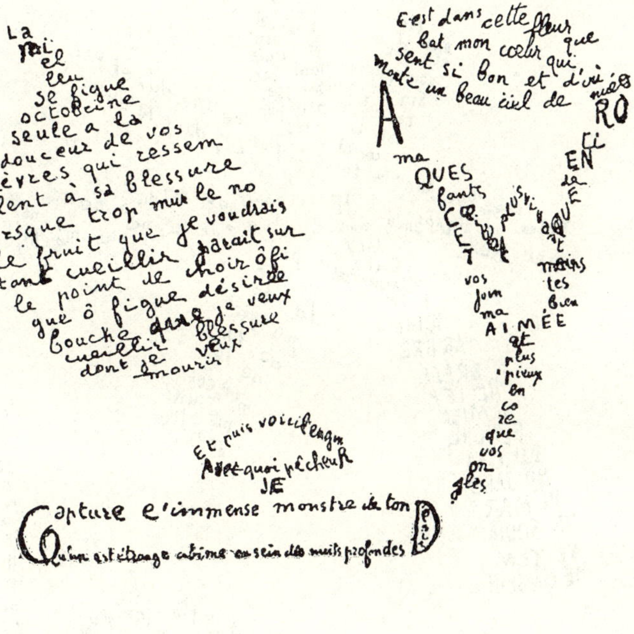
La
se figue
octobrine
seule a la
douceur de vos
lèvres qui ressem
blent à sa blessure
lorsque trop mûr le no
ble fruit que je voudrais
tant cueillir paraît sur
le point de choir ô fi
gue ô figue désirée
bouche je veux
cueillir blessure
dont je veux
mourir
C'est dans cette fleur que
bat mon cœur qui
sent si bon et d'où
monte un beau ciel de nuées
RO
A
ma
QUES
fants
EN
vos
ma
AIMÉE
plus
pieux
que
vos
Et puis voici la longue
avec quoi pêcheur
JE
capture l'immense monstre de ton
abîme au sein des nuits profondes

II

A LOU

HOMMAGE
respectueusement passionné

O ſi
vi ers
vous bat
tiez ain
si que
font par
fois ses
pau pie
res

rir
mou sa
et en
voir l'ir
fin
res ist
ible E
ter ni

ce livre dur et pre
cis dans la joie
Par

Votre cheve lure pareille le
répandu au sang

JE
vous
SALU
E LOU
COMM
E FAIT
VOTRE
ARBRE
PRÉFÉ
RÉ LEP
ALMIER
PENCHÉ
DU GRA
ND JARD
IN MAR
IN SOULE
VÉ COM
ME UN SEIN

apprenez ô Lou à me con
naî
tre afin de ne
plus m'oublier

mais per
ché sur
l'a bî
me je
mi
do la
ne
mer com
me un
maî tre

et je pla ici mê
me
malgré vous
votre pen
sée la + secrete

GUI
SE
ANME
APOLLI

Guillaume
Apollinaire

III

A
MA
DA
MELACOMTESSE
L. Y.
C N
je donne de tout
cœur ce flacon
d'eau-de-vie et
suis son servite
ur son admirate
ur et son ami ta
citurne GUILLAU
ME APOLLINAIRE

LE 11
NOVE
MBRE
1914 A NICE
OU ELLE SOIG
NE LES BLESS
ÉS DE
LA GU
ERRE

IV

JE pense à toi mon Lou ton cœur est ma caserne
Mes sens sont tes chevaux ton souvenir est ma luzerne

Le ciel est plein ce soir de sabres d'éperons
Les canonniers s'en vont dans l'ombre lourds et prompts

Mais près de moi je vois sans cesse ton image
Ta bouche est la blessure ardente du courage

Nos fanfares éclatent dans la nuit comme ta voix
Quand je suis à cheval tu trottes près de moi

Nos 75 sont gracieux comme ton corps
Et tes cheveux sont fauves comme le feu d'un obus qui éclate au nord

Je t'aime tes mains et mes souvenirs
Font sonner à toute heure une heureuse fanfare
Des soleils tour à tour se prennent à hennir
Nous sommes les bat-flanc sur qui ruent les étoiles

V

Au lac de tes yeux très profond
Mon pauvre cœur se noie et fond
Là le défont
Dans l'eau d'amour et de folie
Souvenir et Mélancolie

VI

La fumée de la cantine est comme la nuit qui vient
Voix hautes ou graves le vin saigne partout
Je tire ma pipe libre et fier parmi mes camarades
Ils partiront avec moi pour les champs de bataille
Ils dormiront la nuit sous la pluie ou les étoiles
Ils galoperont avec moi portant en croupe des victoires
Ils obéiront avec moi aux mêmes commandements
Ils écouteront attentifs les sublimes fanfares
Ils mourront près de moi et moi peut-être près d'eux
Ils souffriront du froid et du soleil avec moi
Ils sont des hommes ceux-ci qui boivent avec moi
Ils obéissent avec moi aux lois de l'homme
Ils regardent sur les routes les femmes qui passent
Ils les désirent mais moi j'ai des plus hautes amours
Qui règnent sur mon cœur mes sens et mon cerveau
Et qui sont ma patrie ma famille et mon espérance
A moi soldat amoureux soldat de la douce France

VII

MON Lou la nuit descend tu es à moi je t'aime
Les cyprès ont noirci le ciel a fait de même
Les trompettes chantaient ta beauté mon bonheur
De t'aimer pour toujours ton cœur près de mon cœur
Je suis revenu doucement à la caserne
Les écuries sentaient bon la luzerne
Les croupes des chevaux évoquaient ta force et ta grâce
D'alezane dorée ô ma belle jument de race
La tour Magne tournait sur sa colline laurée
Et dansait lentement lentement s'obombrait
Tandis que des amants descendaient de la colline
La tour dansait lentement comme une sarrasine
Le vent souffle pourtant il ne fait pas du tout froid
Je te verrai dans deux jours et suis heureux comme un roi
Et j'aime de t'y aimer cette Nîmes la Romaine
Où les soldats français remplacent l'armée prétorienne
Beaucoup de vieux soldats qu'on n'a pu habiller
Ils vont comme des bœufs tanguent comme des mariniers
Je pense à tes cheveux qui sont mon or et ma gloire
Ils sont toute ma lumière dans la nuit noire
Et tes yeux sont les fenêtres d'où je veux regarder
La vie et ses bonheurs la mort qui vient aider
Les soldats las les femmes tristes et les enfants malades
Des soldats mangent près d'ici de l'ail dans la salade
L'un a une chemise quadrillée de bleu comme une carte
Je t'adore mon Lou et sans te voir je te regarde
Ça sent l'ail et le vin et aussi l'iodoforme
Je t'adore mon Lou embrasse-moi avant que je ne dorme
Le ciel est plein d'étoiles qui sont les soldats
Morts ils bivouaquent là-haut comme ils bivouaquaient
    là-bas

Et j'irai conducteur un jour lointain t'y conduire
Lou que de jours de bonheur avant que ce jour ne vienne luire
Aime-moi mon Lou je t'adore Bonsoir
Je t'adore je t'aime adieu mon Lou ma gloire

VIII

JE t'adore mon Lou et par moi tout t'adore
Les chevaux que je vois s'ébrouer aux abords
L'appareil des monuments latins qui me contemplent
Les artilleurs vigoureux qui dans leur caserne rentrent
Le soleil qui descend lentement devant moi
Les fantassins bleu pâle qui partent pour le front pensent
à toi
Car ô ma chevelue de feu tu es la torche
Qui m'éclaire ce monde et flamme tu es ma force
Dans le ciel les nuages
Figurent ton image
Le mistral en passant
Emporte mes paroles
Tu en perçois le sens
C'est vers toi qu'elles volent
Tout le jour nos regards
Vont des Alpes au Gard
Du Gard à la Marine
Et quand le jour décline
Quand le sommeil nous prend
Dans nos lits différents
Nos songes nous rapprochent
Objets dans la même poche
Et nous vivons confondus
Dans le même rêve éperdu
Mes songes te ressemblent
Les branches remuées ce sont tes yeux qui tremblent
Et je te vois partout toi si belle et si tendre
Les clous de mes souliers brillent comme tes yeux
La vulve des juments est rose comme la tienne
Et nos armes graissées c'est comme quand tu me veux
O douceur de ma vie c'est comme quand tu m'aimes

L'hiver est doux le ciel est bleu
Refais-me le refais-me le
Toi ma chère permission
Ma consigne ma faction
Ton amour est mon uniforme
Tes doux baisers sont les boutons
Ils brillent comme l'or et l'ornent
Et tes bras si roses si longs
Sont les plus galants des galons
Un monsieur près de moi mange une glace blanche
Je songe au goût de ta chair et je songe à tes hanches
A gauche lit son journal une jeune dame blonde
Je songe à tes lettres où sont pour moi toutes les nouvelles du monde
Il passe des marins la mer meurt à tes pieds
Je regarde ta photo tu es l'univers entier
J'allume une allumette et vois ta chevelure
Tu es pour moi la vie cependant qu'elle dure
Et tu es l'avenir et mon éternité
Toi mon amour unique et la seule beauté

IX

Mon Lou je veux te reparler maintenant de l'Amour
Il monte dans mon cœur comme le soleil sur le jour
Et soleil il agite ses rayons comme des fouets
Pour activer nos âmes et les lier
Mon amour c'est seulement ton bonheur
Et ton bonheur c'est seulement ma volonté
Ton amour doit être passionné de douleur
Ma volonté se confond avec ton désir et ta beauté
Ah! Ah! te revoilà devant moi toute nue
Captive adorée toi la dernière venue
Tes seins ont le goût pâle des kakis et des figues de
barbarie
Hanches fruits confits je les aime ma chérie

L'écume de la mer dont naquit la déesse
Évoque celle-là qui naît de ma caresse
Si tu marches Splendeur tes yeux ont le luisant
D'un sabre au doux regard prêt à se teindre de sang
Si tu te couches Douceur tu deviens mon orgie
Et le mets savoureux de notre liturgie
Si tu te courbes Ardeur comme une flamme au vent
Des atteintes du feu jamais rien n'est décevant
Je flambe dans ta flamme et suis de ton amour
Le phénix qui se meurt et renaît chaque jour
Chaque jour
Mon amour
Va vers toi ma chérie
Comme un tramway
Il grince et crie
Sur les rails où je vais

La nuit m'envoie ses violettes
Reçois-les car je te les jette
Le soleil est mort doucement
Comme est mort l'ancien roman
De nos fausses amours passées
Les violettes sont tressées
Si d'or te couronnait le jour
La nuit t'enguirlande à son tour

X

C'EST l'hiver et déjà j'ai revu des bourgeons
Aux figuiers dans les clos Mon amour nous bougeons
Vers la paix ce printemps de la guerre où nous sommes
Nous sommes bien Là-bas entends le cri des hommes
Un marin japonais se gratte l'œil gauche avec l'orteil droit
Sur le chemin de l'exil voici des fils de rois
Mon cœur tourne autour de toi comme un kolo où dansent quelques jeunes soldats serbes auprès d'une pucelle endormie
Le fantassin blond fait la chasse aux morpions sous la pluie
Un belge interné dans les Pays-Bas lit un journal où il est question de moi
Sur la digue une reine regarde le champ de bataille avec effroi
L'ambulancier ferme les yeux devant l'horrible blessure
Le sonneur voit le beffroi tomber comme une poire trop mûre
Le capitaine anglais dont le vaisseau coule tire une dernière pipe d'opium
Ils crient Cri vers le printemps de paix qui va venir Entends le cri des hommes
Mais mon cri va vers toi mon Lou tu es ma paix et mon printemps
Tu es ma Lou chérie le bonheur que j'attends
C'est pour notre bonheur que je me prépare à la mort
C'est pour notre bonheur que dans la vie j'espère encore
C'est pour notre bonheur que luttent les armées
Que l'on pointe au miroir sur l'infanterie décimée
Que passent les obus comme des étoiles filantes
Que vont les prisonniers en troupes dolentes
Et que mon cœur ne bat que pour toi ma chérie
Mon amour ô mon Lou mon art et mon artillerie

XI

GUIRLANDE DE LOU

Je fume un cigare à Tarascon en humant un café
Des goumiers en manteau rouge passent près de l'hôtel des Empereurs
Le train qui m'emporta t'enguirlandait de tout mon souvenir nostalgique
Et ces roses si roses qui fleurissent tes seins
C'est mon désir joyeux comme l'aurore d'un beau matin

Une flaque d'eau trouble comme mon âme
Le train fuyait avec un bruit d'obus de 120 au terme de sa course
Et les yeux fermés je respirais les héliotropes de tes veines
Sur tes jambes qui sont un jardin plein de marbres
Héliotropes ô soupirs d'une Belgique crucifiée

Et puis tourne tes yeux ce réséda si tendre
Ils exhalent un parfum que mes yeux savent entendre
L'odeur forte et honteuse des Saintes violées
Des sept Départements où le sang a coulé

Hausse tes mains Hausse tes mains ces lys de ma fierté
Dans leur corolle s'épure toute l'impureté
O lys ô cloches des cathédrales qui s'écroulent au nord
Carillons des Beffrois qui sonnent à la mort
Fleurs de lys fleurs de France ô mains de mon amour
Vous fleurissez de clarté la lumière du jour

Tes pieds tes pieds d'or touffes de mimosas
Lampes au bout du chemin fatigues des soldats
— *Allons c'est moi ouvre la porte je suis de retour enfin*
— C'est toi assieds-toi entre l'ombre et la tristesse
— *Je suis couvert de boue et tremble de détresse*
Je pensais à tes pieds d'or pâle comme à des fleurs
— Touche-les ils sont froids comme quelqu'un qui meurt

Les lilas de tes cheveux qui annoncent le printemps
Ce sont les sanglots et les cris que jettent les mourants
Le vent passe au travers doux comme nos baisers
Le printemps reviendra les lilas vont passer

Ta voix ta voix fleurit comme les tubéreuses
Elle enivre la vie ô voix ô voix chérie
Ordonne ordonne au temps de passer bien plus vite
Le bouquet de ton corps est le bonheur du temps
Et les fleurs de l'espoir enguirlandent tes tempes
Les douleurs en passant près de toi se métamorphosent
— Écroulements de flammes morts frileuses hémati-
droses —

En une gerbe où fleurit La Merveilleuse Rose

Tarascon, 24 janvier 1915.

XII

SI JE MOURAIS LÀ-BAS...

Si je mourais là-bas sur le front de l'armée
Tu pleurerais un jour ô Lou ma bien-aimée
Et puis mon souvenir s'éteindrait comme meurt
Un obus éclatant sur le front de l'armée
Un bel obus semblable aux mimosas en fleur

Et puis ce souvenir éclaté dans l'espace
Couvrirait de mon sang le monde tout entier
La mer les monts les vals et l'étoile qui passe
Les soleils merveilleux mûrissant dans l'espace
Comme font les fruits d'or autour de Baratier

Souvenir oublié vivant dans toutes choses
Je rougirais le bout de tes jolis seins roses
Je rougirais ta bouche et tes cheveux sanglants
Tu ne vieillirais point toutes ces belles choses
Rajeuniraient toujours pour leurs destins galants

Le fatal giclement de mon sang sur le monde
Donnerait au soleil plus de vive clarté
Aux fleurs plus de couleur plus de vitesse à l'onde
Un amour inouï descendrait sur le monde
L'amant serait plus fort dans ton corps écarté

Lou si je meurs là-bas souvenir qu'on oublie
— Souviens-t'en quelquefois aux instants de folie
De jeunesse et d'amour et d'éclatante ardeur —
Mon sang c'est la fontaine ardente du bonheur
Et sois la plus heureuse étant la plus jolie

O mon unique amour et ma grande folie

30 janv. 1915,
Nîmes.

L a nuit descend
O n y pressent
U n long un long destin de sang

XIII

LA MÉSANGE

Les soldats s'en vont lentement
Dans la nuit trouble de la ville
Entends battre mon cœur d'amant
Ce cœur en vaut bien plus de mille
Puisque je t'aime éperdument

Je t'aime éperdument ma chère
J'ai perdu le sens de la vie
Je ne connais plus la lumière
Puisque l'Amour est mon envie
Mon soleil et ma vie entière

Écoute-le battre mon cœur
Un régiment d'artillerie
En marche mon cœur d'Artilleur
Pour toi se met en batterie
Écoute-le petite sœur

Petite sœur je te prends toute
Tu m'appartiens je t'appartiens
Ensemble nous faisons la route
Et dis-moi de ces petits riens
Qui consolent qui les écoute

Un tramway descend vitement
Trouant la nuit la nuit de verre
Où va mon cœur en régiment
Tes beaux yeux m'envoient leur lumière
Entends battre mon cœur d'amant

Ce matin vint une mésange
Voleter près de mon cheval
C'était peut-être un petit ange
Exilé dans le joli val
Où j'eus sa vision étrange

Ses yeux c'était tes jolis yeux
Son plumage ta chevelure
Son chant les mots mystérieux
Qu'à mes oreilles on susurre
Quand nous sommes bien seuls tous deux

Dans le vallon j'étais tout blême
D'avoir chevauché jusque-là
Le vent criait un long poème
Au soleil dans tout son éclat
Au bel oiseau j'ai dit Je t'aime!

2 fév. 1915.

XIV

PARCE QUE TU M'AS PARLÉ DE VICE...

Tu m'as parlé de vice en ta lettre d'hier
Le vice n'entre pas dans les amours sublimes
Il n'est pas plus qu'un grain de sable dans la mer
Un seul grain descendant dans les glauques abîmes

Nous pouvons faire agir l'imagination
Faire danser nos sens sur les débris du monde
Nous énerver jusqu'à l'exaspération
Ou vautrer nos deux corps dans une fange immonde

Et liés l'un à l'autre en une étreinte unique
Nous pouvons défier la mort et son destin
Quand nos dents claqueront en claquement panique
Nous pouvons appeler soir ce qu'on dit matin

Tu peux déifier ma volonté sauvage
Je peux me prosterner comme vers un autel
Devant ta croupe qu'ensanglantera ma rage
Nos amours resteront pures comme un beau ciel

Qu'importe qu'essoufflés muets bouches ouvertes
Ainsi que deux canons tombés de leur affût
Brisés de trop s'aimer nos corps restent inertes
Notre amour restera bien toujours ce qu'il fut

Ennoblissons mon cœur l'imagination
La pauvre humanité bien souvent n'en a guères
Le vice en tout cela n'est qu'une illusion
Qui ne trompe jamais que les âmes vulgaires

3 fév. 1915.

XV

NOS ÉTOILES

La trompette sonne et resonne
Sonne l'extinction des feux
Mon pauvre cœur je te le donne
Pour un regard de tes beaux yeux
Un mouvement de ta personne

Et c'est dix heures tout s'endort
J'écoute ronfler la caserne
Le vent qui souffle vient du nord
La lune me sert de lanterne
Un chien perdu crie à la mort

La nuit s'écoule lente lente
Les heures sonnent lentement
Toi que fais-tu belle indolente
Tandis que veille ton amant
Qui soupire après son amante

Et je cherche au ciel constellé
Où sont nos étoiles jumelles
Mon destin au tien est mêlé
Mais nos étoiles où sont-elles
O ciel mon joli champ de blé

Hugo l'a dit célèbre image
Booz et Ruth s'en vont là-haut
Pas au plafond sur le passage
Comme au roman de *Balao*
Duquel je n'ai lu qu'une page

Un coq lance « cocorico »
Ensemble nos chevaux hennissent
A Nice me répond l'Écho
Tous les amours se réunissent
Autour de mon ptit Lou de Co

*L'ini*maginable tendresse
De ton regard paraît aux cieux
Mon lit ressemble à ta caresse
Par la chaleur puisque tes yeux
Au nom de Nice m'apparaissent

La nuit s'écoule doucement
Je vais enfin dormir tranquille
Tes yeux qui veillent ton amant
Sont-ce pas ma belle indocile
Nos étoiles au firmament

3 fév. 1915.

XVI

DANS UN CAFÉ À NÎMES

Vous partez — Oui c'est pour ce soir —
Où allez-vous Reims ou Belgique
Mon voyage est un grand [trou] noir
A travers notre République
C'est tout ce que j'en peux savoir —

Y fûtes-vous — Dans la Lorraine
J'ai fait campagne tout d'abord
J'ai vu la Marne et j'ai vu l'Aisne
J'ai frôlé quatre fois la mort
Qui du Nord est la souveraine

J'ai reçu deux éclats d'obus
Et la médaille militaire
Blessé c'est dans un autobus
Que je m'en revins en arrière
Près d'un espion en gibus

Il voulait fuir Mes mains crispées
L'étranglèrent Ce vilain mort
Me servit de lit Les Napées
Et toutes les Nymphes du Nord
Sur le chemin s'étaient groupées

Et disaient d'une douce voix
Tandis que couleur d'espérance
Bruissait le feuillage des bois
« Bravo petit soldat de France »
Puis je fis un signe de croix —

Caporal qui vas aux tranchées
Heureux est ton sort glorieux
Là-bas aux lignes piochées
A vos fusils impérieux
Les victoires sont accrochées

Dans un dépôt nous canonniers
Attendons notre tour de gloire
Vous êtes partis les premiers
Nous remporterons la victoire
Qui se jette au cou des derniers —

Canonnier ayez patience
Adieu donc — Adieu caporal —
Votre nom — Mon nom l'Espérance
Je suis un canon un cheval
Je suis l'Espoir Vive la France

4 fév. 1915.

XVII

RÊVERIE SUR TA VENUE

Mon Lou mon Cœur mon Adorée
Je donnerais dix ans et plus
Pour ta chevelure dorée
Pour tes regards irrésolus
Pour la chère toison ambrée

Plus précieuse que n'était
Celle-là dont savait la route
Sur la grand-route du Cathai
Qu'Alexandre parcourut toute
Circé que son Jason fouettait

Il la fouettait avec des branches
De laurier-sauce ou d'olivier
La bougresse branlait des hanches
N'ayant plus rien à envier
En faveur de ses fesses blanches

Ce qu'à la Reine fit Jason
Pour ses tours de sorcellerie
Pour sa magie et son poison
Je te le ferai ma chérie
Quand serons seuls à la maison

Je t'en ferai bien plus encore
L'amour la schlague et cœtera
Un cul sera noir comme un Maure
Quand ma maîtresse arrivera
Arrive ô mon Lou que j'adore

Dans la chambre de volupté
Où je t'irai trouver à Nîmes
Tandis que nous prendrons le thé
Pendant le peu d'heures intimes
Que m'embellira ta beauté

Nous ferons cent mille bêtises
Malgré la guerre et tous ses maux
Nous aurons de belles surprises
Les arbres en fleur les Rameaux
Pâques les premières cerises

Nous lirons dans le même lit.
Au livre de ton corps lui-même
— C'est un livre qu'au lit on lit —
Nous lirons le charmant poème
Des grâces de ton corps joli

Nous passerons de doux dimanches
Plus doux que n'est le chocolat
Jouant tous deux au jeu des hanches
Le soir j'en serai raplapla
Tu seras pâle aux lèvres blanches

Un mois après tu partiras
La nuit descendra sur la terre
En vain je te tendrai les bras
Magicienne du mystère
Ma Circé tu disparaîtras

Où t'en iras-tu ma jolie
A Paris dans la Suisse ou bien
Au bord de ma mélancolie
Ce flot méditerranéen
Que jamais jamais on n'oublie

Alors sonneront sonneront
Les trompettes d'artillerie
Nous partirons et ron et ron
Petit patapon ma chérie
Vers ce qu'on appelle le Front

J'y ferai qui sait des prouesses
Comme font les autres poilus
En l'honneur de tes belles fesses
De tes doux yeux irrésolus
Et de tes divines caresses

Mais en attendant je t'attends
J'attends tes yeux ton cou ta croupe
Que je n'attende pas longtemps
De tes beautés la belle troupe
M'amie aux beaux seins palpitants

Et viens-t'en donc puisque je t'aime
Je le chante sur tous les tons
Ciel nuageux la nuit est blême
La lune chemine à tâtons
Une abeille sur de la crème

4 février 1915.

XVIII

ADIEU

L'amour est libre il n'est jamais soumis au sort
OLou le mien est plus fort encor que la mort
Un cœur le mien te suit dans ton voyage au Nord

Lettres Envoie aussi des lettres ma chérie
On aime en recevoir dans notre artillerie
Une par jour au moins une au moins je t'en prie

Lentement la nuit noire est tombée à présent
On va rentrer après avoir acquis du zan
Une deux trois A toi ma vie A toi mon sang

La nuit mon cœur la nuit est très douce et très blonde
OLou le ciel est pur aujourd'hui comme une onde
Un cœur le mien te suit jusques au bout du monde

L'heure est venue Adieu l'heure de ton départ
On va rentrer Il est neuf heures moins le quart
Une deux trois Adieu de Nîmes dans le Gard

4 fév. 1915

XIX

VAIS acheter une cravache
En peau de porc jaune en couleur
Si je n'en trouve que macache
Prendrai mon fouet de conducteur

XX

Les moutons noirs des nuits d'hiver
S'amènent en longs troupeaux tristes
Les étoiles parsèment l'air
Comme des éclats d'améthystes

Là-bas tu vois les projecteurs
Jouer l'aurore boréale
C'est une bataille de fleurs
Où l'obus est une fleur mâle

Les canons membres génitaux
Engrossent l'amoureuse terre
Le temps est aux instincts brutaux
Pareille à l'amour est la guerre

Écoute au loin les branle-bas
Claquer le drapeau tricolore
Au vent dans le bruit des combats
Qui durent du soir à l'aurore

Salut salut au régiment
Qui va rejoindre les tranchées
Dans le ciel pâle éperdument
Sur lui la victoire est penchée

Mon cœur embrasse les deux fronts
Front de Toutou front de l'armée
Ce qu'ils ont fait nous le ferons
Au revoir ô ma bien-aimée

XXI

SONNET DU HUIT FÉVRIER 1915

LUNDI huit février ma biche
Ma biche part
Suis inquiet elle s'en fiche
Buvons du marc

Vrai qu'au service de l'Autriche
(Patate et lard)
Le militaire est très peu riche
Je m'en fous car

Il peut bien vivre d'Espérance
Même il en meurt
Au doux service de la France

Un Artilleur
Mon âme à ta suite s'élance
Adieu mon cœur

XXII

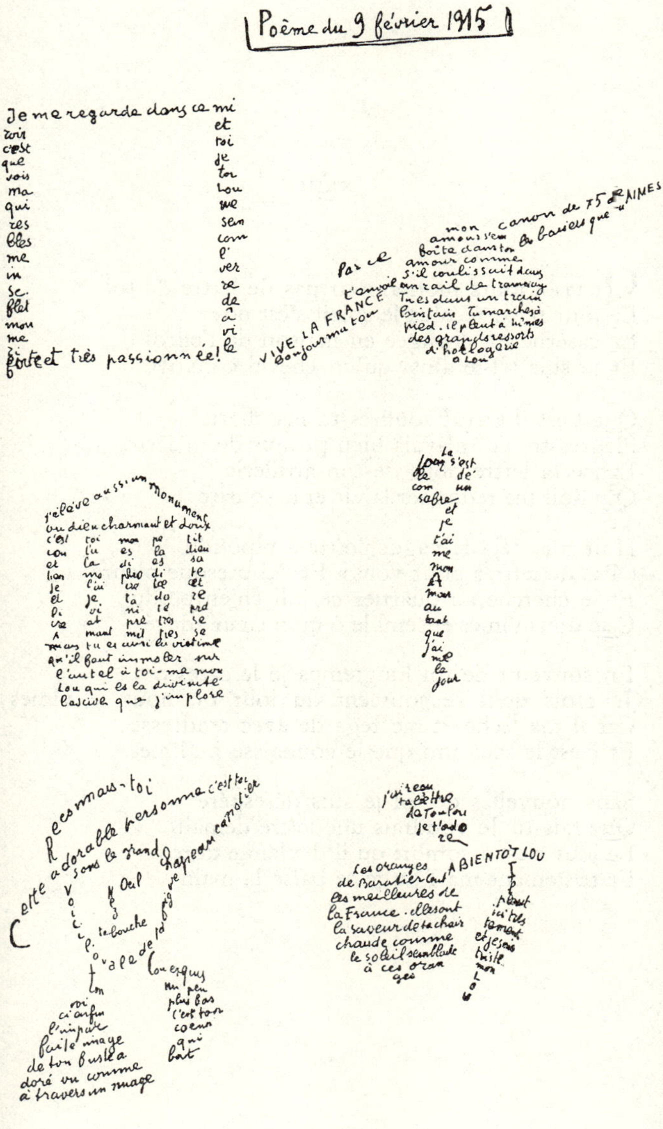
Poème du 9 février 1915
Je me regarde dans ce mi
voir
c'est
que
vois
ma
qui
res
bles
me
in
sc.
flet
mon
me
si
forte et très passionnée!
et
toi
je
toi
Lou
we
sen
com
l'
ver
re
de
à
vi
le
mon canon de 75 d'AIMES
amour s'en
boite dans ton
amour comme
s'il coulissait dans
un rail de tramway
Très doux un train
lointain Tu marches à
pied. il pleut à Nîmes
des grands ressorts
d'horlogerie
à Lou
Parce
t'envoie
VIVE LA FRANCE
Bonjour ma Lou
J'élève aussi un monument
au dieu charmant et doux
Lou
s'est
de
com
sabre
et
je
t'ai
me
mon
A
mour
au
tant
que
j'ai
me
le
jour
Reconnais-toi
Cette adorable personne c'est toi
sous le grand chapeau canotier
Voici l'œil
ta bouche
l'ovale de ta figure
ton
Lou exquise
un peu
plus bas
c'est ton
cœur
qui
bat
toi
ci enfin
l'imparfaite image
de ton buste adoré vu comme
à travers un nuage
J'ai reçu ta lettre
de ton Lou
je t'adore
A BIENTÔT LOU
Les oranges
de Baratier sont
les meilleures de
la France. elles ont
la saveur de ta chair
chaude comme
le soleil semblable
à ces oranges
il pleut ici très
tristement
et je suis
triste
mon
Lou

XXIII

QUATRE jours mon amour pas de lettre de toi
Le jour n'existe plus le soleil s'est noyé
La caserne est changée en maison de l'effroi
Et je suis triste ainsi qu'un cheval convoyé

Que t'est-il arrivé souffres-tu ma chérie
Pleures-tu Tu m'avais bien promis de m'écrire
Lance ta lettre obus de ton artillerie
Qui doit me redonner la vie et le sourire

Huit fois déjà le vaguemestre a répondu
« Pas de lettres pour vous » Et j'ai presque pleuré
Et je cherche au quartier ce joli chien perdu
Que nous vîmes ensemble ô mon cœur adoré

En souvenir de toi longtemps je le caresse
Je crois qu'il se souvient du jour où nous le vîmes
Car il me lèche et me regarde avec tendresse
Et c'est le seul ami que je connaisse à Nîmes

Sans nouvelles de toi je suis désespéré
Que fais-tu Je voudrais une lettre demain
Le jour s'est assombri qu'il devienne doré
Et tristement ma Lou je te baise la main

XXIV

Nîmes le 11 mars 1915.

De toi depuis longtemps je n'ai pas de nouvelles
Mais quels doux souvenirs sont ceux où tu te mêles
Lou mon amour lointain et ma divinité
Souffre que ton dévot adore ta beauté
C'est aujourd'hui le jour de la grande visite
Et Lou mon cher amour nous partirons ensuite
C'est question de jours Je ne te verrai plus
Ils ne reviendront pas les beaux jours révolus

Sais-je mon cher amour si tu m'aimes encore
Les trompettes du soir gémissent lentement
Ta photo devant moi chère Lou je t'adore
Et tu sembles sourire encore à ton amant

J'ignore tout de toi Qu'es-tu donc devenue
Es-tu morte es-tu vive et l'as-tu renié
L'amour que tu promis un jour au canonnier
Que je voudrais mourir sur la rive inconnue

Que je voudrais mourir dans le bel orient
Quand Croisé j'entrerai fier dans Constantinople
Ton image à la main mourir en souriant
Devant la douce mer d'azur et de sinople

O Lou ma grande peine ô Lou mon cœur brisé
Comme un doux son de cor ta voix sonne et resonne
Ton regard attendri dont je me suis grisé
Je le revois lointain lointain et qui s'étonne

Je baise tes cheveux mon unique trésor
Et qui de ton amour furent le premier gage
Ta voix mon souvenir s'éloigne ô son du cor
Ma vie est un beau livre et l'on tourne la page

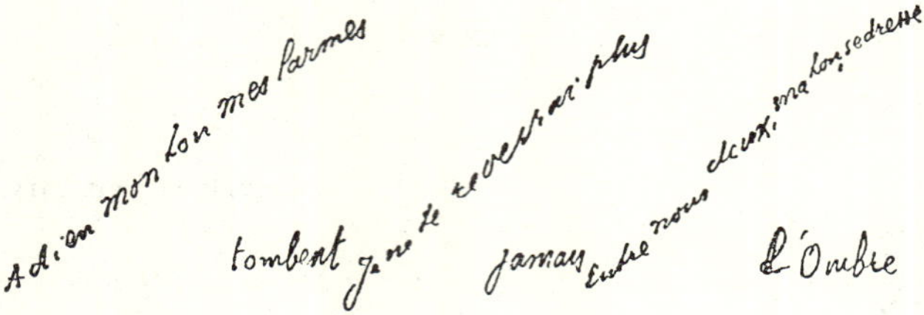

Et souviens-toi parfois du temps où tu m'aimais

L'heure
Pleure
trois
fois

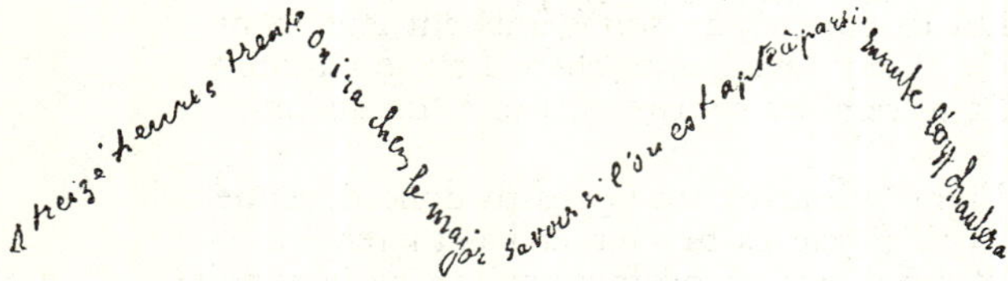

Prenons-les par le flanc

Rantanplan tire lire

Garde-moi bien toutes les lettres que tu m'as écrites
Et dont tu n'es que la dépositaire
Tu dois me les rendre quoi qu'il arrive
A moins que je ne meure
Ce qui se peut fort bien

Mon Lou mon Lou chéri j'ai des baisers plein les lèvres
Je t'en mets sur les yeux sur tes cheveux
Fauves partout partout des baisers affolés
        Amour en cristal de Baccarat
        Amour brisé en mille morceaux
        Quel verrier miraculeux
        Pourrait te raccommoder
J'entends le vent se plaindre au-dessus des garrigues
Et ronfler la caserne aux cent mille fatigues
Un chien pleure à la mort comme mon cœur saignant
Je perds tout sauf l'honneur ainsi qu'à Marignan

J'ai perdu mes amours Où sont-elles allées
Sont-ce elles dont j'entends les plaintes désolées
O tête trop lourde front en feu mes yeux tristes
O pourpres avenirs comme des améthystes
Trajectoires de vie que mon cœur va suivant
Comme un obus lancé qui traverse le vent
La nuit est temps propice à celui qui soupire
J'ai goûté le meilleur je vais goûter le pire
Mais je t'aime ma Lou comme on n'a pas aimé
Et quand tu seras vieille enfant mon cœur mon âme
Souviens-toi quelquefois de moi

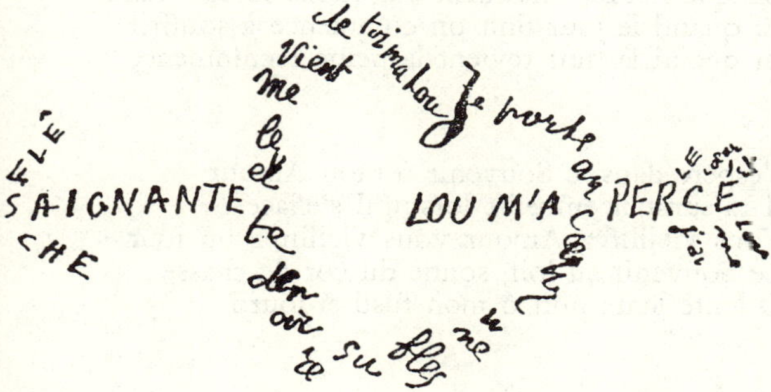

Adieu mon Lou chéri je t'aime infiniment
Si je pars avant de t'avoir revue
Je t'enverrai mon adresse
Et tu m'écriras si tu veux
        Adieu mon Lou je baise tes cheveux
        Adieu mon Lou Adieu

XXV

FACTION

Je pense à toi ma Lou pendant la faction
J'ai ton regard là-haut en clignements d'étoiles
Tout le ciel c'est ton corps chère conception
De mon désir majeur qu'attisent les rafales
Autour de ce soldat en méditation

Amour vous ne savez ce que c'est que l'absence
Et vous ne savez pas que l'on s'en sent mourir
Chaque heure infiniment augmente la souffrance
Et quand le jour finit on commence à souffrir
Et quand la nuit revient la peine recommence

J'espère dans le Souvenir ô mon Amour
Il rajeunit il embellit lorsqu'il s'efface
Vous vieillirez Amour vous vieillirez un jour
Le Souvenir au loin sonne du cor de chasse
O lente lente nuit ô mon fusil si lourd

XXVI

LA CEINTURE

LA MUSE

Depuis longtemps déjà je t'ai laissé tout seul
Cependant me voici t'apportant mon mensonge
Poète sois joyeux tu sembles un linceul
Regarde-moi c'est moi je ne suis pas un songe

LE POÈTE

O Muse je tremblais de ne plus te revoir
Voici ton doux regard voici ta robe ouverte
Et ta ceinture enfin qui me fait concevoir
Un exquis dénouement devant cette mer verte

L'AMOUR

Va ne t'excite pas ta Muse qui revient
Ne t'aime maintenant plus qu'à travers l'espace
Mais prends-lui deux baisers comme un suprême bien
Et sois content surtout puisque tout lasse et passe

LE POÈTE

Mais Amour tu sais bien que je suis maladroit
Dérobe sa ceinture et m'en fais ma couronne
Je me contenterai de penser à l'endroit
Où pressait ce ruban sur sa belle personne

LA MUSE

Poète me voici j'ai deux baisers pour toi
Je t'aimerai toujours d'un amour platonique
Mais toi tu m'appartiens je suis ta seule loi
Et reçois ma ceinture en un don magnifique

LE POÈTE

J'adore ta ceinture ô Muse mon amour
Elle est ronde comme le monde et ta mamelle
Elle est ouverte au centre ainsi ta bouche pour
Rire et longue comme un vers à rime éternelle
Elle est mon art elle est ma vie et ma douleur
Elle est l'illusion elle est toute lumière
Elle la grande beauté la multiple couleur
Et ma muse en second puisque part la première
Elle est ta forme aussi car elle a pris ton corps
Elle a saisi ton corps comme une belle proie
Va-t'en va-t'en là-bas vers les Ests et les Nords
Où t'entraînent l'Amour la Bravoure et la Joie
Et quand je m'en irai là-bas ou bien ailleurs
Ma muse me suivra ta ceinture idéale
Irréel arc-en-ciel aux sept belles couleurs
Qui décorent ce soir le ciel sur la mer pâle

LA MUSE

Adieu je pars adieu tu m'attends à jamais
L'Amour s'impatiente et la nuit va descendre

LE POÈTE

Eh! que m'importe à moi puisque moi je t'aimais
Ce soir j'ai dénoué ta ceinture à jamais
Et toi tu n'as de moi pas même un brin de cendre

L'AMOUR

Espère dans l'Amour Poète il reviendra
Te ramener ta Muse avec sa robe ouverte
Ce que l'Amour a dit Poète il le fera
Adieu la nuit descend et la mer n'est plus verte

LE POÈTE

Adieu petit Amour petit enfant ingrat
Enfin me voici seul dans la nuit incolore
Toi qui n'existes pas CEINTURE je t'adore

XXVII

L'ATTENTE

On attend le moment de gagner la victoire
On espère l'amour on espère la gloire
On cueille des lilas
Derniers lilas pareils à des baisers très las

On attend des baisers plus doux que cette lune
Et les fleurs du printemps tombent l'une après l'une
La couille de Japonais rôtie et remplie de chiures de mouche

Le puceron du rosier

C'est une perspective mieux que celle de Nevsky

Une couleuvre avec un archevêque

Le pape est généralissime

On a joué la Brabançonne et les nerpruns fermaient l'horizon

On portait des poteaux télégraphiques de rechange

Les alluvions les plus récentes

O tranchée blanche ouverte comme un œuf à la coque

Les grenouilles immobiles la tête hors de l'étang

Tes cheveux sont aussi doux que des morceaux de sucre

Il y a une horloge qui ne montre que le blanc de l'œil

Tes nichons rempliraient un quart de cavalerie

Escalier en spirale plus beau roman des temps modernes

Elle a des poils en fils de fer barbelés

Narines chevaux de frise

Mais où est le sycophante pour que je revoie

Au moins la figue

Cette petite fille avait le grade de commandant

Toute tatouée des seins exactement comme des bananes

Il y a ici un ancien marin qui a sodomisé un Hindou

Le veau d'or a tiré son coup

La boulangère est avec le Sénégalais

Les cages dorées où sont les Japonaises

Nuit et nuit et les lilas qui meurent

Il faut tourner rapidement en suivant une courbe du second degré

Pour revenir aux jours les plus charmants des jours passés qui pleurent

Un servant
Fait comme Diogène faisait et se branle devant l'Armée

Il y a aussi quelqu'un
Qui se fait pomper le cyclope avec une pompe à bicyclette

XXVIII

Et prends bien garde aux Zeppelins
Aux Zeppelins de toute sorte
Ceux des Boches sont pas malins
Ceux des Français sont bien plus pleins
Et prends bien garde aux Zeppelins
Chaque officier Français en porte

XXIX

O NATUREL désir pour l'homme être roi
On est revêtu de la carte de son royaume
Les fleuves sont des épingles d'acier semblables à tes veines où roule l'onde trompeuse de tes yeux
Le cratère d'un volcan qui sommeille mais n'est pas éteint
C'est ton sexe brun et plissé comme une rose sèche
Et les pieds dans la mer je fornique un golfe heureux
C'est ainsi que j'aime la liberté
Et je veux qu'elle seule soit la loi des autres
Mais je suis l'ennemi des autres libertés

XXX

TRAIN MILITAIRE

Nous marchons nous marchons d'un immobile pas
Nous buvons au bidon à la fin du repas
Le dernier arbre en fleurs qu'avant Dijon nous vîmes
(Car c'est fini les fleurs des environs de Nîmes)
Était tout rose ainsi que tes seins virginaux
Ma vie est démodée ainsi que les journaux
D'hier et nous aimons ô femmes vos images
Sommes dans nos wagons comme oiseaux en cages
Te souvient-il encor du brouillard de Sospel
Une fillette avait ton vice originel
Et notre nuit de Vence avant d'aller à Grasse
Et l'hôtel de Menton Tout passe lasse et casse
Et quand tu seras vieille ô ma jeune beauté
Lorsque l'hiver viendra après ton bel été
Lorsque mon nom sera répandu sur la terre
En entendant nommer Guillaume Apollinaire
Tu diras Il m'aimait et t'enorgueilliras
Allons ouvre ton cœur Tu m'as ouvert tes bras

Les souvenirs ce sont des jardins sans limite
Où le crapaud module un tendre cri d'azur
La biche du silence éperdu passe vite
Un rossignol meurtri par l'amour chante sur
Le rosier de ton corps où j'ai cueilli des roses
Nos cœurs pendent ensemble au même grenadier
Dont les fleurs de grenade entre nos cœurs écloses
En tombant une à une ont jonché le sentier

Les arbres courent fort les arbres courent courent
Et l'horizon vient à la rencontre du train
Et les poteaux télégraphiques s'énamourent
Ils bandent comme un cerf vers le beau ciel serein
Ainsi beau ciel aimé chère Lou que j'adore
Je te désire encore ô paradis perdu
Tous nos profonds baisers je me les remémore
Il fait un vent tout doux comme un baiser mordu
Après des souvenirs des souvenirs encore

XXXI

IL Y A

IL Y A des petits ponts épatants
Il y a mon cœur qui bat pour toi
Il y a une femme triste sur la route
Il y a un beau petit cottage dans un jardin
Il y a six soldats qui s'amusent comme des fous
Il y a mes yeux qui cherchent ton image

Il y a un petit bois charmant sur la colline
Et un vieux territorial pisse quand nous passons
Il y a un poète qui rêve au ptit Lou
Il y a un ptit Lou exquis dans ce grand Paris
Il y a une batterie dans une forêt
Il y a un berger qui paît ses moutons
Il y a ma vie qui t'appartient
Il y a mon porte-plume réservoir qui court qui court
Il y a un rideau de peupliers délicat délicat
Il y a toute ma vie passée qui est bien passée
Il y a des rues étroites à Menton où nous nous sommes aimés
Il y a une petite fille de Sospel qui fouette ses camarades
Il y a mon fouet de conducteur dans mon sac à avoine
Il y a des wagons belges sur la voie
Il y a mon amour
Il y a toute la vie
Je t'adore

XXXII

Mourmelon le Grand, 6 avril 1915.

Ma Lou je coucherai ce soir dans les tranchées
Qui près de nos canons ont été piochées
C'est à douze kilomètres d'ici que sont
Ces trous où dans mon manteau couleur d'horizon
Je descendrai tandis qu'éclatent les marmites
Pour y vivre parmi nos soldats troglodytes
Le train s'arrêtait à Mourmelon le Petit
Je suis arrivé gai comme j'étais parti
Nous irons tout à l'heure à notre batterie
En ce moment je suis parmi l'infanterie
Il siffle des obus dans le ciel gris du nord
Personne cependant n'envisage la mort

*

Et nous vivrons ainsi sur les premières lignes
J'y chanterai tes bras comme les cols des cygnes
J'y chanterai tes seins d'une déesse dignes
Le lilas va fleurir Je chanterai tes yeux
Où danse tout un chœur d'angelots gracieux
Le lilas va fleurir ô printemps sérieux
Mon cœur flambe pour toi comme une cathédrale
Et de l'immense amour sonne la générale
Pauvre cœur pauvre amour Daigne écouter le râle
Qui monte de ma vie à ta grande beauté
Je t'envoie un obus plein de fidélité
Et que t'atteigne ô Lou mon baiser éclaté

*

Mes souvenirs ce sont ces plaines éternelles
Que virgulent ô Lou les sinistres corbeaux
L'avion de l'amour a refermé ses ailes
Et partout à la ronde on trouve des tombeaux

*

Et ne me crois pas triste et ni surtout morose
Malgré toi malgré tout je vois la vie en rose
Je sais comment reprendre un jour mon petit Lou
Fidèle comme un dogue avec des dents de loup
Je suis ainsi mon Lou mais plus tenace encore
Que n'est un aigle alpin sur le corps qu'il dévore

*

Quàtre jours de voyage et je suis fatigué
Mais que je suis content d'être parti de Nîmes
Aussi mon Lou chéri je suis gai je suis gai
Et je ris de bonheur en t'écrivant ces rimes

*

Cette boue est atroce aux chemins détrempés
Les yeux des fantassins ont des lueurs navrantes
Nous n'irons plus au bois les lauriers sont coupés
Les amants vont mourir et mentent les amantes

*

J'entends le vent gémir dans les sombres sapins
Puis je m'enterrerai dans la mélancolie
O ma Lou tes grands yeux étaient mes seuls copains
N'ai-je pas tout perdu puisque mon Lou m'oublie

*

Dix-neuf cent quinze année où tant d'hommes sont morts
Va-t'en va-t'en va-t'en aux Enfers des Furies
Jouons jouons aux dés les dés marquent les sorts
J'entends jouer aux dés les deux artilleries

*

Adieu petite amie ô Lou mon seul amour
O mon esclave enfuie
Notre amour qui connut le soleil pas la pluie
Fut un instant trop court

La mer nous regardait de son œil tendre et glauque
Et les orangers d'or
Fructifiaient pour nous Ils fleurissent encor
Et j'entends la voix rauque

Des canons allemands crier sur Mourmelon
— Appel de la tranchée —
O Lou ma rose atroce es-tu toujours fâchée
Avec des yeux de plomb

*

O Lou Démone-Enfant aux baisers de folie
Je te prends pour toujours dans mes bras ma jolie

*

Deux maréchaux des logis jouent aux échecs en riant
Une diablesse exquise aux cheveux sanglants se signe à l'eau bénite
Quelqu'un lime une bague avec l'aluminium qui se trouve dans la fusée des obus autrichiens
Un képi de fantassin met du soleil sur cette tombe
Tu portes au cou ma chaîne et j'ai au bras la tienne
Ici on sable le champagne au mess des sous-officiers
Les Allemands sont là derrière les collines
Les blessés crient comme Ariane
O noms plaintifs des joies énormes
Rome Nice Paris Cagnes Grasse Vence Sospel Menton Monaco Nîmes
Un train couvert de neige apporte à Tomsk en Sibérie des nouvelles de la Champagne
Adieu mon petit Lou adieu
Adieu Le ciel a des cheveux gris

XXXIII

Mon très cher petit Lou je t'aime
Ma chère petite étoile palpitante je t'aime
Corps délicieusement élastique je t'aime
Vulve qui serre comme un casse-noisette je t'aime
Sein gauche si rose et si insolent je t'aime
Sein droit si tendrement rosé je t'aime
Mamelon droit couleur de champagne non champagnisé
je t'aime
Mamelon gauche semblable à une bosse du front d'un
petit veau qui vient de naître je t'aime
Nymphes hypertrophiées par tes attouchements fréquents
je vous aime
Fesses exquisement agiles qui se rejettent bien en arrière
je vous aime
Nombril semblable à une lune creuse et sombre je
t'aime
Toison claire comme une forêt en hiver je t'aime
Aisselles duvetées comme un cygne naissant je vous
aime
Chute des épaules adorablement pure je t'aime
Cuisse au galbe aussi esthétique qu'une colonne de
temple antique je t'aime
Oreilles ourlées comme de petits bijoux mexicains je
vous aime
Chevelure trempée dans le sang des amours je t'aime
Pieds savants pieds qui se raidissent je vous aime
Reins chevaucheurs reins puissants je vous aime
Taille qui n'a jamais connu le corset taille souple je
t'aime
Dos merveilleusement fait et qui s'est courbé pour moi
je t'aime
Bouche ô mes délices ô mon nectar je t'aime

Regard unique regard-étoile je t'aime
Mains dont j'adore les mouvements je vous aime
Nez singulièrement aristocratique je t'aime
Démarche onduleuse et dansante je t'aime
O petit Lou je t'aime je t'aime je t'aime

XXXIV

I

Le ciel est étoilé par les obus des Boches
La forêt merveilleuse où je vis donne un bal
La mitrailleuse joue un air à doubles croches
Mais avez-vous le mot — Mais oui le mot fatal —
Aux créneaux aux créneaux laissez là les pioches

On sonne GARDE A VOUS rentrez dans vos maisons
CŒUR obus éclaté qui sifflait sa romance
Je ne suis jamais seul voici les deux caissons
Tous les dieux de mes yeux s'envolent en silence
Nous vous aimons ô Vie et nous vous agaçons

Les obus miaulaient un amour à mourir
Les amours qui s'en vont sont plus doux que les autres
Il pleut Bergère il pleut et le sang va tarir
Les obus miaulaient Entends chanter les nôtres
Pourpre Amour salué par ceux qui vont périr

Le Printemps tout mouillé la Veilleuse l'Attaque
Il pleut mon âme il pleut mais il pleut des yeux morts
Ulysse que de jours pour rentrer dans Ithaque
Couche-toi sur la paille et songe un beau remords
Qui PUR EFFET DE *L'ART* soit aphrodisiaque

II

Je t'écris ô mon Lou de la hutte en roseaux
Où palpitent d'amour et d'espoir neuf cœurs d'hommes
Les canons font partir leurs obus en monômes
Et j'écoute gémir la forêt sans oiseaux

Il était une fois en Bohême un poète
Qui sanglotait d'amour puis chantait au soleil
Il était autrefois la comtesse A*lou*ette
Qui sut si bien mentir qu'il en perdit la tête
En perdit sa chanson en perdit le sommeil

Un jour elle lui dit Je t'aime ô mon poète
Mais il ne la crut pas et sourit tristement
Puis s'en fut en chantant Tire-lire A*lou*ette
Et se cachait au fond d'un petit bois charmant

Un soir en gazouillant son joli tire-lire
La comtesse A*lou*ette arriva dans le bois
Je t'aime ô mon poète et je viens te le dire
Je t'aime pour toujours Enfin je te revois
Et prends-la pour toujours mon âme qui soupire

O cruelle A*lou*ette au cœur dur de vautour
Vous mentîtes encore au poète crédule
J'écoute la forêt gémir au crépuscule
La comtesse s'en fut et puis revint un jour
Poète adore-moi moi j'aime un autre amour

Il était une fois un poète en Bohême
Qui partit à la guerre on ne sait pas pourquoi
Voulez-vous être aimé n'aimez pas croyez-moi
Il mourut en disant Ma comtesse je t'aime
Et j'écoute à travers le petit jour si froid
Les obus s'envoler comme l'amour lui-même

III

Te souviens-tu mon Lou de ce panier d'oranges
Douces comme l'amour qu'en ce temps-là nous fîmes
Tu me les envoyas un jour d'hiver à Nîmes
Et je n'osai manger ces beaux fruits d'or des anges

Je les gardai longtemps pour les manger ensemble
Car tu devais venir me retrouver à Nîmes
De mon amour vaincu les dépouilles opimes
Pourrirent J'attendais Mon cœur la main me tremble

Une petite orange était restée intacte
Je la pris avec moi quand à six nous partîmes
Et je l'ai retrouvée intacte comme à Nîmes
Elle est toute petite et sa peau se contracte

Et tandis que les obus passent je la mange
Elle est exquise ainsi que mon amour de Nîmes
O soleil concentré riche comme mes rimes
O savoureux amour ô ma petite orange

Les souvenirs sont-ils un beau fruit qu'on savoure
Le mangeant j'ai détruit mes souvenirs opimes
Puissé-je t'oublier mon pauvre amour de Nîmes
J'ai tout mangé l'orange et la peau qui l'entoure

Mon Lou pense parfois à la petite orange
Douce comme l'amour le pauvre amour de Nîmes
Douce comme l'amour qu'en ce temps-là nous fîmes
Il me reste une orange
un cœur un cœur étrange

IV

Tendres yeux éclatés de l'amante infidèle
Obus mystérieux
Si tu savais le nom du beau cheval de selle
Qui semble avoir tes yeux

Car c'est Loulou mon Lou que mon cheval se nomme
Un alezan brûlé
Couleur de tes cheveux cul rond comme une pomme
Il est là tout sellé

Il faut que je reçoive ô mon Lou la mesure
Exacte de ton doigt
Car je veux te sculpter une bague très pure
Dans un métal d'effroi

XXXV

13 avril 1915.

AGENT DE LIAISON

LE 12 avril 1915 tormoha
L'ombre d'un homme et d'un cheval au galop se profile sur le mur
O sons Harmonie Hymne de la petite église bombardée tous les jours
Un harmonium y joue et l'on n'y chante pas
Mon cœur est comme l'horizon où tonne et se prolonge
La canonnade ardente de cent mille passions
Ah! miaulez Ah! miaulez les chats d'enfer
Le 12 avil 1915
O ciel ô mon beau ciel gemmé de canonnades
Le ciel faisait la roue comme un phénix qui flambe
Paon lunaire rouant Ainsi-soit-il
On disait du soleil Mahomet Mahomet
Je suis un cri d'humanité
Je suis un silence militaire
Dans un bois de bouleaux de hêtres de noisetiers
Ensoleillé comme si un trusteur y avait jeté ses banques
Je me suis égaré
Canonnier n'entendez-vous pas ronfler deux avions boches
Mettez votre cheval dans le bois Inutile de le faire repérer
Adieu mon bidet noir

Un pont d'osier et de roseaux un autre un autre
Une grenouille saute
Y a-t-il encore des petites filles qui sautent à la corde
Ah! petites filles Y a-t-il encore des petites filles
Le soleil caressait les mousses délicates
Un lièvre courageux levait le derrière
Ah! petites et grandes filles
Il vaut mieux être cocu qu'aveugle
Au moins on voit ses confrères
Enfermons-nous ensemble en mon âme
O mon amour chéri qui portes un masque aveugle
Une petite fille nue t'en souviens-tu
T'en souviens-tu
Étouffait une colombe blanche sur sa poitrine
Et me regardait d'un air innocent
Tandis que palpitait sa victime
Soldat Te souviens-tu du soir Tu étais au théâtre
Dans la loge d'un ambassadeur
Et cette jeune femme pâle et glorieuse
Te branla pendant le spectacle
Dis-moi soldat dis-moi t'en souviens-tu
Te souviens-tu du jour où l'on te demanda la schlague
Devant la mer furieuse
Dis-moi Guillaume dis-moi t'en souviens-tu
Après les ponts le sentier Attention à la branche
Brisée
Ah! Brise-toi mon cœur comme une trahison
Et voilà la Branche brisée
Un carré de papier blanc sur un buisson à droite
Où est le carré de papier blanc
Et me voici devant une cabane
Que précède un luxe florissant
De tulipes et de narcisses
A droite canonnier et suivez le sentier
Enfin je ne suis plus égaré
Plus égaré
Plus égaré
Tu peux faire mon Lou tout ce que tu voudras
Tu ne me mettras plus mon Lou dans l'embarras
Une baïonnette dont on ne sait si elle est boche française
ou anglaise sert de tisonnier

Entends chanter les flammes dans la petite chambre

Vous avez un laissez-passer
Agent de liaison
Le mot
C'était c'était La Ville où Lou je t'ai connue
        O Lou mon vice
Le 12 avril 1915
Un agent de liaison traversait au galop un terrain découvert
Puis le soir venu il grava sur la bague
        Gui aime Lou
Le 12 avril 1915 Tormoha Manitangène
        Lamahona
        Lamahonette
Un homme de ma batterie pêchait dans le canal
        Y a partout des sentinelles
Baïonnette au canon devant le commandant d'armes
    Je m'en fous amenez-moi votre lieutenant
        Enfin je me tirai de cette infanterie
            Je ne sais pas comment
Te souviens-tu du jour où cette fille sage
S'arracha quatre dents
Afin de te donner un précieux témoignage
De son amour ardent
L'ombre d'un cavalier et d'un cheval s'allonge sur le sol
    La villa du Cafard est dans le bois de X
Les chatons des noisetiers nuancent les mousses
        Et les lichens sont pâles
    Comme les joues de Lou quand elle jouit
Quel prince du Bengale donne un feu d'artifice cette nuit
        Et puis
        Et puis
        Et puis je t'aime

XXXVI

O Lou ma très chérie
Faisons donc la féerie
De vivre en nous aimant
Étrangement
Et chastement

Nous ferons des voyages
Nous verrons des parages
Tout pleins de volupté
Des ciels d'été
Et ta beauté

Mes mains resteront pures
Mon cœur a ses blessures
Que tu me panseras
Puis dans mes bras
Tu dormiras

Par de jolis mensonges
Des faux semblants des songes
Tu feras qu'éveillé
Ait sommeillé
Émerveillé

Ce cerveau que je donne
Pour ta grâce ô démone
O pure nudité
De la *CLARTÉ*
Du pâle été

Ainsi j'évoque celle
Qui te prendra ma belle
Par l'Art magicien
Très ancien
Que je sais bien

Les philtres les pentacles
Les lumineux spectacles
T'apportent agrandis
Les Paradis
Les plus maudits

Nous aurons je te jure
Une volupté pure
Sans ces attouchements
Que font déments
Tous les amants

Et purs comme des anges
Nous dirons les louanges
De ta grande beauté
Dans ma *Clarté*
De Pureté

Douce douce est ma peine
Ce soir je t'aime à peine
Mon cœur fini l'hiver
Il vient d'Enfer
Du feu du fer

J'ai charmé la blessure
De cette bouche impure
Aime ma chasteté
C'est la *Clarté*
De ta beauté

XXXVII

Mon cœur j'ai regardé longtemps ce soir
Devant l'écluse
L'étoile ô Lou qui fait mon désespoir
Mais qui m'amuse

O ma tristesse et mon ardeur Lou mon amour
Les jours s'écoulent
Les nuits s'en vont comme s'en va le jour
Les nuits déroulent

Le chapelet sacrilège des obus boches
C'est le printemps
Et les oiseaux partout font leurs bamboches
On est contents

On est contents au bord de la rivière
Dans la forêt
On est contents La mort règne sur terre
Mais l'on est prêt

On est prêt à mourir pour que tu vives
Dans le bonheur
Les obus ont brûlé les fleurs lascives
Et cette fleur

Qui poussait dans mon cœur et que l'on nomme
Le souvenir
Il reste bien de la fleur son fantôme
C'est le désir

Il ne vient que la nuit quand je sommeille
Vienne le jour
Et la forêt d'or s'ensoleille
Comme l'Amour

Les nuages s'en vont courir les mondes
Quand irons-nous
Courir aussi tous deux les grèves blondes
Puis à genoux

Prier devant la vaste mer qui tremble
Quand l'oranger
Mûrit le fruit doré qui te ressemble
Et sans bouger

Écouter dans la nuit l'onde cruelle
Chanter la mort
Des matelots noyés en ribambelle
O Lou tout dort

J'écris tout seul à la lueur tremblante
D'un feu de bois
De temps en temps un obus se lamente
Et quelquefois

C'est le galop d'un cavalier qui passe
Sur le chemin
Parfois le cri sinistre de l'agace
Monte Ma main

Dans la nuit trace avec peine ces lignes
Adieu mon cœur
Je trace aussi mystiquement les signes
Du Grand Bonheur

O mon amour mystique ô Lou la vie
Nous donnera
La délectation inassouvie
On connaîtra

Un amour qui sera l'amour unique
Adieu mon cœur
Je vois briller cette étoile mystique
Dont la couleur

Est de tes yeux la couleur ambiguë
J'ai ton regard
Et j'en ressens une blessure aiguë
Adieu c'est tard

XXXVIII

Mon Lou ma chérie Je t'envoie aujourd'hui la première pervenche
Ici dans la forêt on a organisé des luttes entre les hommes
Ils s'ennuient d'être tout seuls sans femme faut bien les amuser le dimanche
Depuis si longtemps qu'ils sont loin de tout ils savent à peine parler
Et parfois je suis tenté de leur montrer ton portrait pour que ces jeunes mâles
        Réapprennent en voyant ta photo
        Ce que c'est que la beauté
Mais cela c'est pour moi c'est pour moi seul
Moi seul ai droit de parler à ce portrait qui pâlit
A ce portrait qui s'efface
Je le regarde parfois longtemps une heure deux heures
Et je regarde aussi les 2 petits portraits miraculeux
        Mon cœur
La bataille des aéros dure toujours
La nuit est venue
    Quelle triste chanson font dans les nuits profondes
    Les obus qui tournoient comme de petits mondes
M'aimes-tu donc mon cœur et ton âme bien née
Veut-elle du laurier dont ma tête est ornée
J'y joindrai bien aussi de ces beaux myrtes verts
Couronne des amants qui ne sont pas pervers
En attendant voici que le chêne me donne
        La guerrière couronne
Et quand te reverrai-je ô Lou ma bien-aimée
Reverrai-je Paris et sa pâle lumière
Trembler les soirs de brume autour des réverbères
Reverrai-je Paris et les sourires sous les voilettes

Les petits pieds rapides des femmes inconnues
La tour de Saint Germain des Prés
La fontaine du Luxembourg
Et toi mon adorée mon unique adorée
Toi mon très cher amour

XXXIX

Au soleil
J'ai sommeil
Lou je t'aime
Mon poème
Te redit
Ce lundi
Que je t'aime
Lou Loulou
Me regarde
Ce ptit loup
Se hasarde
A venir
Voir courir
Sur ma lettre
Le crayon
Voudrais être
Un rayon
Qui visite
Mon ptit Lou
Vite vite
Je te quitte
Et vais vite
Sur Loulou

XL

Un rossignol en mal d'amour
Chante et rechante tour à tour
Sur le mode
Majeur
Puis le mode mineur
Et je voudrais qu'il prît le ton de l'ode
Afin de te chanter à ce déclin de jour
Ma très chère ptit Lou toi ma très chèramour

XLI

SCÈNE NOCTURNE DU 22 AVRIL 1915

GUI CHANTE POUR LOU

Mon ptit Lou adoré Je voudrais mourir un jour que tu m'aimes
Je voudrais être beau pour que tu m'aimes
Je voudrais être fort pour que tu m'aimes
Je voudrais être jeune jeune pour que tu m'aimes
Je voudrais que la guerre recommençât pour que tu m'aimes
Je voudrais te prendre pour que tu m'aimes
Je voudrais te fesser pour que tu m'aimes
Je voudrais te faire mal pour que tu m'aimes
Je voudrais que nous soyons seuls dans une chambre d'hôtel à Grasse pour que tu m'aimes
Je voudrais que nous soyons seuls dans mon petit bureau près de la terrasse couchés sur le lit de fumerie pour que tu m'aimes
Je voudrais que tu sois ma sœur pour t'aimer incestueusement.
Je voudrais que tu eusses été ma cousine pour qu'on se soit aimés très jeunes
Je voudrais que tu sois mon cheval pour te chevaucher longtemps longtemps

Je voudrais que tu sois mon cœur pour te sentir toujours en moi
Je voudrais que tu sois le paradis ou l'enfer selon le lieu où j'aille

Je voudrais que tu sois un petit garçon pour être ton précepteur
Je voudrais que tu sois la nuit pour nous aimer dans les ténèbres
Je voudrais que tu sois ma vie pour être par toi seule
Je voudrais que tu sois un obus boche pour me tuer d'un soudain amour

LILITH ET PROSERPINE (AUX ENFERS)

Nous nous aimons sauvagement dans la nuit noire
Victimes de l'ascèse et produits du désespoir
Chauves-souris qui ont leurs anglais comme les femmes

LE PTIT LOU

Faut pas parler comm' ça on dit coulichonnette

LILITH

J'ai créé la mer Rouge contre le désir de l'homme

PROSERPINE

J'ai fait sortir de son lit le Léthé
J'en inonde le monde comme d'un hippomane

L'OISEAU D'ÉTERNITÉ DU MOUTIER DE HEISTERBACH

Je suis l'éternité
Mort belle de la Beauté
Je mords la mirabelle de l'Été
Flambant Phénix de la Charité
Pélican de la prodigalité
Aigle cruel de la Vérité
Rouge-gorge de la sanglante clarté
Corbeau de la sombre bonté
Qu'est devenu le moine hébété

LA PRIÈRE

Abaissement qui élève
Le maître fut l'élève
Aimer n'être pas aimé
Fumée belle fumée

LA JOIE

Ah Ah Ah Ah
Je commande et mande
Je nais du mal à Samarcande
Mais il ne faut pas que j'attende

LE REMORDS

Toutes deux appelez-moi votre père
Et l'Art est notre fils multiforme
Je m'ouvre la poitrine Entrez c'est votre demeure
Il y a une horloge qui sonne les heures

LA 45e BATTERIE DU 38e

Les chevaux hennissent Éteignez les lumières
Les caissons sont chargés Empêchez les hommes de dormir
Entends miauler les tigres volants de la guerre

GUI

Je pense à toi ma Lou et ne pense pas à dormir

LE PTIT LOU

Je suis dans ton dodo et de loin près de toi

LE MONDE ou bien LES GENS DU MONDE

Mon petit Lou je veux te reprendre
Oublie tes soldats pour mes fêtes

L'AVENIR

Lou et Gui et vous Toutou faut que voyez tous trois
De merveilleux rivages
Une ville enchantée comme Cordoue
En Andalousie les gens simples séduits par votre cœur
Et votre fantaisie

Vous donneront des fleurs des cannes à sucre
  Vous pourrez voir encore plus loin si vous voulez
  La Nature des tropiques
Une ville blanche à vingt minutes de la ville un petit pays
  sur la mer avec de belles maisons dans des parcs
Vous louerez un palais où de toutes les fenêtres
  Lou touchera les palmes avec ses mains
Les chevreaux les ânes les mules ravissantes
    Comme des femmes
Et aussi expressives quant au regard seront avec vous

GUI

L'avenir m'intéresse et mon amour surtout
Mais l'art et les artistes futurs ne m'intéressent pas
    A Paris il aura la Seine
    Et le regard de mon ptit Lou

CHŒUR DES JEUNES FILLES MORTES EN 1913

Quand les belles furent au bois
Chacune tenait une rose
Et voilà qu'on revient du bois
N'avons plus rien entre les doigts

Et les jeunes gens de naguère
S'en vont ne se retournent pas
Ceux qui nous aimèrent naguère
Emportent la rose à la guerre

O mort mène-nous dans le bois
Pour retrouver la rose morte
Et le rossignol dans le bois
Chante toujours comme autrefois

XLII

AMOUR-ROI
Dites-moi
La si belle
Colombelle
Infidèle
Qu'on appelle
Petit Lou
Dites où
Donc est-elle
Et chez qui
— Mais chez Gui

[XLIII]

XLIV

LA nuit
S'achève
Et Gui
Poursuit
Son rêve
Où tout
Est Lou
On est en guerre
Mais Gui
N'y pense guère
La nuit
S'étoile et la paille se dore
Il songe à Celle qu'il adore

Nuit du 27 avril 1915

XLV

28 avril 1915.

Jolie bizarre enfant chérie
Je vois tes doux yeux langoureux
Mourir peu à peu comme un train qui entre en gare
Je vois tes seins tes petits seins au bout rose
Comme ces perles de Formose
Que j'ai vendues à Nice avant de partir pour Nîmes
Je vois ta démarche rythmée de Salomé plus capricieuse
Que celle de la ballerine qui fit couper la tête au Baptiste
Ta démarche rythmée comme un acte d'amour
Et qui à l'hôpital auxiliaire où à Nice
Tu soignais les blessés
T'avait fait surnommer assez justement la chaloupeuse
Je vois tes sauts de carpe aussi la croupe en l'air
Quand sous la schlague tu dansais une sorte de kolo
Cette danse nationale de la Serbie

Jolie bizarre enfant chérie
Je sens ta pâle et douce odeur de violette
Je sens la presqu'imperceptible odeur de muguet de tes
aisselles
Je sens l'odeur de fleur de marronnier que le mystère de
tes jambes
Répand au moment de la volupté
Parfum presque nul et que l'odorat d'un amant
Peut seul et à peine percevoir
Je sens le parfum de rose rose très douce et lointaine
Qui te précède et te suit ma rose

Jolie bizarre enfant chérie
Je touche la courbe singulière de tes reins
Je suis des doigts ces courbes qui te font faite
Comme une statue grecque d'avant Praxitèle
Et presque comme une Ève des cathédrales
Je touche aussi la toute petite éminence si sensible
Qui est ta vie même au suprême degré
Elle annihile en agissant ta volonté tout entière
Elle est comme le feu dans la forêt
Elle te rend comme un troupeau qui a le tournis
Elle te rend comme un hospice de folles
Où le directeur et le médecin-chef deviendraient
Déments eux-mêmes
Elle te rend comme un canal calme changé brusquement
En une mer furieuse et écumeuse
Elle te rend comme un savon satiné et parfumé
Qui mousse soudain dans les mains de qui se lave

Jolie bizarre enfant chérie
Je goûte ta bouche ta bouche sorbet à la rose
Je la goûte doucement
Comme un khalife attendant avec mépris les Croisés
Je goûte ta langue comme un tronçon de poulpe
Qui s'attache à vous de toutes les forces de ses ven-
touses
Je goûte ton haleine plus exquise que la fumée
Tendre et bleue de l'écorce du bouleau
Ou d'une cigarette de Nestor Gianaklis
Ou cette fumée sacrée si bleue
Et qu'on ne nomme pas

Jolie bizarre enfant chérie
J'entends ta voix qui me rappelle
Un concert de bois musette hautbois flûtes
Clarinettes cors anglais
Lointain concert varié à l'infini
Tu te moques parfois et il faut qu'on rie
O ma chérie
Et si tu parles gentiment
C'est le concert des anges
Et si tu parles tristement c'est une satane triste

Qui se plaint
D'aimer en vain un jeune saint si joli
Devant son nimbe vermeil
Et qui baisse doucement les yeux
Les mains jointes
Et qui tient comme une verge cruelle
La palme du martyre

Jolie bizarre enfant chérie
Ainsi les cinq sens concourent à te créer de nouveau
Devant moi
Bien que tu sois absente et si lointaine
O prestigieuse
O ma chérie miraculeuse
Mes cinq sens te photographient en couleurs
Et tu es là tout entière
Belle
Câline
Et si voluptueuse
Colombe jolie gracieuse colombe
Ciel changeant ô Lou ô Lou
Mon adorée
Chère chère bien-aimée
Tu es là
Et je te prends toute
Bouche à bouche
Comme jadis
Jolie bizarre enfant chérie

XLVI

RÊVERIE

Ici-bas tous les lilas meurent
Je rêve aux printemps qui demeurent
        Toujours
Ici-bas les lèvres effleurent
Sans rien laisser de leur velours
Je rêve aux baisers qui demeurent
        Toujours

Poème du ptit Lou.

I

Le vrai mon Enfant c'est ton Rêve
Tout meurt mon Cœur la joie est brève
        Ici
Mais celui que l'Amour élève
Est délivré de ce souci
Pour lui toujours dure le Rêve
        Ici
Amours passés fleur qui se fane
Illusion pour le profane
        Mais nous
Broutons la Rose comme l'Âne
Rose qui jamais ne se fane
        Pour nous

II

Un seul bouleau crépusculaire
Sur le mont bleu de ma Raison

Je prends la mesure angulaire
Du cœur à l'âme et l'horizon

C'est le galop des souvenances
Parmi les lilas des beaux yeux
Et les canons des indolences
Tirent mes songes vers les cieux

III

Ton amour ma chérie m'a fait presqu'infini
Sans cesse tu épuises mon esprit et mon cœur
Et me rends faible comme une femme
Puis comme la source emplit la fontaine
Ton amour m'emplit de nouveau
De tendre amour d'ardeur et de force infinie

IV

C'était un temps béni nous étions sur les plages
— Va-t'en de bon matin pieds nus et sans chapeau —
Et vite comme va la langue d'un crapaud
Se décollaient soudain et collaient les collages

Dis l'as-tu vu Gui au galop
Du temps qu'il était militaire
Dis l'as-tu vu Gui au galop
Du temps qu'il était artiflot
A la guerre

C'était un temps béni le temps du vaguemestre
— On est bien [plus] serré que dans un autobus —
Et des astres passaient que singeaient les obus
Quand dans la nuit survint la batterie équestre

Dis l'as-tu vu Gui au galop
Du temps qu'il était militaire
Dis l'as-tu vu Gui au galop
Du temps qu'il était artiflot
A la guerre

C'était un temps béni jours vagues et nuits vagues
Les marmites donnaient aux rondins des cagnats
Quelque aluminium où tu t'ingénias
A limer jusqu'au soir d'invraisemblables bagues

Dis l'as-tu vu Gui au galop
Du temps qu'il était militaire
Dis l'as-tu vu Gui au galop
Du temps qu'il était artiflot
A la guerre

XLVII

Je rêve de revoir mon ptit Lou pour toujours
O nuances des frondaisons pendant les matins lourds
Creux où joue le jour comme aux cassures d'un velours

O temps souffre qu'en moi-même je retourne en arrière
Dans les commencements de cette longue guerre
Voici la mer et les palmiers
Et cette grande place où tu la vis naguère
          Sous son grand canotier

O temps reviendra-t-il le temps où nos deux âmes
Comme deux avions ennemis se rencontreront
Pour l'idéal combat où mon Lou tu réclames
          La verge d'Aaron

Puisque tu es cœur éternel La FEMME
          Et que je te connais
Onde qui fuit porte sur rien insaisissable flamme
          Ou gamin pied de nez

Ou bien ô mon cher cœur tu es cette musique
Qui monte nuit et jour du creux des bois profonds
Et tes bras blancs levés en geste prophétique
          Annoncent ce que font

Et tout ce que feront les longs troupeaux des hommes
Venus sous ton regard chargé de volupté
Te crier leur Désir dire ce que nous sommes
          Et ce qu'avons été

Puis s'en aller mourir par le matin livide
Afin que tes beaux yeux aient le droit de choisir
L'esclave le plus beau pour orner ton lit vide
Afin de t'assouvir

Et s'en aller mourir par le matin livide
Afin que ton caprice ait le droit de choisir
L'esclave encor plus beau pour orner le lit vide
Selon ton bon plaisir

O Lou je te revois sur la grand-place à Nice
Dans le matin ambré
Un obus vient mourir sur le canon factice
Que les Boches ont repéré

XLVIII

EN ALLANT CHERCHER DES OBUS

Toi qui précèdes le long convoi qui marche au pas
Dans la nuit claire
Les testicules pleins le cerveau tout empli d'images neuves
Le sergent des riz pain sel qui jette l'épervier dans le canal bordé de tilleuls
L'âme exquise de la plus Jolie me parvient dans l'odeur soudaine des lilas qui déjà tendent à défleurir dans les jardins abandonnés

*

Des Bobosses poudreux reviennent des tranchées blanches comme les bras de l'Amour

*

Je rêve de t'avoir nuit et jour dans mes bras
Je respire ton âme à l'odeur des lilas

*

O Portes de ton corps
Elles sont neuf et je les ai toutes ouvertes
O Portes de ton corps
Elles sont neuf et pour moi se sont toutes refermées

A la première porte
La Raison Claire est morte
C'était t'en souviens-tu le premier jour à Nice
Ton œil de gauche ainsi qu'une couleuvre glisse
Jusqu'à mon cœur
Et que se rouvre encore la porte de ton regard de gauche

A la seconde porte
Toute ma force est morte
C'était t'en souviens-tu dans une auberge à Cagnes
Ton œil de droite palpitait comme mon cœur
Tes paupières battent comme dans la brise battent les fleurs
Et que se rouvre encore la porte de ton regard de droite

A la troisième porte
Entends battre l'aorte
Et toutes mes artères gonflées par ton seul amour
Et que se rouvre encore la porte de ton oreille de gauche

A la quatrième porte
Tous les printemps m'escortent
Et l'oreille tendue entends du bois joli
Monter cette chanson de l'amour et des nids
Si triste pour les soldats qui sont en guerre
Et que se rouvre encore la porte de ton oreille de droite

A la cinquième porte
C'est ma vie que je t'apporte
C'était t'en souviens-tu dans le train qui revenait de Grasse
Et dans l'ombre tout près tout bas
Ta bouche me disait
Des mots de damnation si pervers et si tendres
Que je me demande ô mon âme blessée

Comment alors j'ai pu sans mourir les entendre
O mots si doux si forts que quand j'y pense il me semble
que je les touche
Et que s'ouvre encore la porte de ta bouche

A la sixième porte
Ta gestation de putréfaction ô Guerre avorte
Voici tous les printemps avec leurs fleurs
Voici les cathédrales avec leur encens
Voici tes aisselles avec leur divine odeur
Et tes lettres parfumées que je sens
Pendant des heures
Et que se rouvre encore la porte de ta narine de gauche

A la septième porte
O parfums du passé que le courant d'air emporte
Les effluves salins donnaient à tes lèvres le goût de la
mer
Odeur marine odeur d'amour sous nos fenêtres mourait
la mer
Et l'odeur des orangers t'enveloppait d'amour
Tandis que dans mes bras tu te pelotonnais
Quiète et coite
Et que se rouvre encore la porte de ta narine de droite

A la huitième porte
Deux anges joufflus veillent sur les roses tremblantes qui
supportent
Le ciel exquis de ta taille élastique
Et me voici armé d'un fouet fait de rayons de lune
Les amours couronnés de jacinthe arrivent en troupe
Et que se rouvre encore la porte de ta croupe

A la neuvième porte
Il faut que l'amour même en sorte

Vie de ma vie
Je me joins à toi pour l'éternité
Et par l'amour parfait et sans colère
Nous arriverons dans la passion pure ou perverse
Selon ce qu'on voudra
A tout savoir à tout voir à tout entendre
Je me suis renoncé dans le secret profond de ton amour
O porte ombreuse ô porte de corail vivant
Entre les deux colonnes de perfection
Et que se rouvre encore la porte que tes mains savent si bien ouvrir

XLIX

L'AMOUR LE DÉDAIN ET L'ESPÉRANCE

Je t'ai prise contre ma poitrine comme une colombe
qu'une petite fille étouffe sans le savoir
Je t'ai prise avec toute ta beauté ta beauté plus riche que
tous les placers de la Californie ne le furent au temps
de la fièvre de l'or
J'ai empli mon avidité sensuelle de ton sourire de tes
regards de tes frémissements
J'ai eu à moi à ma disposition ton orgueil même quand
je te tenais courbée et que tu subissais ma puissance
et ma domination
J'ai cru prendre tout cela ce n'était qu'un prestige
Et je demeure semblable à Ixion après qu'il eut fait
l'amour avec le fantôme de nuées fait à la semblance
de celle qu'on appelle Héra ou bien Junon l'invisible
Et qui peut prendre qui peut saisir des nuages qui peut
mettre la main sur un mirage et qu'il se trompe celui-là
qui croit emplir ses bras de l'azur céleste
J'ai bien cru prendre toute ta beauté et je n'ai eu que
ton corps
Le corps hélas n'a pas l'éternité
Le corps a la fonction de jouir mais il n'a pas l'amour
Et c'est en vain maintenant que j'essaie d'étreindre ton
esprit
Il fuit il me fuit de toutes parts comme un nœud de
couleuvres qui se dénoue
Et tes beaux bras sur l'horizon lointain sont des ser-
pents couleur d'aurore qui se lovent en signe
d'adieu
Je reste confus je demeure confondu

Je me sens las de cet amour que tu dédaignes
Je suis honteux de cet amour que tu méprises tant

Le corps ne va pas sans l'âme
Et comment pourrais-je espérer rejoindre ton corps de naguère puisque ton âme était si éloignée de moi
Et que le corps a rejoint l'âme
Comme font tous les corps vivants
O toi que je n'ai possédée que morte

*

Et malgré tout cependant que parfois je regarde au loin si vient le vaguemestre
Et que j'attends comme un délice ta lettre quotidienne mon cœur bondit comme un chevreuil lorsque je vois venir le messager
Et j'imagine alors des choses impossibles puisque ton cœur n'est pas avec moi
Et j'imagine alors que nous allons nous embarquer tous deux tout seuls peut-être trois et que jamais personne au monde ne saurait rien de notre cher voyage vers rien mais vers ailleurs et pour toujours
Sur cette mer plus bleue encore plus bleue que tout le bleu du monde
Sur cette mer où jamais l'on ne crierait Terre
Pour ton attentive beauté mes chants plus purs que toutes les paroles monteraient plus libres encore que les flots
Est-il trop tard mon cœur pour ce mystérieux voyage
La barque nous attend c'est notre imagination
Et la réalité nous rejoindra un jour
Si les âmes se sont rejointes
Pour le trop beau pèlerinage

*

Allons mon cœur d'homme la lampe va s'éteindre
Verses-y ton sang
Allons ma vie alimente cette lampe d'amour
Allons canons ouvrez la route

Et qu'il arrive enfin le temps victorieux le cher temps du
retour

*

Je donne à mon espoir mes yeux ces pierreries
Je donne à mon espoir mes mains palmes de victoire
Je donne à mon espoir mes pieds chars de triomphe
Je donne à mon espoir ma bouche ce baiser
Je donne à mon espoir mes narines qu'embaument les
fleurs de la mi-mai
Je donne à mon espoir mon cœur en ex-voto
Je donne à mon espoir tout l'avenir qui tremble comme
une petite lueur au loin dans la forêt

L

LES ATTENTIVES

Celui qui doit mourir ce soir dans les tranchées
C'est un petit soldat dont l'œil indolemment
Observe tout le jour aux créneaux de ciment
Les Gloires qui de nuit y furent accrochées
Celui qui doit mourir ce soir dans les tranchées
C'est un petit soldat mon frère et mon amant

Et puisqu'il doit mourir je veux me faire belle
Je veux de mes seins nus allumer les flambeaux
Je veux de mes grands yeux fondre l'étang qui gèle
Et mes hanches je veux qu'elles soient des tombeaux
Car puisqu'il doit mourir je veux me faire belle
Dans l'inceste et la mort ces deux gestes si beaux

Les vaches du couchant meuglent toutes leurs roses
L'Aile de l'oiseau bleu m'évente doucement
C'est l'heure de l'Amour aux ardentes névroses
C'est l'heure de la Mort et du dernier serment
Celui qui doit périr comme meurent les roses
C'est un petit soldat mon frère et mon amant

*

Mais Madame écoutez-moi donc
Vous perdez quelque chose
— C'est mon cœur pas grand-chose
Ramassez-le donc

Je l'ai donné je l'ai repris
Il fut là-bas dans les tranchées
Il est ici j'en ris j'en ris
Des belles amours que la mort a fauchées

*

L'espoir flambe ce soir comme un pauvre village
Et qu'importe le Bagne ou bien le Paradis
L'amour qui surviendra me plaira davantage
Et mes yeux sont-ce pas de merveilleux bandits

Puis quand malgré l'amour un soir je serai vieille
Je me rappellerai la mer les orangers
Et cette pauvre croix sous laquelle sommeille
Un cœur parmi des cœurs que la gloire a vengés

*

Et tandis que la lune luit
Le cœur chante et rechante lui
Mesdames et Mesdemoiselles
Je suis bien mort Ah quel ennui
Et ma maîtresse que n'est-elle
Morte en m'aimant la nuit

*

Mais écoutez-les donc les mélopées
Ces médailles si bien frappées
Ces cloches d'or sonnant des glas
Tous les muguets tous les lilas

Ce sont les morts qui se relèvent
Ce sont les soldats morts qui rêvent
Aux amours qui s'en sont allés
Immaculés
Et désolés

*

— Le 13 mai de cette année
Tandis que dans les boyaux blancs
Tu passais masquée ô mon âme
Tu vis tout d'un coup les morts et les vivants
Ceux de l'arrière ceux de l'avant
Les soldats et les femmes
Un train passe rapide dans la prairie en Amérique
Les vers luisants brillent cette nuit autour de moi
Comme si la prairie était le miroir du ciel
          Étoilé
Et justement un ver luisant palpite
Sous l'Étoile nommée Lou
Et c'est de mon amour le corps spirituel
          Et terrestre
Et l'âme mystique
            Et céleste

LI

SILENCE bombardé par les froides étoiles
O mon amour tacite et noir
Lamente-toi puis soudain éclate en sanglots
Là-bas voici les blanches voiles
Des projecteurs jetés aux horizons d'espoir
Où la terre est creusée ainsi que sont les flots

*

. . . .

Adieu la nuit
Tous les oiseaux du monde
Ont fait leur nid
Et chantent à la ronde

. . . .

*

Ptit Lou je connais bien malgré tout ta douceur
En suivant le Printemps tous les jours sur la route
En me baignant le front dans cette ombreuse odeur
Qui me vient des jardins où je te revois toute
Ainsi je gagnerai le grand cœur embaumé
De l'univers tiède et doux comme ta bouche
Et son tendre visage au bout de la mi-mai
S'offre à moi tout à coup langoureux sur sa couche
De pétales d'iris de grappes de lilas
Ptit Lou d'Amour je sens à mon cou tes bras roses
Cette île de corail qui sort de tes yeux las
Et que sur l'océan de l'Amour tu disposes

*

Tu me demandes trop d'aimer sans être aimé
Tu me demandes trop peut-être
Disait en souriant le doux soleil de mai
A la belle fenêtre
Tu veux que chaque jour
Les longs rayons de mon amour
T'illuminent mon cœur ainsi qu'une caresse
Et toi toi que me donnes-tu
Turlututu
Dit la fenêtre
Écoute-moi soleil mon maître
Je ne suis belle que par toi
J'existe par ta lumière
A part l'obscurité de la chambre ma foi
Je ne possède rien de rien pénètre-moi
Et tout à coup je deviens belle et je suis claire

Ainsi ma tendre Lou parlèrent le Soleil
Et l'ombreuse fenêtre
Soudain ce fut la nuit Il vint à disparaître
Elle mourut aussi dans un obscur sommeil
Comme un Phénix Il renaquit toujours pareil
Et son amant La vit renaître

A cette fable il ne faut pas
Chercher une morale

J'entends du bruit ce sont les rats qui pas à pas
Tournent autour de ma cabane en la nuit pâle
Tournent en rond
Et je te baise
Sur ton beau sein fait d'une rose et d'une fraise
Et tu me baises sur le FRONT

LII

PÉTALES de pivoine
Trois pétales de pivoine
Rouges comme une pivoine
Et ces pétales me font rêver

Ces pétales ce sont
Trois belles petites dames
A peau soyeuse et qui rougissent
De honte
D'être avec des petits soldats

Elles se promènent dans le bois
Et causent avec les sansonnets
Qui leur font cent sonnets

Elles montent en aéroplane
Sur de belles libellules électriques
Dont les élytres chatoient au soleil

Et les libellules qui sont
De petites diablesses
Font l'amour avec les pivoines

C'est un joli amour contre nature
Entre demoiselles et dames

Trois pétales dans la lettre
Trois pétales de pivoine

*

Quand je fais pour toi mes poèmes quotidiens et variés
Lou je sais bien pourquoi je suis ici
A regarder fleurir l'obus à regarder venir la torpille aérienne
A écouter gauler les noix des véhémentes mitrailleuses

Je chante ici pour que tu chantes pour que tu danses
Pour que tu joues avec l'amour
Pour que tes mains fleurissent comme des roses
Et tes jambes comme des lys
Pour que ton sommeil soit doux

*

Aujourd'hui Lou je ne t'offre en bouquet poétique
Que les tristes fleurs d'acier
Que l'on désigne par leur mesure en millimètres
(Où le système métrique va-t-il se nicher)
On l'applique à la mort qui elle ne danse plus
Mais survit attentive au fond des hypogées

*

Mais trois pétales de pivoine
Sont venus comme de belles dames
En robe de satin grenat
Marquise
Quelle robe exquise
Comtesse
Les belles f...es
Baronne
Écoutez la Mort qui ronronne
Trois pétales de pivoine
Me sont venus de Paris

LIII

C'est le sifflet dont je me sers
Sur le théâtre de la guerre
Pour siffler les Boches en Vers
En Prose et de toute manière

Et que Lou siffle en ce sifflet
Pour appeler son grand Toutou
A Gui l'An neuf Et mon poulet
Souhaite à Lou l'amour partout

LIV

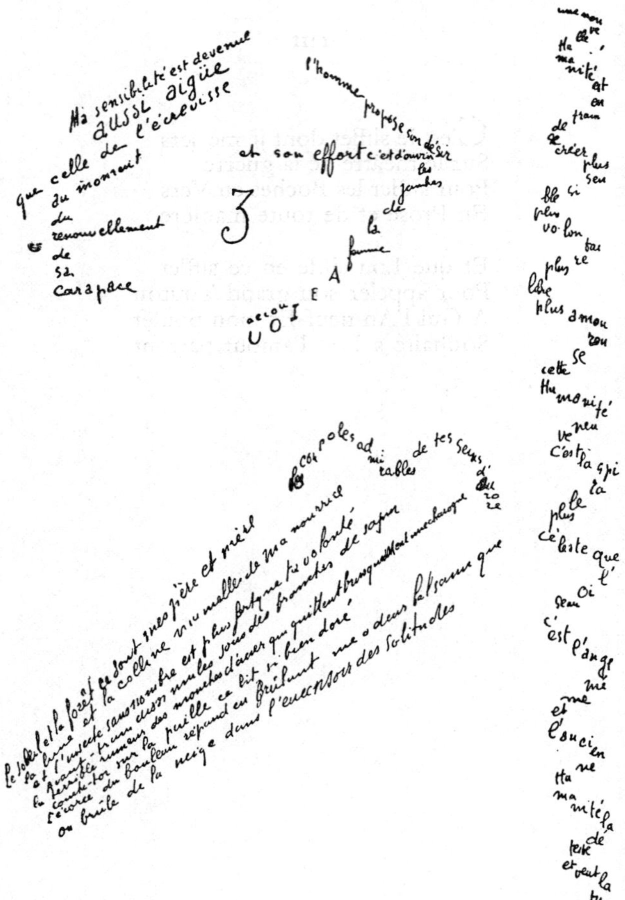
Ma sensibilité est devenue
aussi aiguë
que celle de l'écrevisse
au moment
du
renouvellement
de
sa
carapace
l'homme propose son désir
et son effort c'est d'ouvrir les jambes de la femme
3
A E I O U
une nouvelle humanité est en train de se créer plus sensible plus volontaire plus libre plus amoureuse
cette humanité nouvelle c'est la spirale la plus céleste que l'oiseau c'est l'ange même et l'ancienne humanité la déserte et veut la tuer
les corolles admirables de tes seins d'aurore
Le soleil et la forêt ce sont mes père et mère
La lune et la colline vive mamelle de ma nourrice
et l'insecte sans nombre est plus fort que ta volonté
sous des branches de sapin
qui quittent brusquement leur mécanique
Couche-toi sur la paille ce lit si bien doré
L'écorce du bouleau répand en brûlant une odeur balsamique que
On brûle de la neige dans l'encensoir des solitudes

LV

LOU MA ROSE

Lou tu es ma rose
Ton derrière merveilleux n'est-ce pas la plus belle rose
Tes seins tes seins chéris ne sont-ce pas des roses
Et les roses ne sont-ce pas de jolis ptits Lous
Que l'on fouette comme la brise
Fustige les fesses des roses dans le jardin
Abandonné
Lou ma rose ou plutôt mes roses
Tu m'as envoyé des feuilles de rose
O petite déesse
Tu crées les roses
Et tu fais les feuilles de roses
Roses
Petites femmes à poil qui se baladent
Gentiment
Elles se balancent en robe de satin
Sur des escarpolettes
Elles chantent le plus beau parfum le plus fort le plus doux
Lou ma rose ô ma perfection je t'aime
Et c'est avec joie que je risque de me piquer
En faveur de ta beauté
Je t'aime je t'adore je mordille tes feuilles de rose
Rose reine des fleurs Lou reine des femmes
Je te porte au bout des doigts ô Lou ô rose
Au bout des doigts en te faisant menotte
Jusqu'à ce que tu t'évanouisses
Comme s'évanouit le parfum
Des roses
Je t'embrasse ô Lou et je t'adore

LVI

LOU MON ÉTOILE

L'ÉTOILE nommée Lou est aussi belle aussi voluptueuse
qu'une jolie fille vicieuse
Elle est assise dans un météore agencé comme une automobile de luxe
Autour d'elle se tiennent les autres étoiles ses amies
Autour de l'automobile stellaire s'étend l'infini éthéré
Les Planètes rutilantes se montrent tour à tour comme des déesses callipyges sur l'horizon
La voie Lactée monte comme une poussière derrière
Le météore automobile
Des guirlandes d'astres décorent l'infini
Le météore automobile luxueux et architectural
Comme un palais
Est monté sur un bolide énorme qui tonne à travers les cieux qu'il sillonne d'éclairs
Versicolores et durables comme de merveilleux feux de Bengale
Et doux comme des baisers éternels
Et des rayons de soleil ombragent
Ainsi de beaux arbres
Printaniers
La route diaphane
O Lou étoile nommée Lou la plus belle des étoiles
O reine des Étoiles
Ton royaume s'étend en plaines animées comme les oiseaux
En plaines mouvantes comme un régiment
De Fantassins nomades

Étoile Lou beau sein de neige rose
Petit nichon exquis de la douce nuit
Clitoris délectable de la brise embaumée d'Avant l'Aube
Les autres astres sont ridicules et sont tes bouffons
Ils jouent pour toi des comédies
Fantasmagoriques
Ils font les fous pour que l'Étoile nommée Lou ne s'embête pas
Et parfois les nuits sont mortelles
L'étoile nommée Lou
Traverse des prairies d'asphodèles
Et des fantômes infidèles
Pleuvent dans les abîmes autour d'elle
Mais cette nuit est si belle
Je ne vois que l'étoile que j'aime
Elle est la splendeur du firmament
Et je ne vois qu'elle
Elle est un petit trou charmant aux fesses des nuages
Elle est l'étoile des Étoiles
Elle est l'étoile d'Amour
O nuit ô nuit dure toujours ainsi
Mais voici
Les gerbes des obus en déroute
Qui me voilent
Mon étoile
Je baisse les yeux vers les ténèbres de ma forêt
Et mon intelligence amoureuse
Devient oiseau
Pour aller revoir plus haut plus haut
Plus haut toujours
Ce petit cœur bleuâtre
Qu'est mon étoile nommée Lou
Ma douce étoile qui fait vibrer au ciel
Des mots d'amour exquis
Qui viennent en lents airs dolents qui correspondent nuance à nuance à chaque chose que je pense
Étoile Lou fais-moi monter vers toi
Prends-moi dans ta splendeur
Que je sois ébloui et presque épouvanté
Que l'espace bleu se creuse à l'infini
Que l'horizon disparaisse
Que tous les astres grandissent
Et pour finir fais-moi pénétrer dans ton paradis

Que j'éprouve une sensation
De bien-être inouï
Que j'absorbe par toute ma chair toute mon âme
Ta lumière exquise
O mon paradis

LVII

[LE SERVANT DE DAKAR]

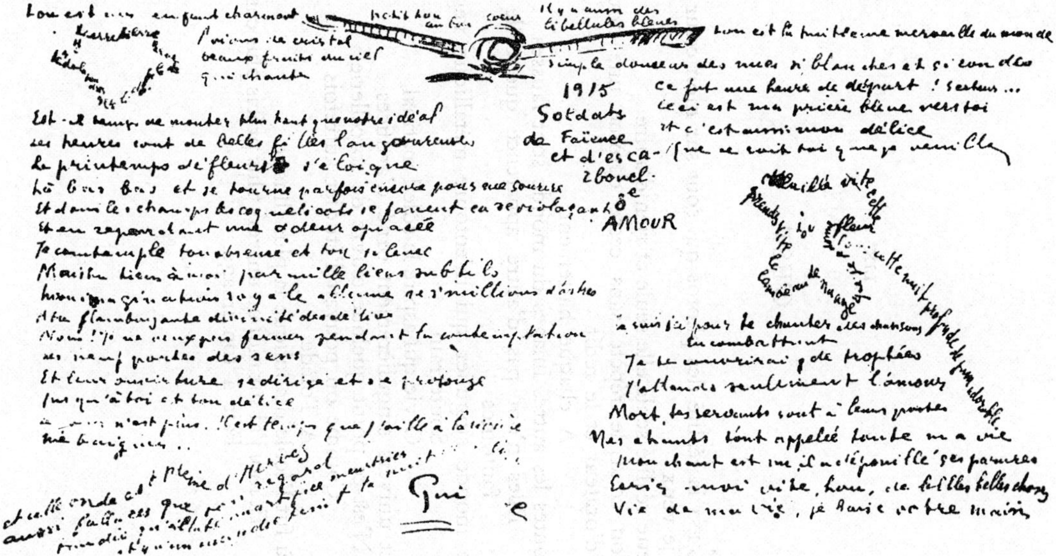
Lou est un enfant charmant
Il y a aussi des libellules bleues
Lou est la merveille des merveilles du monde
Prisons de cristal
beaux fruits du ciel
qui chante
Simple douceur des nues si blanches et si ...
1915
Soldats de Faïence et d'escarboucle
Ô AMOUR
Ce fut une heure de départ ! Seules...
Ceci est ma prière bleue vers toi
et c'est aussi mon délice
que ce soit toi qui me réveilles
Est-il temps de monter plus haut que notre idéal
Ses heures sont de belles filles langoureuses
Le printemps défleuri s'éloigne
Là-bas bas et se tourne parfois encore pour me sourire
Et dans les champs les coquelicots se fanent en se violaçant
Et en répandant une odeur opiacée
Je contemple ton absence et ton silence
Mais tu tiens à moi par mille liens subtils
Mon imagination toujours allume des milliers d'astres
À ta flamboyante divinité de délices
Non ! je ne veux pas fermer pendant ta contemplation
Les cinq portes des sens
Et leur ouverture se dirige et se prolonge
Jusqu'à toi et ton délice
... n'est plus. C'est temps que j'aille à la rivière
me baigner...
Je suis ici pour te chanter des chansons de combattant
Je te couvrirai de trophées
J'attends seulement l'amour
Mort tes servants sont à leurs portes
Mes chants sont appelés toute ma vie
Mon chant est nu il se dépouille de ses parures
Écris-moi vite, Lou, de telles belles choses
Vis de ma vie, je baise votre main
Gui

LIX

C'EST

C'est la réalité des photos qui sont sur mon cœur que je veux
Cette réalité seule elle seule et rien d'autre
Mon cœur le répète sans cesse comme une bouche d'orateur et le redit
A chaque battement
Toutes les autres images du monde sont fausses
Elles n'ont pas d'autre apparence que celle des fantômes
Le monde singulier qui m'entoure métallique végétal
Souterrain
O vie qui aspire le soleil matinal
Cet univers singulièrement orné d'artifices
N'est-ce point quelque œuvre de sorcellerie
Comme on pouvait l'étudier autrefois
A Tolède
Où fut l'école diabolique la plus illustre
Et moi j'ai sur moi un univers plus précis plus certain
Fait à ton image

LX

ORIANDE

La fée Oriande vivait dans son château de Rose-Fleur
C'est ici quand ce fut le déclin du printemps l'édification des Roses
Oriande y dort comme un parfum venu dans la dernière lettre et qui repose
Sur mon cœur
Entre les deux pétales de cette vernale rose
Mais c'est l'été maintenant
Oriande y vivrait dans son château de Rose-Fleur
Tourné comme nous et l'église vers l'orient
Et c'est le soir des roses
Les vieilles paroles sont mortes au dernier printemps
Des harmonies puissantes et nouvelles jaillissent de mon cœur
Mais Oriande écrit un L
Au ciel
Résigne-toi mon cœur où le sort t'a fixé
Et l'été passera Le printemps a passé
Mais Oriande écrit un O
En haut
Et j'accorde mon luth comme l'on bande un arc
Mais Oriande écrit un U
Sur le ciel nu
Le ciel d'un bleu profond d'un bleu nocturne
D'un bleu qui s'épaissit en souhaits en amour
En puissante joie
Et de mon cœur de poète
De mon cœur qui est la Rose
Oriande ruisselle

Onde parfumée des chansons
Où tu aimes à tremper ton âme
Tandis que la fée s'endort
Oriande s'endort dans son château de Rose-Fleur

LXI

À MON TIERCELET

TERRIBLE Aquilan de Mayogre
Il me faudrait un petit noc
Car j'ai faim d'amour comme un ogre
Et je ne trouve qu'un faucon

LXII

COTE 146

Plus de fleurs mais d'étranges signes
Gesticulant dans les nuits bleues
Dans une adoration suprême mon beau ptit Lou que tout mon être pareil aux nuages bas de juillet s'incline devant ton souvenir
Il est là comme une tête de plâtre blanche éperdument auprès d'un anneau d'or
Dans le fond s'éloignent les vœux qui se retournent quelquefois

Entends jouer cette musique toujours pareille tout le jour
Ma solitude splénétique qu'éclaire seul le lointain
Et puissant projecteur de mon amour
J'entends la grave voix de la grosse artillerie boche
Devant moi dans la direction des boyaux
Il y a un cimetière où l'on a semé quarante-six mille soldats
Quelles semailles dont il faut sans peur attendre la moisson
C'est devant ce site désolé s'il en fut
Que tandis que j'écris ma lettre appuyant mon papier sur une plaque de fibro ciment
Je regarde aussi un portrait en grand chapeau
Et quelques-uns de mes compagnons ont vu ton portrait
Et pensant bien que je te connaissais
Ils ont demandé
Qui donc est-elle